平成俳誌展望

大久保白村
Okubo Hakuson

文學の森

平成俳誌展望＊目次

装丁　井原靖章

平成俳誌展望

へいせいはいしてんぼう

凡例

＊本書は、俳誌「海嶺」に連載（平成五年一月号～十二年六月号）された「平成俳誌展望」に、加除修正を行ったものである。
＊本文中に登場する結社名や発行所の所在地および俳人の肩書等は掲載当時のものである。
＊情報欄に記す俳誌のページ数は、巻末の投句用紙を除いた本誌部分を指すものである。ただし、巻頭グラビアはページ数に含めている。
＊引用句等の表記は出典を尊重するが、明らかに誤記と認められるものは修正した。
＊本書で採り上げた俳誌は一覧として後ろにまとめた。

平成五年

河《かわ》

平成四年十月号

主　宰　角川照子
副主宰　角川春樹
師　系　角川源義
発行所　東京都杉並区
通巻四〇七号・一九八頁

十月二十七日の先師角川源義の忌日を控え、本号は秋燕忌特集号。角川家の墓は小平霊園内にあり、墓前に源義の代表句である、

花あれば西行の日とおもふべし

の句碑が建っているが、本号も先ず表紙裏に、福島勲が「角川源義一句鑑賞」にこの句を掲げ、春樹副主宰の「西行と父」の一節を抽出しつつ鑑賞、特集記事として『角川源義全集』第三巻についての山本健吉の解説「近代意識の発生」を転載し、先師の一面を偲んでいる。源義作品鑑賞は今井杏太郎ら十名の寄稿と、社内十八氏による源義一句鑑賞とに区分し、源義の計二十八句を様々の角度から採り上げ、よく整理された編集に感銘した。

主宰詠は、巻頭に「ひかりごけ」十三句に続き、特別作品として「深川八幡祭」十三句を発表し精

力的である。
「ひかりごけ」より。

青梅雨や眼開きて古墳百　角川照子
滴や黄泉へ誘ふひかりごけ

「深川八幡祭」より。

蟬の声花の本社を尋ねあぐ　角川照子
提げ髪を扇結びに処暑の巫女

副主宰角川春樹も、主宰詠につづき「きさらぎびと」三十句の力作を発表。

初春の祓ひ詞を山に向け　角川春樹
曼陀羅の弥陀うすうすと雪解かな
行く水に花のまぼろし西行忌
花いまだきさらぎびとの山しづか

主宰と副主宰の力詠に応えて、作品欄の充実かつ多彩なる作品にも刮目した。
吉田鴻司が「頃日抄」十句。

かき氷老いの頤うごきけり　　吉田鴻司

松本旭が「松葉牡丹」七句。

網代笠三つ懸けたる庫裡涼し　　松本　旭

佐川広治も「家持の海」七句。

家持の海の虹の輪濃かりけり　　佐川広治

と続き、さらに「十月集」として三十五氏が各六句を発表。適宜抽出する。

指鉄砲放ち八月六日の忌　　井桁衣子
ひとり子のふるさと持たぬ遠花火　　福島　勲
夜も白むころのうたた寝西鶴忌　　増成淡紅子
この島が好きで嫁ぎて盆踊　　本宮哲郎
声がはりしてより無口夏帽子　　内田日出子

春樹副主宰選の「河作品」から抽出。

海までを蝦夷甘草の花いきれ　　いさ桜子
動かねば私がうごく蟇　　高田自然

遠雷や夢の中まで恋をして　黛まどか

吉田鴻司選の「半獣神」から抽出。

熱帯魚涙でなにも見えません　田井三重子
夏暁や男の音の竹箒　五天杏佳
夜光虫とうにをんなの厄越えて　猪口節子

増成栗人選の「澗泉集」から抽出。

群れ飛んで戦を知らぬ赤とんぼ　宇野たみ子
ビー玉に写る炎暑の雲のいろ　蓬田知里

各地の句会報も、炎暑最中の八月例会報として五十七支部から作品が寄せられており、作品中心にして句柄もバラエティに富み、生き生きとした内容で充実している。

文章も連載物が多く、今岡穂水「源流遡上（38）」、原与志樹「現代の俳句（6）物の見えたるひかり」など。他に俳誌月評、句集散策など幅広い誌面を構成。巻末に主宰の「青柿山房だより」も、生前の源義に触れ切々たる文章である。

（平成五年一月／創刊号）

風樹《ふうじゅ》

平成四年十月号

主宰　豊長みのる
師系　山口草堂
発行所　大阪府豊中市
通巻八二号・一〇〇頁

師系を継いで「生きる証」を俳句精神とし、「一期一会」を結社の理念とする。昭和六年生れの気鋭の主宰に率いられ、主宰中心にしっかりとまとまり、活気溢るる誌面を構成。主宰は「風濤抄」に「北海道晩夏」三十句を発表、

北の街の灯の底あをむ熱帯魚
龍神のこゑか北海霧怒濤
天崖を墜ちて銀河の滝なりけり　　豊長みのる

等の作品を示し、続いて「行人日記」を連載し、人生観・俳句観を門人に語りかける。作品は「双樹集」として平野卍、小見山摂子の二氏が各七句を発表。

大梅雨の渡船傾く夕灯し　平野　卍
まつさらな落柿の青実何考ふ　小見山摂子

同人の「当月集」は二十六氏が各五句を発表、適宜抽出する。

梅雨の宮蹠に砂利の声こもり　伊藤虚舟
十薬の花甦る雨の路地　渡辺春天子
短冊にはみだす願ひ星祭　前田忠男

主宰選の「風響集」（同人）より抽出。

さざ波や浮草の花岸に寄す　立花波絵
暮れゆくに魚の高跳ぶ鵜川かな　岬　木綿子
人たれも短かき逢瀬天の川　安藤葉子
青鷺の水路は冥み風の音　上野さゆり
切開の片腹疼く油照り　平田繭子
昼寝子の足裏に海の砂乾く　川口茂則

同じく主宰選「風樹集」より抽出。

滴りや羊歯ひるがへる風峠　田村椰子

花火消え野面を風の流れをり　三好淡紅
干柿の家にはじまる登山口　奥田鷺州
手術日のきまり晴夜を髪洗ふ　荒川幸恵
空蟬のすがる一樹の風荒し　林ヨシ子

「風樹集」は誌友だけでなく同人も投句し、主宰選を目指し激しく競い合っている。また、前月号の「風響集」巻頭作家の紹介を近作とともに写真入りで載せているが、励みになる事であろう。その他「風樹の作家」と題し、今月は林ヨシ子がたなか千夏の作品鑑賞を行っているが、本人同士お互いに勉強になる企画である。そのたなか千夏は「句集・俳誌紹介」を担当。主宰の木曾吟行句「木曾暮春」の誌上合評を四人で担当など、主宰は作品だけでなく門人の俳句鑑賞力・文章力の向上に、指導に注力している事が窺える。

社外からの寄稿として、落合水尾「浮野」主宰より、風樹作品鑑賞として「正統を汲む覇気に富む」の鑑賞文を得ているが、内容も懇切丁寧で心温まる文章である。

文章で好企画は「なにわ歳時記」。すでに十八回を数えており、今回は仁徳天皇陵と大仙公園を中村みづ穂が担当しているが、吟行地紹介として今後一層期待される。その他に文章も多彩、泉並末香の「一粒の真珠」、水沢速の「特別研鑽作品評」、宗像まさとしの随筆など実に多彩である。

「風樹句会報」は、「風樹」中央例会での主宰の俳話と講評をそのまま記録している。日頃主宰と句会をともに出来ない地方の会員にとっては、主宰の俳句観を理解するためにも大変参考になる句会報である。
なお、巻末に新編集部の構成を紹介、新編集部長に伊藤虚舟（摩耶山天上寺貫主）を迎えた。今後の発展を期待したい。

（平成五年一月／創刊号）

浮野

うきの
平成四年十一月号

主宰　落合水尾
師系　長谷川かな女・長谷川秋子
発行所　埼玉県加須市
創刊十五周年記念特集号
通巻一八一号・一六六頁

昭和五十二年十一月創刊以来十五年、本号は記念特集号。

主宰の巻頭言「十五周年を迎えて」は、十五年の歩みを記す年表とともに冒頭を飾る。特別寄稿は、松原泰道より「禅のこころ・詩句のこころ」。また、今瀬剛一など九名から、各々の師から教えられたことを「師に学ぶ俳句の心」と題して寄稿を得、内容は各人毎に個性豊かで読み応えがある。社内からは河野邦子が「かな女・秋子・水尾」と題し師系を丹念にたどっているが、参考になるよい文章である。他には「浮野の作家たち」と題し、社内五氏により社内の古参・新鋭等の作品鑑賞を行っている。

感銘した企画は浮野大賞の選考。今回が第四回で、五周年の時に第一回、以後一〇〇号記念、十周年記念の際に二回三回と重ねている。応募作五十二編を主宰と、主宰が委嘱した予選者で選考し三十編にしぼり、これを社外選者八名、社内選者五名に本選を依頼している。社外選者の顔触れは、猪俣千代子・上田五千石・岡田日郎・鍵和田秞子・倉橋羊村・古賀まり子・後藤比奈夫・深見けん二、と多士済々、結社賞の選考として客観性を高めている。各選者とも、採点とともに丁寧な選評も寄せており、主宰の日常の交遊の幅広さもうかがえる。主宰は、最後に応募全五十二編の選後評を記す。予選で落ちた応募作の中からも秀作を抄出列挙し、肌理こまかな配慮を忘れない。

第四回浮野大賞は、このような選考経過を経て中里二庵が受賞、受賞作より抽く。

盆栽の杉も花粉を飛ばしけり　中里二庵

いでたちは宛ら一揆川普請

特集号の記事としては、「浮野関係者著作紹介」「浮野物故俳人」「浮野のあゆみ」「発行所のこと」等盛り沢山な内容であり、若々しいエネルギーを貯えた結社の雰囲気がひしひしと伝わってくる。

特集以外の作品は、主宰が巻頭言に引き続き「水韻集」三十句を発表。

穴まどひ人の目しのびきれぬなり　落合水尾

鳴き澄むは八雲形見の虫かとも

夜長し一刀彫の笑み達磨

龍胆の対の一握墓に挿す

同人作品の「青遠集」並びに「谷川集」より抽出。

月光のさらに沁みたる白さかな　大野水会
新涼の身巾袖巾身八ッ口　梅澤よ志子
かな女忌の江戸千代紙を買ふ銀座　落合美佐子
青空をいぶしつづけて岩魚焼く　渋谷　澪
八月の骨董店の鉄かぶと　橋本謙治

主宰選の「浮野集」より抽出。

緑蔭や義経の首よく変る　福田啓一
二学期の背高順の移動かな　渋谷眞美
山萩や礎石の多き毛越寺　須永真知子

この十五年一度の遅刊もないとの事。編集後記ではこの事に触れ、発行等関係者にお礼の言葉を記す。大切な事ではあるが、なかなか実行出来ない事でもある。敬意を表し、さらなる発展を祈りたい。

（平成五年二月号）

朝霧

あさぎり
平成四年十一月号

主　宰　松本陽平
師　系　角川源義・滝けん輔
発行所　東京都立川市
創刊十周年記念特集号
通巻一二四号・一九八頁

一誌を創刊し十周年を迎える事は、数々の周年行事のなかでも最大の感激であろう。「朝霧」も昭和五十七年八月に創刊し、今回が十周年記念特集号。主宰は巻頭の「葭切抄」で、

皆さんの大きな愛につつまれて、創立以来の苦しみを脱けつつあります。もう大きな社会変化と私の慢心さえなければ、躓くことはないものと確信します。

と述べられているが、過ぎ去った十年の苦難の日々は、十周年を迎え力強い自信となり、基盤が出来た事が実感されるのであろう。主宰は巻頭作品「早生柿」十三句で、

秋燕忌思へば旅に在る如し

と師系を偲び、「朝霧十年をよろこぶ」と前書して、

早生柿のゴマびっしりときらきらと詩情豊かに詠み上げ、同人作品「昴集」は三十八氏が、各々個性ある各六句を発表して主宰作品につづいている。適宜抽出。

辻占の点す灯暗し星月夜　永田成範
一病を伴侶と悟り土用灸　飯塚万樹
駐在のいつも留守がち花木槿　岩城善朗
炎昼のマンホールより漢声　佐々木 伝

外部からの寄稿は、鈴木蚊都夫・森谷一波の二氏に絞り、特集は社内中心。「朝霧賞」の受賞作家十一名が新作十五句を競詠、記念座談会、各号の巻頭作品、二十三の各地支部から「各地句会十年の歩み」、一〇〇号以降の年譜と特集記事はよくまとまっている。各支部報告は会員の写真と作品も掲載し、「朝霧」の裾野が着々と拡がっている事を窺わせる一面、全員が参画して特集号を作成している力強さを感じた。朝霧賞受賞作家の競詠より抽く。

下闇や供華より小さき水子仏　富岡ひろし
本流へ乗りて流灯つつがなし　岩城善朗
手枕の雑魚寝涼しき船泊り　山﨑千枝子
放たれて見張られてをり兜虫　清水亜季子

達磨画像仰ぎて処する大暑かな　井上三都代

主宰選の「冬虹集」（同人）より抽く。

岩燕翔ぶや夕焼あるかぎり　肥田銀峰

為朝百合剪る赤銅の腕かな　坂本　巴

捩花や六十からの長丁場　渡辺春子

主宰選の「朝霧集」より抽く。

黒南風や無心に撞きし三井の鐘　田中美保

結界の石を摑みて恋の蟇　鴨江律子

千年の苔を育み滴れり　根本逸府

白靴をじゃぶじゃぶ洗い夕べくる　杉田鏡子

（平成五年一月号）

黄鐘

おうじき
平成四年十二月号

主宰　加藤三七子
師系　阿波野青畝
発行所　兵庫県高砂市
通巻一八三号・八二頁

主宰詠は、巻頭に「冬泉」十三句。

冬泉けもののにほひなどありし　　加藤三七子
朝寒の片頰は日をはなさざる
ともしびの色の月出て十夜寺

師青畝ゆずりの写生の眼が優しく受け継がれ、抽出三句の息遣いに特に感銘した。青畝先生は残念ながら十二月二十二日、九十三歳の天寿を全うされたが、愛弟子のこの雑誌のため題字とカットを寄せ、さらに作品は主宰詠につづき「水琴窟の音」十三句の絶唱を発表。

神の名の長きは読めず初詣　　阿波野青畝

濁り水切り込む水の澄めるかな
古酒旨し水琴窟の音を聴きて

三七子主宰が自ら連載中の「阿波野青畝研究」も一五四回を数え、今回はこの十三句を鑑賞し、まさに「師を知るもの弟子に如かず」で切々たる鑑賞文に心を打たれた。

冬帽子九十三の汚染がつく　阿波野青畝

謹んで哀悼の意を表し、一門の一層の発展を祈る次第である。

また、表紙に「俳句と文章の雑誌」を掲げ、主宰の「続々薔薇の木抄」、高田菲路の「現代俳句月評」、小田襄の「重みのあるぐい呑み」、赤堀秋荷の「四季の栞」など文章も多彩で、就中、塚本邦雄が連載中の「黄鐘歳時記」は今回の「山眠る」で八十四回、内容も充実して読み応えがある。是非一冊にまとめられ、いずれ発刊して戴きたいものである。

俳句作品は同人作品欄を設けず主宰選の「黄鐘集」一本に絞り、同人・誌友が主宰選を目指し競詠。古い歴史を有する「ホトトギス」は同人作品欄などはないが、最近の俳誌では珍しい。主宰選上位五席より各一句を抽く。

村人は滝を神とす星月夜　鈴木貞二
布袋草犇き腹を押し合へり　山内星水
一つ葉に竜神の吐く水しぶき　宮本さかえ

一葉落ちて心字の池をゆるがしぬ　山田八重椿

子の為の願の糸の赤かりし　鈴木一睡

独特の企画は、今月で第一七六回と続けている「誌上俳句会」。主宰も参加して毎月一人が二句投句、選句は作者名を伏せた作品欄から三句選、なかなかの秀作が揃い、三句に絞るのに苦労する。第一七四回の互選が発表されているが、選者名が全部記されており参考になる事であろう。最高点は、主宰選を得ていないが十五点の次の一句。

吊橋を渡る日傘をたたみけり　坂下笑子

（平成五年三月号）

対岸

たいがん

平成四年十二月号

主　宰　今瀬剛一
師　系　能村登四郎
発行所　茨城県常北町
通巻七六号・七六頁

昭和十一年生れの気鋭の主宰率いる活気が誌面に溢れる俳誌。五周年を越え結社も安定、十周年までに一層の飛躍を期し、一致協力している様がひしひしと感じられる。
巻頭の主宰詠は「夕鵙」十句。

夕鵙は孤高か友にはぐれしか　今瀬剛一
稲架棒をさすもろともに男沈み
レモン百百の主張を袋づめ

主宰詠につづく「晴天集」作家は十一名。

誰よりも遅れ忌明けの稲を刈る　三輪閑蛙

産土神へ道まつすぐに蜈蚸とぶ　中島正夫
秋繭の嵩を豊に母老ゆる　田代　靖

さらに「高音集」作家五十三名がつづく。

稲架棒のどうにも抜けず折れし音　小橋末吉
蛇笏忌のいちにち澄める駒ヶ岳　谷口いつ子
藷掘りし手をひと剝きに軍手脱ぐ　宮本　愛

主宰詠、「晴天集」「高音集」を通じ、農事句に魅かれ特色を感じた。
作品欄はついで、小橋末吉の「青びかり」、久木舞の「菊日和」の各十五句の特別作品の競詠。

鮭を追ふ長き竹棒青びかり　小橋末吉
武者震ひして鮭の網たぐりけり
鯊釣りのひとりとなりて暮れ残る　久木　舞
糊叩く音澄み残る菊日和

主宰選の「対岸集」は七句投句で、六句入選は二名。

殖えてゆくときのしづけさ鰯雲　行武ヤス子
家持の妻恋ひ日和藤袴　牧長幸子

五句、四句入選者が大多数。上位より共鳴五句を抽出。

衣被はじき芋とは心外な　栗原寿子

蔓引けば南瓜ぞろりと動きけり　村田アヤ子

学校のチャイムがとどく稲架日和　新井うた子

分け入つて明日刈る稲にからまれし　岡崎さぶろう

抜歯後の血の色に耐ゆそぞろ寒　岡田佳子

作品以外の編集も実に多彩で精力的。主宰自ら編集にも注力しており、田代靖の「俳句月評」、杉田さだ子の「処女句集この三冊」、藤田さち子の「感銘俳書この二冊」、主宰の初心者講座「こんな時どうしますか」、福井隆子の「添削によって甦える句とは」、渡辺通子の「一句鑑賞」、岡崎桂子の「私の季語」、ミニ評論を二氏により、ミニ随筆を三氏により競作。

飯塚了の「「作品の立体化」追求この一年」等、主宰の指導は作句力だけでなく、評論に随筆にと主要同人にも分担させて、少しでも向上を目指す気迫に満ちた編集は、七六頁の誌面を何倍にも活用しており見事な編集振りである。

最後に平成五年の研究課題として、「現代を詠む」をテーマに掲げ原稿募集を発表している。若々しい活力に満ちたこの結社が十周年を迎える時が大いに期待される。

（平成五年三月号）

岳
たけ
平成五年二月号

主　宰　宮坂静生
師　系　富安風生・藤田湘子
発行所　長野県松本市
創刊十五周年記念号
通巻一六二号・三一四頁

創刊は昭和五十三年二月。「前山集」二十名、「岳集」五十六名、三四頁でのスタートであった。創刊の趣旨に、

俳句定型のさまざまな試みを大胆にとりあげ、つねに新鮮な問題提起をこころがけるとともに、風土に根ざした詩としての俳句の特異性をさぐりたい。

と掲げてから十五年。本号は記念号。作家は「雪嶺集」二十三名、「前山集Ⅰ」九十一名、「前山集Ⅱ」一〇二名、同人も投句しているが「岳集」五九八名、と大変な発展である。

特集号の編集は、三一四頁の大冊ではあるが、文章・作品・座談会その他の企画がバランスよく組まれて見事なものである。親雑誌「鷹」との円満な関係が随所にうかがえ、「鷹」主宰の藤田湘子は「望岳行」と題する短文を寄せている他、「鷹」の主要同人九名が文章や作品評を寄せている。また、

十五周年記念大会では藤田湘子の講演「師系について」が予定されており、「鷹」とともに発展してきた「岳」が強く実感される。湘子のこの講演は面白そうで聞いてみたい気持にかられる。

記念号ではあるが、気負うところのない内容でそこに強い自信が読みとれ、毎回つけている口絵も、今回もモノクロームの山岳写真で「厳寒の五竜岳」、続いて海をバックにした主宰の写真、十五年の歩みの中から十二枚のスナップが掲載され、主宰の巻頭詠「里神楽」三十句へつづく編集の導入は、すらすらと引き込まれてゆく味わいがある。主宰詠より抽く。

初夢のさなかを釣られ念仏鯛　　宮坂静生
鯰より鯉のかなしみ里神楽
とくとくと音あたためて冬柏
年の湯に百合の蕾の浮かびをり

外部からの執筆は「鷹」関係の他は、文章が大岡信・乾裕幸・友岡子郷・原田喬・宮地良彦。作品は、能村登四郎・桂信子・金子兜太・川崎展宏の各氏。メンバーもバラエティに富むが、文章はそれぞれ読ませる内容で総合誌をひもとくが如くである。

主宰は作品の他、文章として「軽みの行方」を記すが、これも「筑摩野折々」と題し連載中の俳話で今回が九十五回、俳句における「軽み」論を今回はたんたんと記し、十五周年だからどうのこうのというような事には一切触れない。十五周年記念企画として主宰が登場するのは、「鷹」同人の飯島晴子との記念対談である。しかし対談の内容は「ものの持つ優しさ」と題し、「鷹」や「岳」の内部の事には触れず、俳壇の歩みやこれからの俳句について自由に意見を交換している。
面白い企画は「誌上袋廻」。十名が参加して選句に寸評も付し、参加者の写真も添えて盛り上げている。「袋廻」の作品より抽出。

花冷や鏡の部屋に落着かず　塩原英子（題は鏡）
牡丹焚く恋の手紙とひとつ炎に　長崎玲子（題は手紙）

「雪嶺集」「前山集Ⅰ」「前山集Ⅱ」に区分される同人作品より抽出。

冬木みな枝差交し一揆の地　中島畦雨
冬麗を恣なる八ヶ岳　小林洸人
辞書閉ぢて夜長の顔となりにけり　塚原いま乃
夫おはす知らぬ世界や賀状書く　中村栄子
軽井沢銀座仕舞ひの毛皮市　堀川節子
木曾路みな丈つつましき曼珠沙華　窪田英治

主宰選「岳集」より抽出。

風花は吊られし鹿の泪とも　荻原とよ美
天辺に風の遊べる聖樹かな　小林貴子

山茶花やふりむきざまに馬の息　市川　葉

冬ぬくし土竜おどしの風車　片桐良子

（平成五年四月号）

運河

うんが
平成五年一月号

主　宰　茨木和生
名誉主宰　右城暮石
師　系　松瀬青々・山口誓子
発行所　京都市
通巻四七四号・七二頁

第一頁に、右城暮石選「運河抄」二十四句を掲げる。適宜抽出。

夏シャツの軽きが暫し身に添はず　本居桃花
遊船に乗り最初から居眠れり　福本須代子
何も手につかず台風過ぐるまで　藤　勢津子

続いて、運河賞に井村順子と斎藤由美子を発表、受賞作より。

ねんねこの中の世界に入りたし　井村順子
校則に逆らひ続け卒業す
満開にして影うすし冬ざくら　斎藤由美子

日に乾くタオルの痛し原爆忌

運河賞は新人賞。同人対象の浮標賞は、平成四年度は該当者なし。主宰は、句をつくればよい、というのでなしに、鑑賞も評論もエッセイも書ける、名実ともに「運河」同人にふさわしい賞にしたいと厳しい姿勢を示す。

主宰詠は「一時間」と題する十句。

菊脱がしたる信長を抱き運ぶ　茨木和生

山の辺の柿山にゐし一時間

郷里高知に移居の右城暮石も、「天水集」作家とともに作品を発表。

取り立てて何となけれど年用意　右城暮石

年甲斐もなく誘はれてクリスマス　山中麦邨

水中に透けて真白き菱の花　水谷仁志子

最初から花欠けてをり畦野菊　植原星風子

今回は座談会「暮石俳句を探る」の他、「現代俳句月評」「句集拾珠」等の文章を除き、作品中心の編集に徹している。主宰選の同人作品「深耕集」並びに「浮標集」より抽く。

一滴も無き香水の瓶を嗅ぐ　有馬いさお

藪蚊打つ鎌を持たざる側の手で　芳野正王
蕎麦殻と菜屑の追肥竹の春　小室風詩

同じく主宰選の「運河集」より抽く。

強弱を機械まかせに威し銃　浅井陽子
帝らも付けしや那智のゐのこづち　桧尾時夫
地に敷ける畳朽ちきし蜜柑山　三原青果

（平成五年四月号）

かたばみ

平成五年二月号

主宰　森田公司
師系　加藤楸邨・森澄雄
発行所　埼玉県与野市
二〇〇号記念特集号
通巻二〇〇号・二一二頁

二〇〇号記念特集号である。白地の表紙に画かれた一羽の長尾鶏が、繙く前から清楚な雰囲気を醸し出す。特集号の企画は作品と文章がバランスよく配置され、誌齢二〇〇に達する結社誌の安定感をひしひしと感じた。また、埼玉県から発行されている俳誌として地元にしっかりと根を張り、これを基盤に発展している事が窺える。

主宰句碑並びに主宰近影につづく巻頭の諸家近詠は、加藤楸邨・金子兜太・森澄雄・川崎展宏・小池文子の各氏が祝吟等を寄せる。

かたばみの実を立て花の二百かな　　川崎展宏

続いて、埼玉県文化団体連合会会長関根将雄他九氏の「二〇〇号を祝す」との祝辞を掲載しているが、うち五名が埼玉県の各俳句連盟など地元の人達である。主宰詠は「身辺抄」九句。

着ぶくれて知足の二人暮しかな　森田公司
成木責本気の声は出でざりき
むかし武蔵いま冬麗の彩の国
（彩の国・埼玉の愛称）

と、平明にしてたんたんと吟じ、同人自選作品の「かたばみ作品」四十九氏が各五句を発表して主宰につづいている。適宜抽出。

火も水も使はず昼餉うめもどき　豊田八重子
湯婆に乗せやる軽き母の足　花田由子
懸大根めぐらせひそと屋敷墓　今井玲雨
残菊や鶴嘴寝かせ保線小屋　久保田重之
霙るるや丘の上なる開村碑　植村四季

さらに、自選作品の同人四十一氏が「私とかたばみ」と題する短文を寄せているが、主宰を中心に「かたばみ」を支えている各同人の文章は、たくまずして「かたばみ二〇〇号までの歩み」という内容になっており、主宰中心に同人の結束強固なものを感じた。この同人の中から十五氏が特別作品として各十五句の力作を発表、競詠を行っており、同人が一致協力して記念号の誌面づくりに励み、作品と文章で競い合っている。特別作品より抽く。

鉢物置く路地いつぱいに石鹸玉　相田裕昭
枝打ちの一打一韻いわし雲　岡田青虹
秩父往還実をこぼさじと檀の実　曾野　綾
残照の海を見尽し菊の酒　髙須禎子
逞しき腕のおかめや秋祭　平手むつ子

連載で興味をひいたのは、小林鶴男の「埼玉の文学俳句関係文献」。今回が六回目だが県内全域にわたりよく資料を集め、地味ではあるが貴重な資料であり、地元誌ならではの好企画である。また、豊田八重子の「植物歳時記」も四十三回を数え今回は「猫柳」。いずれは一冊にとりまとめて欲しい連載である。豊田八重子は記念号として「かたばみ俳句会略年譜」も編集し、記録の整備に努める。
主宰選の「かたばみ集」は七句投句ながら巻頭五句。しかし最下位も三句入選と配慮、選評も四頁にわたり、作句の心構え、文法解説など熱心な指導振りで参考になる。五句入選より適宜抽出。

枯野行く山頭火ともなりきれず　本猪木益男
田じまひの煙の中にバスを待つ　岩崎綾子
波平らマストに一羽都鳥　野口　文
手袋の指切り捨てて松手入　橋本雅峰

（平成五年五月号）

狩《かり》

平成五年二月号

主　宰　鷹羽狩行
師　系　山口誓子・秋元不死男
発行所　横浜市
通巻一七三号・一六〇頁

作品、文章ともに躍進を続ける俳誌の迫力を痛感した。主宰の巻頭詠は「十一面」と題し二十六句の力作を発表。

凍瀧を水にじみ出てさらに凍つ
めくじらを立て美しや寒の紅
手毬唄しばらくしては繰返し
初がすみ霞ヶ関に人を見ず
室咲やほとほと甘い女流論

鷹羽狩行

髙橋治の「不思議なもの」と題する寄稿は、俳句の著作権に触れた面白い文章。この短文を主宰詠についで掲載し、同人作品Ⅰ「白羽」六十一氏が各々個性豊かな作品を発表。

濡れ場修羅場も壁一重菊人形　藤井亘
雪降って暗き洛中洛外図　辻田克巳
注し水に魂のもどりし菊人形　檜紀代
判官を仕立てて余る菊の束　木内彰志
深更に及ぶ採点火の恋し　遠藤若狭男

「同人作品Ⅰ」につづく村山秀雄の短文も、「二月尽」などの〝尽〟を取りあげて内容のある読み物。毎月特別作品の競詠とその批評を行い研鑽に励む。今月は四氏が各二十句を発表、各一句を抽く。

立春や日のつらぬきし雑木山　太田寛郎
青空を少し揺らしてりんご捥ぐ　藤田かよ子
手毬つく長き袂を帯挟み　太田勝子
一粒に万の願かけ種おろし　鎌田重光

同人作品Ⅱ「巻狩」も二三九氏が競い圧巻。適宜共感句を抽く。

村びとの殖えたるごとし藁ぼつち　新井士筆
牧牛の地をする乳房天高し　海野はつ子
古武道の剣のかち合ふ菊日和　岡部豊

指切りや帰燕の空に小指たて　山崎治子

主宰選の「狩座《かりくら》」は五句投句、巻頭でも四句と厳選して六六頁にわたり、一・二句欄だけでも四一頁に達する。一・二句欄より抽く。

戻り来る金賞菊を出迎へに　佐々憲三郎
住職はん養子でつせと十夜婆　重名逃魚
ある程度まとめて祓ふ七五三　板垣七尾
秋刀魚焼く隣近所も何のその　田中光世

（平成五年五月号）

かつらぎ

平成五年三月号

主宰　森田　峠
師系　高浜虚子・阿波野青畝
発行所　兵庫県宝塚市
通巻七五九号・二二〇頁

昨年十二月二十二日に逝去された、前主宰阿波野青畝の追悼号である。「かつらぎ」は阿波野青畝が昭和四年に創刊されて、平成二年主宰を森田峠に譲られたが、亡くなるまで名誉主宰として近詠を発表され、また「一人一句」の選を続けてこられた。

追悼号の表紙は、カトリック教徒でアッシジの聖フランシスコであった先師を偲ぶ十字架が掲げられ、巻頭には青畝の近影など数枚の写真が掲載されている。写真の中で、平成二年五月の主宰交代記念パーティーで峠新主宰を伴って挨拶に回られる青畝先生の微笑が、何ともいえぬよい雰囲気をかもし出している。

禅譲の夢見て覚めて年が明く　　阿波野青畝

追悼号二二〇頁のうち一一九頁が追悼特集記事で、「ご霊前へ」と題する森田峠主宰の文章につづき、「ホトトギス」の四Sで一人残った山口誓子が「青畝さんと私」との短文を記している。総合誌「俳句」で青畝・誓子の対談の企画が進んでいた由、青畝先生健在ならば今頃はその対談を「俳句」で読んでいたかも知れない。残念な事である。

文章は誓子につづき、桂信子・後藤比奈夫・草間時彦・川崎展宏・鷲谷七菜子・和田悟朗・大橋敦子・松井利彦・大島民郎の各氏が、生前の交流や思い出を綴る短文を寄せて青畝を偲んでいる。引き続き、下村梅子等主要門弟六氏が分担して、第一句集『万両』から第十句集『西湖』まで、さらに『西湖』以後の近詠を紹介しつつ鑑賞している。

引き続き「四Sあれこれ」と題し、鳥居ひろしがあらためて四Sの俳句を比較鑑賞、佐久間慧子は「青畝の信仰句」を抽出鑑賞している。

左頬を向くる勇なく息白し　　阿波野青畝

その他、「青畝先生と連句」と題し城戸崎丹花が、「青畝語録」と題し亀岡一渓が青畝の一面を偲ぶ。ついで「阿波野青畝略年譜」を記して青畝九十三年の生涯を取りまとめ、ご家族四人が夫や父としての青畝を偲んでいる。そのなかで「晩年の頃」と題する短文をこの追悼号に寄せられた夫人阿波野とい子さんも、本年二月二日青畝を追って亡くなり、その訃報が巻末編集後記に記されている。何とも胸の痛む思いにかられる追悼号だが、今頃は奥様と二人で天国の教会のミサに参列しておられるのだろうか。

追悼記事はさらに、茨木和生と西村和子を迎えて森田峠主宰との「青畝を偲ぶ」座談会、門下の方々の思い出を綴る短文・弔句、通夜・葬儀・告別式参列者ご芳名、弔電を記録し、大結社に育て上げ多くの門下を俳壇に送り出した俳人青畝の追悼号として見事な編集である。外部俳人の弔句より三句を抽く。

旅を行く君に黄泉路も枯れてゐる　山口誓子
召されたる神のみもとにクリスマス　稲畑汀子
俳諧の忌を又加へ十二月　深見けん二

追悼号の編集につづき「四阿」十四句の主宰詠、同人自選欄、主宰選の「三月集」、句評、青畝選であった「一人一句」は下村梅子が生前の指名で代選、その下村梅子選の「新芽集」等が手際よくまとめられている。なお「一人一句」は今回で終了との事。

主宰詠十四句より。

滝行場のぞくがごときさねかづら　森田　峠
喪心といふ一色や去年今年
四阿に鴛鴦沓を並べけり
書斎より紋よく見ゆる鶲かな

（平成五年六月号）

朝

あさ

平成五年三月号

主宰　岡本　眸
師系　富安風生・岸風三樓
発行所　東京都葛飾区
通巻一七九号・一〇六頁

岸風三樓先生は明治四十三年の生れで、阿波野青畝より十年以上若かった。「かつらぎ」の阿波野青畝先生追悼号を読み、「朝」をひもとくと、つくづく風三樓先生に今すこし長生きをしていただきたかったと改めて感ずる。岡本眸主宰のめざましい活躍、「朝」の発展についてどんなお話をされた事であろうか。

岡本眸主宰の作品は毎号「身辺抄」と題し、身辺に材を採り毎月十三句を発表。昨年十一月号までは文章を添えておられた。

襟巻やぽつと日の射す湖の上　　岡本　眸
湯吞一つ洗ひに起てり夜長宿
木の葉髪あはれ染色なるままに

残る虫ふところの仕事何のため

同人作品の「寒露集」も益々充実、今月も一八〇氏が作品発表。

おにぎりに大小のあり闇夜汁　長沼紫紅
またたける星近よせて浮寝鳥　水田清子
敗荷や働くために薬飲み　台　迪子
湯屋の桶重ね干しある石蕗日和　金田きみ子
母の忌の湯気立ててゐる机辺かな　舘岡沙緻

文章は土屋柳村句集『母校の欅』と深沢万里子句集『浮雲』の特集、主宰の序文を転載し、『母校の欅』は小林希世子が、『浮雲』は松岡隆子が丁寧な鑑賞文を記し、心あたたまる内容である。

時の日の母校の欅大樹かな　土屋柳村
浮雲の孤独始まる寒の梅　深沢万里子

連載の文章として仲村青彦が「現代俳句月評」、小林希世子が「最近の句集から」、植松安子は「四季寸感」と題し健筆をふるい、小杉緑は毎月著名俳人の句集鑑賞をつづけ、今月は鷹羽狩行句集『十友』を採り上げてバラエティに富む誌面を構成している。
雑詠欄は同人も投句して主宰選を競い、五句投句で全句入選は三名のみである。適宜抽出。

冬俄か隣の通夜に喪服着て　鹿野佳子

缶詰に箸つけてゐる炬燵かな　冨田正吉

療養の旅先めける枯木星　大平芳江

聖樹の前ポケットベルの鳴りにけり　外山緑汀

（平成五年六月号）

沖《おき》

平成五年四月号

主　宰　能村登四郎
副主宰　林　翔
師　系　水原秋櫻子
発行所　千葉県市川市
通巻二七一号・一一六頁

編集長能村研三の句集『鷹の木』は、今回俳人協会新人賞を受賞した。『鷹の木』より父を詠んだ句を抽く。

春の暮老人と逢ふそれが父　　能村研三
障子貼る父の口出し無きうちに

その父、能村登四郎が主宰し通巻二七一号。目次につづき「登四郎・翔相互鑑賞」が先ず登場。今月は、

鈴鳴らしゆく旅もがな辛夷咲き　　能村登四郎

を林翔が鑑賞。巻頭詠は主宰・副主宰ともに各十句を発表。

白身魚ムニエルとなる朧かな　能村登四郎
焚火守実は白鳥守なりし
眠げなる狐よ春の襟巻は　林翔
眠薬は一夜一粒梅の闇

主宰は「笠智衆逝く」、副主宰は「啓蟄の頃」と題し、それぞれ短文を添えている。「沖」四月号を通読して、読み易い文章が多いのに感心した。句集評・一句鑑賞等、社外の人もいるが二十八氏の文章が掲載され、作句力だけでなく文章力向上への意欲をひしひしと感じた。

主宰・副主宰が示すこの短文も率先垂範、肩の凝らない筆さばきである。ミニエッセイも企画され、四氏が競作しお互いに勉強になる事と考えられる。毎月社外より「沖ナナメ読」の寄稿を依頼し、今月は「草苑」「晨」同人の山本洋子が「辛口の意見がほしい」との依頼に応え、一寸本音の評を寄せている。このような企画は珍しいが、社内の褒め比べのような文章より参考になり、社中の人も読むのではなかろうか。

作品欄は同人が「蒼茫集」と「潮鳴集」に分かれているが、それぞれ師選を得ているようで、掲載作品は三句から五句である。適宜抽出。

麦踏へやをら音楽携へて　高瀬哲夫
真先に視線の遇ひし雛を買ふ　鈴木鷹夫

知能線感情線とあかぎれし　今瀬剛一
焼香のあと重くなる春コート　柴田雪路
料峭の候と書き初む悼み文　大槻　位
その中に吾子の声ある卒業歌　東條未英
新妻が拭く春塵のあるなしに　猪村直樹

一月号の同人作品評を社内二氏の対談で十句採り上げるなど、編集も企画がバラエティに富む。また、同人作品より主宰が十五句推薦し「真珠抄」として掲げている。一句を抽出。

愛されてゐて薄氷を踏むあそび　辻　美奈子

主宰選の「沖作品」は五句投句で、五句入選は四氏のみ。新人賞予選句として十句を抽出し、「沖作品」推薦句評ではこの十句を中心に選評しているが、推薦句より三句、その他より二句を抽く。

子がひとり夕焚火より引抜かる　山本はる
ひと日だけの祭馬とて粧はる　鉄山幸子
雪靴で来て気後れのロビーかな　小林信江
初鏡とは男にもあるものか　広渡敬雄
廃屋とのみ思ひしが冬灯　中嶋弘子

（平成五年七月号）

風土《ふうど》

平成五年四月号

主宰　神蔵　器
師系　石川桂郎
発行所　東京都杉並区
通巻四〇五号・一一二頁

主宰の巻頭詠は「ふらここ」十二句。

新宿にひつかかつてをり良寛忌
ふらここや鷹女久女に遠くをり
雛飾る箱階段の奥に見え

神蔵　器

主宰詠につづき、毎月巻頭随筆を社外に依頼し掲載している。今月は、「響《ひびき》」主宰・「寒雷」「沖」同人の中島秀子が「四月濃く」と題し、神蔵器主宰の近著『木守』の中の仏生会の句を採り上げつつ、自分の住んでいる葛飾区の大珠院に残るお釈迦さまのことを記述している。社外の人に毎月巻頭随筆を依頼しているのも珍しいが、好企画に応える味わいのある文章であり、内容も四月号にふさわしい季節感がある。

文章は連載物として小林清之介が「映画つれづれ草」（第七十六回）、「門」主宰の鈴木鷹夫が「風騒の人」（第四十九回）を執筆、吉田呉天の「東京俳句散歩」も第二十一回を数え、写真を豊富に添えて今回は豊島区を紹介している。文章で独自の企画は、投句用紙裏面に短文投稿用の欄を作り随筆等を募集し、今回も二編が採用されている。

作品欄は通巻四〇〇号を超える年輪を感じさせる充実振りで迫力に満ちている。先ず平本くららが「寒鯉」七句を発表、続いて「竹間集」同人三十六氏が各々個性ある作品を示す。

沼そこに住み寒鯉に置く重し　平本くらら
雛店に場違ひの顔さらしけり　徳丸峻二
引抜きし葱の香つよき雪催　佐藤よしい
啓蟄や仏も覚めてほほゑめる　二本松輝久

さらに「連載二十句」は、増尾青樹が「冬牡丹」を発表。

琴の音の行き渡りたる冬牡丹　増尾青樹

主宰選の「山河集」同人作品は一五九氏、適宜抽出。

大滝や氷れる上も滝流れ　山田暢子
日溜りを封じ込めたる薄氷　加藤安子

牛小屋の藁新しく春隣　畑村春子

初詣先づ転ばぬを念じつつ　大森美恵

「山河集」作家の森高さよこが「迎春花」と題し特別作品二十句を発表。

春の蚊を打ちて子の部屋後にしぬ　森高さよこ

最後に主宰選の「風土集」が三四頁を占め、同人も投句しているが、七句投句で巻頭でも五句と厳選。五句入選者より適宜抽出。

火伏踊り雪来る前の地を蹴つて　鷲見明子

大晦日賀状出したる人に逢ふ　室岡青雨

筆始子に遺しおくわが系譜　松岡祥児

自転車のサドルに猫の日向ぼこ　松村あや

（平成五年七月号）

未来図《みらいず》

平成五年五月号

主　宰　鍵和田秞子
師　系　中村草田男
発行所　東京都府中市
創刊九周年記念号
通巻一一二号・一〇八頁

昭和五十九年五月、中村草田男直門の鍵和田秞子が創刊主宰。昨年は一〇〇号と八周年の記念大会を京王プラザホテルにて開催。この五月号が九周年記念号となる。

主宰の巻頭言は「九周年によせて」と題し、十周年を控え、

今まで、共に歩んで来た皆様方と、一人の落後者もなく、全員が協力し、応援し合いながら、頂上に立ちたいものである。その後方に多くの山々が連なっているだろうが、一つの山の頂上に立つことで、多くの未来を見通すことが出来る。

と会員に語りかける。

一誌を興し、十周年を目前にするところまで育て上げてきた感懐は如何であろうか。数々の苦労もあったろうし、喜びもあったであろう。十周年はまさに挑まんとする嶺々の前山の頂上という事にな

ろうか。九合目まで手を携えて登ってきた「未来図」の人々が、来年立派な十周年を迎える事を期待したいが、この九周年記念号は、その輝かしい未来を予感させる内容である。「未来図」を通読し、大変品のよい編集、やわらかく暖かい言葉遣いを感じ、気持よく読み終える事が出来た。

主宰は巻頭言につづき「春北風」十五句の巻頭詠を示す。

銀行に廃墟のにほひ春の雪　鍵和田秞子

戦とほし嚙めばしくしく雛あられ

まぼろしの天守は高し春北風

九周年記念特別寄稿を、東明雅信州大学名誉教授、大井雅人「柚」主宰、「万蕾」同人永方裕子、「泉」「夏至」同人千葉皓史の各氏から得ている他は、ほぼ通常の内容のようであるが、去る二月亡くなった同人・富永鳥江の追悼記事の取り扱いがほのぼのとあたたかい。遺句より抽出。

水温むと背山物言ふ妹山に　富永鳥江

春星は故人の瞳みなあたたか

十五句以上を条件とする特別作品を常時募集しているが、積極的に投稿があるのだろうか、今月は四氏が競詠。一句ずつ抽く。

下萌の父ら敵せし国に立つ　鈴木俊策

蟬声のあとの地のこゑ殉教島　川崎慶子
葬列過ぐハイビスカスは朱唇閉ぢ　渡辺祥子
冬菜屑も売る人ごみの壁新聞　春原順子

同人作品は「日月集」としてⅠとⅡに分かれているが、全員五句宛掲載されている。適宜抽出。

雪暗や手ずれし駅の時刻表　上野章子
もぐら打土ゆたかなるこけし村　延平いくと
雁送り来て先づともす仏の灯　白川友幸
玻璃越しに海鳴り聞こゆ室の花　大沼正一

主宰選の「未来図集」は同人も投句し師選を競っている。適宜抽出。

福寿草数を咲かせて本家の威　大野　洋
ふらここのまなこや太りまた細り　米村典倫
投げ餅を発止と受けて雪祭　山本よし子
地球儀に探す任地や鳥雲に　川口みほ

（平成五年八月号）

好日

こうじつ

平成五年五月号

主　宰　小出秋光
師　系　道部臥牛・阿部筲人
発行所　千葉県八街市
通巻四九四号・九二頁

昭和二十七年阿部筲人が創刊し、通巻五〇〇号が目前の歴史の古い俳誌である。主宰も、昭和四十三年筲人逝去後、星島野風が継ぎ、現主宰が三代目になる。東京にあった発行所も昭和六十年に主宰の地元八街市に移し、創刊初期の古い同人も相次いで復帰する等、千葉を本拠に新しい発展期を迎えている。

九二頁の誌面は充実し、編集も一段組みから三段組みまで巧みに使い分け読みごたえがある。

主宰の巻頭詠は「惜春抄」八句。

惜春のひとに知らるる泣きどころ
さくらさくら歩き疲れてまだ歩く
初蝶の失せしは夕日射すあたり

小出秋光

「白雲集」同人五十四氏が主宰詠につづき各五句を発表。個性豊かで句柄もバラエティに富む。適宜抽出。

落椿いく度離婚思ひしや　植村久子
素顔ですむ男に生れ蒸鰈　長峰竹芳
春雪のすぐ消え新聞休刊日　田部黙蛙

文章は現代俳句月評・新著紹介・俳誌月評・同人作品評とつづくが、特徴は新著紹介。三氏が手分けして十五冊を紹介しており、書く人も読む人も、結社外の句集等から様々な句風を知り勉強になる事であろう。

文章につづき「晴陰集」同人五十八氏が各五句を発表。適宜抽出。

食卓の誰の手も出ぬ目刺かな　室岡純子
春浅し鶏舎に雛の声満ちて　田野節子
雨降って地の固まらず地虫出づ　大平草郷

「白雲集」「晴陰集」とも全員五句掲載であるが、主宰は各十句を抽出し推薦句としている。

特集は津田美智子句集『走馬灯』の紹介と鑑賞。主宰の他二十八氏が鑑賞文を寄せ圧巻。また、山梨の葡萄狩吟行を五年つづけており、その吟行特集も各人四句宛の吟行詠を発表し、文章に句作に社内の研鑽、切磋琢磨の状況は、新しい発展期を迎えた歴史ある結社の姿を強く感じた。

主宰選の「好日集」は六句投句。同人にも積極的に投句するよう呼びかけており、六句入選は今回五名。主宰並びにこの五名は誌面一段組みの構成であり、主宰の肌理こまかな配慮がうかがえる。

花辛夷天の扉を開きたる　関澄ちとせ
薄氷や浅き息して熱癒えて　安済久美子
虫出しの雷折鶴に息を吹く　秋山ふさこ
雀隠れ子の抽斗にラブ・レター　七海正博
もひとつの影もわが影糸柳　末永弘子

（平成五年八月号）

港

みなと

平成五年六月号

主宰　大牧　広
師系　能村登四郎
発行所　東京都大田区
通巻五一号・八六頁

来年四月創刊五周年を迎える。四周年の本年四月号では、二十五名の参加を得て「青年作家競詠」を企画した。誌齢も若いが、若い会員が大勢育ちつつあり、若手だけでも切磋琢磨が出来る、活力に溢れた結社の雰囲気が誌面からひしひしと感じられる。主宰も、若い会員の指導は特にやりがいのある事であろう。

主宰巻頭詠は「遠代田」十九句。

まいにちの机に倚りて花惜しむ　大牧　広
新茶より古茶のみどりを信じたき
午後のため昼餉とるなり遠代田
遠青嶺いのち削りて書くとせむ

主宰は巻頭詠につづき「能村登四郎の俳句」と題し、今回で三十九回を数える鑑賞文を執筆。今回は登四郎六十歳台の作品、

青滝や来世があらば僧として　能村登四郎

と八十歳台の近作、

次の世は潮吹貝にでもなるか

を対比しつつ鑑賞し、味わい深い文章である。
同人作品は「暁光集」と「未明集」に区分され、ともに七句投句し、掲載は六句または五句で主宰選を経ている。感銘句を適宜抽出。

白蓮に鎧ふもののなく雨が降る　加藤春子
妻詠めばいづれも佳句となる朧　高橋弘道
苗木売る好々爺にて大雑把　堀　無沙詩
ぽるとがるまで行けさうな春日傘　林　朋子
恋人にほこりの溜まる花朧　櫂　未知子
葉櫻の町に封切り映画来る　矢内涼人
電話して故郷の春に触れにけり　泉田春草

夫や子にかけし夢捨て種を蒔く　中西美和子
チャンネル権取られて久し葱坊主　佐藤正一

「未明集」の作品には特に若々しさが感じられ、発想も斬新で抽きたい句が他にも多かった。

この同人作品の批評を、同じく登四郎を師系とする「遠嶺」主宰の小澤克己に依頼しているが、この鑑賞文は一読に値する。よい作品は秀れた鑑賞文によりさらに引き立つ。

独自の企画は「リレー評論」「誌上句会」など。なお「暁光集」同人の塩津一栄が「こうすれば良くなる」と題して添削例を解説している。

主宰選の「港集」は六句投句で巻頭でも五句。適宜抽出。

涅槃西風一句をおのが履歴とし　浜名礼次郎
懸命に生きて夜ざくら朝ざくら　高津愛子
生国を訛が語る葱の花　本谷英夫
大木の幹に耳あて猟期果つ　村上義長
花屑のふと舞ふに似て晩学は　鈴木良子
かつて漁夫たりしか春を厚着して　飯田以余子
干しあげしタオルの花に蝶が来る　大西比呂
竹馬に乗りし子の目のまつすぐに　西島輝治

（平成五年九月号）

藍生《あおい》

平成五年六月号

主宰　黒田杏子
師系　山口青邨
発行所　東京都渋谷区
通巻三三号・八四頁

一読して、垢抜けして読みやすくゆとりのある誌面づくりに先ず感心した。また、三年目に入り益々躍進の勢いが感じられ、地域単位の句会の他、三十代までの会員による新人会がすでに会合を重ね、さらに四十代の会員を中心にした「ゆふの会」が新発足する等、活気に溢れている。

主宰の巻頭作品は「山櫻」十五句。

ゆふぐれの道に出てをり櫻守　　黒田杏子
ひとりづつさらはれてゆく山櫻
にんげんのまぎれてゆける糸ざくら
枕元まで散りこんで山櫻

引き続き「紅藍集」作家二十六名が各五句の自選作品を発表。

つるはしを担ぎし人も花の昼　岩田由美
春昼の倒れしままのチェスの馬　坂本宮尾
湖に空低くある初桜　髙田正子
赤ん坊の蹴り上げてゐる花の空　かとう更紗
娘らにそれぞれの恋巴里祭　出井孝子
天界に見しもの告げよ揚ひばり　今西美佐子

毎月特集を企画している由だが、今月はこの「紅藍集」作家五名による座談会が特集で、各人の作句工房をざっくばらんに話し合っており、興味深く読ませていただいた。

連載として「江戸百景を歩く」が二十六回を数える。吟行会の記録であるが、その吟行が圧巻、朝十時に集合し夜八時過ぎまで、途中各十句提出の句会を二回行っている。今回も主宰以下十五名が参加し、椿山荘界隈を吟行し大変な勉強振りである。

一冊八四頁の大部分六〇頁が作品欄で、主宰選の「藍生集」は自選作品の「紅藍集」作家も投句し、五句投句ながら巻頭でも四句と厳選であるが、一句欄はなく二句入選までと配慮している。しかし二句入選者だけでも一七七名と、会員の厚みを感じる。この二句入選者より感銘句を適宜抽く。

光みな沖に集めて春渚　熊谷チヱ
海へ散る花びらさくら貝となる　富田馬追

寒椿凶のおみくじ結ばれし　田中　操
菜の花や伊豆へ湯治の競走馬　杉山麻生
きしみつつ家も伸びする春日かな　室伏章郎
芹摘みの靴跡すぐに水あふれ　三島和子

（平成五年九月号）

海《うみ》

平成五年七月号

主宰　高橋悦男
師系　野澤節子
発行所　東京都世田谷区
創刊十周年記念号
通巻一二一号・二九六頁

創刊十周年記念号である。主宰は巻頭言「十周年を迎えて」のなかで、「海」はこれまで「新しさ」を標榜してきた。俳句は五七五の十七文字によって自分の見たこと感じたことを表現する文学である。そこで最も大切なことは新しいということ、つまり創造性である。人まねや月並は俳句の形をしていても文学ではない。新しいということは単に言葉の新しさだけではなく、ものを見る目の新しさ、心の新しさ、ひいては生き方の新しさでもある。一日一日、一刻一刻を新しく生きる。そして新しい自分を創ってゆく、それが俳句を作るということなのである。

と、「海」のモットーである「和を大切に、つねに新しいものを目ざして進む」を再確認し、同人・誌友に指針を示す。

一誌を持って十年、主宰として今までの各周年とは比べ物にならない感激であろう。昭和五十八年七月創刊当時、主宰を取り巻く同志は百人足らず、しかし、この十周年記念号を心ときめかせつつ繙く会員は千人に近いと聞く。難しい言葉を使わず淡々と語るが如きこの巻頭言は、大変分かりやすいなかにしっかりとした筋が通って、「海」の姿勢、雰囲気を感得させてくれる。
主宰の巻頭詠は「鳥柱」五十六句の力作である。年表により過去の巻頭句の句数を調べると、三周年の時の四十二句が最高であった。主宰の十周年記念号にかける意気込みがひしひしと伝わってくる。

仏 足 石 海 の 夏 陽 を 照 り 返 す　　高橋悦男
夏 潮 や 潜 ぐ る 一 羽 に 浮 く 一 羽
日 覆 を 大 き く 島 の 船 着 場
海 苔 を 掻 く 満 ち く る 潮 に 退 り つ つ
う ら ら か や か け ら ば か り の 出 土 品

同人は「七月作品」に七十八氏が各六句を発表、主宰はこの作品より二十四句を「作品抄」として、(一)(二)に分け抽出している。主宰抽出句より抽く。

し ば ら く は 枝 垂 れ 桜 の ふ と こ ろ に　　相馬沙緻
十 年 と い ふ 歳 月 の 花 万 朶　　船坂ちか子
イ ヤ リ ン グ 外 し て よ り の 花 疲 れ　　堀之内和子

鮎解禁釣れて佳し釣れなくて佳し　福原紫朗
百千鳥廃校式は歌で終ふ　土橋いさむ

十周年記念企画は、外部からの特別寄稿が山下一海他九氏。記念作品と随筆の入選発表。文章や鑑賞文として、「悦男俳句の世界」「私の好きな悦男俳句」「十周年の思い出」「私の好きな「海」の一句」、年表、同人自選句と盛り沢山の内容である。特別作品一位より抽く。

桃咲いて島にも育つ稽古海女　廣岡蜻蛉子
若布海女男波に乗りて帰り来し

また、第四回同人賞・第九回海賞・功労賞等の各賞の発表も行われ、海賞については受賞作品抄、選考経過が掲載されている。

銃眼の真正面に花こぶし　矢口由起枝
ハイヒールの音高々と皮コート

「海」若手のホープの一人として瑞々しい作品が並ぶ。
最後に主宰選の「海作品集」の上位五氏より各一句を抽く。

春眠や夢の中でも夢をみて　脇本幸代
花冷えや夜勤のナースマスクして　中里泰子

水温む小蟹ひそめる潮だまり　山田尚子
校長の昔話や入学す　高野清美
朝桜高校前のパン屋混む　広田恵美子

（平成五年十月号）

阿吽

あうん
平成五年六月号

主宰　肥田埜勝美
師系　石田波郷
発行所　埼玉県所沢市
創刊五周年記念号
通巻六一号・一〇六頁

創刊五周年記念号として、巻頭寄稿各三句を二家より受け掲載。

金縷梅やもてなしの白湯たぶたぶと　木村蕪城

青年に青年の歩や春の瀧　星野麥丘人

ついで主宰句集『太郎冠者』についての小林康治の遺文を掲げており、主宰詠「若緑」十句はその後につづく。

酒飲めぬ淋しさも雁帰るころ　肥田埜勝美

落花ごと城址の風に巻かれけり

虔みて句生み句選び若緑

同人作品は「巻雲集」として八氏が各六句を発表。

終の子の終の卒業証書かな　内藤巨人
墨を磨る匂ひほのかに朝桜　安養寺美人
役場より仕入れて来たる花便り　新井秋郎

また、今月より「飛雲集」欄を創設、阿吽賞受賞者と力量安定の作者により構成され、六氏が各六句を発表。

菜飯炊く母の古りたる割烹着　小泉良子
またひとり来て春暁の露天風呂　木村麗水

主宰選の「阿吽集」は七句投句。「阿吽集」ⅠとⅡに区分され、Ⅰの方は全員が五句入選、Ⅱの方は五句または四句入選である。適宜抽出。

釣人の影の漂ふ水温む　矢田和子
此処に墓所定めし湖の桜かな　鹿島田道子
空堀に滑りし跡やつくしんぼ　真下峯子
看取る椅子並べまどろむ余寒かな　稲住津繪子

編集その他の運営に主宰を支えている夫人の十句が「阿吽集Ⅰ」欄の余白に、やや遠慮気味に掲載されている。

雛段を畳みし部屋の古びけり　肥田埜惠子

野遊びの車座になほ割烹着

五周年記念の二十句競詠は一一六人が応募、同人会長の清書した無記名原稿により主宰が選された由、特選三氏より抽く。

待春の潟橇乾く蜑の小屋　下村春實

麻痺の手に曳きし初凧うなづきぬ　大原芳村

湯たんぽを嬰抱きにして母へかな　塩川京子

（平成五年十月号）

畦

あぜ
平成五年八月号

主宰　上田五千石
師系　秋元不死男
発行所　東京都世田谷区
通巻二三七号・一五二頁

主宰はつとに、「眼前直覚」を作句の指針として標榜し、「眼」はわれという存在をかけての「眼」であり、「前」は事物の存在・自然である。「眼」と「前」が直かにいちまいになる瞬間の契機が「直覚」である、と説く。

主宰は今月も巻頭言として「あぜ・しるべ」にてゲーテの言葉を抽いて寸言を、「直覚反射光」と題する寸評では、東京四季出版の処女句集特集『最初の出発』に触れ、「いまの青春を真摯に生きている若い人々の愛読をすすめたい」と結んでいるが、「畦」誌にみなぎる、明るく若さ溢れる活気に満ちた結社ならではの寸評と感銘した。主宰の巻頭詠「成城集」十六句より抽く。

渇仰のいただき現れず山開　上田五千石
梅雨あたたか膝をうてなに赤子眠り

山際はともし夕づく花ひさご
山雲の捲いて日洩らす青胡桃

一読して数々の工夫、特徴に気がついたが、先ず目次は頁を追って列記せずに、「畦集」など作品関係、文章と特集関係、句会案内や広告関係の三つの欄に区分している。文章は吉村公三郎の「母の初恋」、復本一郎の「活字のある風景」、本宮鼎三の「「俳意」の魅力」、山川安人の「古典に生きる人々」、石川昌子の「脛・腿・股の俳句」、中森正純の「つれづれ透視鏡」等、執筆陣も多士済々、内容も硬軟取り混ぜて読み易い。

今月の特集は第十五回青嵐賞の発表。三十句の作品を揃えて応募し、主宰と主要同人が上位十編を選んでいる。第一位並びに第二位の作品より各二句を抽く。

身籠りて言葉やさしき冬林檎　　小林一子
母の文いよいよ短か寒椿
さみしさはいつも不意打ち日雷　　奈良　葉
否といふための寒紅しかと引く

次に作品欄では、同人作品は「美田集」が五句出句で十二名。「畝傍集」が七句出句で二十三名。別に同人は「新墾集」があり、七句出句で主宰選を受け、巻頭でも三句と厳選である。しかし「新墾集」作家に対しては「畦集」に力点をおいて投句し、意欲作や実験作を「新墾集」へ投句するように呼びかけており、同人に対する指導の在り方として注目した。また、この「新墾集」の巻頭作家には、翌月には特別作品三十句の提出を義務づけており、主宰の指導は徹底している。「新墾集」より抽く。

させばすぐ回す機嫌の春日傘　岡　玲子
千の燈の花の夜ぬくし越の国　柳　京之介

主宰選の「畦集」は同人も投句し師選を競うが、質・量ともに充実。五句投句で巻頭でも四句、上位九名は一段組みで同人欄より大きく取り扱い、また一・二句欄だけで二八頁に達する。「畦集」の主宰推薦作品二十句が裏表紙に掲載されているが、二十句中四句が二句欄から推薦作品に選ばれている。この四句を記し、活力に満ちる「畦」鑑賞の結びとしたい。

野遊びの声の見えなくなりにけり　黒田成夫
水貝やきびしからずも師の一語　並山南山
青嵐牧吹き抜けるときつよし　高階有子
一駅を歩くと決めて風青し　市来あつ子

（平成五年十一月号）

橘

たちばな
平成五年八月号

主宰　松本　旭
師系　角川源義
発行所　埼玉県上尾市
通巻一八八号・一一〇頁

五月に開催した全国大会の特集号である。口絵に大宮ソニックシティでの集合写真とスナップを掲載、特集記事は、大会の記、翌日の高麗郷等への大会記念吟行の記等で、来年八月の二〇〇号を控え大いに盛り上がった今回の大会内容を記録している。なお、二〇〇号の準備は、すでに記念作品の募集要領が発表され、記念大会・主宰句碑建立・記念基金募集等、記念事業の案内並びに責任者の分担も掲載され、一年も前から着々と準備を進める手際の良さで、しっかりとした組織に支えられ着実に発展している「橘」の迫力がひしひしと伝わってくる。

大会特集以外では、今月は作品中心の編集である。主宰の巻頭詠は「香炉移しぬ」十句。

伽羅を炷く香炉移しぬ梅雨寒は　　松本　旭
全身を赤めて天ノ邪鬼暑き

二歩三歩雀弾ねては梅雨晴間

主宰の「青龍亭雑記　大津絵の鬼」の短文に引き続き、主宰を補佐し編集代表でもある松本翠が「話打ち切りに」十句で続く。

人間萬歳たんぽぽの絮追つかける　松本　翠

青梅二個拾うて話打ち切りに

主要同人三十四氏の「青龍集」は個性豊かに各五句を発表。

五月雨や地中に眠る石もあらむ　加藤覚範

医者へ行くことが日課の夏帽子　丸山一夫

リラ咲いて墓誌曾祖父に始まれる　西山せつ緒

かたかごの花見てをれば眼の曇る　針ケ谷隆一

主宰は「新・俳句のやさしいつくり方」を連載中で、今月は「感動の焦点化を」と題し、自作や会員の作を抽き、語りかけるが如き文章で大変わかり易い。主宰選は、同人の「潮笛集」と一般の「橘作品集」に区分され、それぞれ七句投句で、「潮笛集」は全員が五句入選である。上位二席より各一句を抽く。

百合の茎折れて緑の極まれり　一色あき

吐くための息また吸うて木下闇　佐怒賀由美子

「橘作品集」は巻頭でも四句入選と厳選。上位二席より抽く。

昏れきらぬまま月あかり青葉木菟　野々宮高成
西安は皇帝でもつ桐の花　篠崎久子

主宰選とは別に五句投句の、松本翠選の「朱鳥集」がある。

夏桑の長けて母郷の近くなる　種子田誠子
度忘れの度を増し卯の花腐しかな　小山妙子

（平成五年十一月号）

氷室

ひむろ

平成五年九月号

主宰　金久美智子
師系　小林康治
発行所　京都市
通巻一〇号・六二頁

主宰の巻頭詠「呉竹抄」九句より。

在五忌の草やはらかくむすびけり　　金久美智子
青蔦が家の容をしてゐたる
葉桜に立て掛けて貸し釣竿屋
雲雀降りてこの辣韮畑けふ刈らず

主宰は「くれたけ庵襍記」と題する文章にて師を偲びつつ、十一月に開催する一周年祝賀大会に触れているが、大会は第三句集『朱鷺色』の出版記念も兼ねる由、精力的なご活躍に敬意を表しご盛況を祈りたい。

主宰詠につづき、「林」時代の「林間集」作家九氏が「氷凌集」に個性に満ちた各八句を発表。

候補者が覗きて去りぬ蟻地獄　柳原天颪子
売られ田を濁して田螺鳴きやまず　杉山霄子
読めとこそ巻ゆるびたる落し文　品川圭介
箱眼鏡提げて天草取りの来る　福田孝雄

創刊初年度であるが、特別作品や競詠に力を入れ研鑽に努め、今月も二氏が二十句、一氏が十六句の特別作品を発表している。各一句を抽く。

夫とゐて素顔の日々や更衣　友永美代子
世に疎く生きて茅の輪をくぐりけり　柴崎節子
病室の真中におきし螢籠　原田小華

発表された特別作品や競詠は、次号以降に「氷凌集」作家等による鑑賞文が寄せられ、今月は七月号に発表の作品の鑑賞文が掲載されている。作品に文章に、大いに勉強にもなり励みにもなる事であろう。

主宰選は八句投句。「氷壺集」と「氷室集」に区分され、「氷壺集」は全員五句掲載、「氷室集」は五句入選が多いが二句入選まである。主宰は「氷壺集」「氷室集」から三十七句を抄出して「氷華集」として別掲し、その中から十二句について、大変わかりやすく、心のこもった鑑賞文を記されている。「氷華集」より。

六月の花嫁がかけ椅子古ぶ　安田守男
暗きより引出す黴の旅鞄　吉永暁史
灯ともせば母ゐるごとし青簾　鈴木つゆ
退職のその後沙汰無し柿の花　吉田みゆき
梅雨晴れや井桁に干して桐の材　阿部徳子
短夜の夢見るほどのこともなく　秋元和子
蟻地獄恋するときは翅を持ち　榎本典子

（平成五年十二月号）

たかんな

平成五年九月号

主　宰　藤木倶子
師　系　小林康治
発行所　青森県八戸市
通巻九号・七二頁

表紙裏に小林康治の、

信濃路や朝は露吹く竹の色

の句を掲げ主宰が鑑賞し、師系をはっきりと示している。巻頭作品は、主宰が「声沓か」十二句を発表。

陶房や屋根打ちならす男梅雨　　藤木倶子
渓流に翳りおとして朴の花
野茨や竪穴住居煙あげ
師の声の沓かとなりし簾かな

主宰につづき編集の上村忠郎が「松虫草」八句を掲載。

梅漬けて妻の背すこし衰ふる　上村忠郎
かるがると人来て去れり松虫草

さらに「竹籟集」は、自選同人八氏が各七句を個性ゆたかに発表。

青葦や力抜きたる風の道　戸辺いわお
夏茱萸を含みて山河ほろにがし　松島千代
たかんなのすでに皮脱ぎ青年期　吉備猿彦
幻の師の声どこに冷奴　佐藤信三

主宰詠につづくこの各作品のあとは、なかなか内容のある文章が掲載され読み応えがある。外部寄稿も庄司圭吾（「白露」）、丸山しげる（「みちのく」）、朔多恭（「蘭」）とバラエティに富む。内部からの連載物として、福島たけしの「漱石の俳句」、吉岡桂六の「俳句における日本語」も面白い。同人作品の「篁集」は編集の上村忠郎選で七句投句。入選は七句から五句まで。入選句から十五句を「光篁抄」として抽出し、上村忠郎が全句に短い鑑賞を添えている。

夕月の秀に出でかなし今年竹　吉岡桂六
金魚玉提げて妊婦の顔をさな　小林一子

夏帽や砂丘越えねば海見えず　岸野貞子
指先の力抜きたり草苺　斎藤玲子

主宰選の「たかんな俳句」も七句投句。六句入選が四名。最後も四句入選であり、やはり入選句から十五句を「翠竹抄」として抽出し、主宰が鑑賞文を添えている。「翠竹抄」より抽く。

湧水の水輪尽きざり花楓　石橋典子
今年竹一途の背丈しなひけり　飯島香代
木苺を摘んで童話の森展く　大島則子
喪帰りの蛍袋に佇ちゐたり　葉山酒童
思春期の照れを隠してカーネーション　吉田千嘉子

（平成五年十二月号）

平成六年

狩

かり

平成五年十月号

主　宰　鷹羽狩行
師　系　山口誓子・秋元不死男
発行所　横浜市
創刊十五周年記念号
通巻一八一号・三一〇頁

十五周年記念号として三一〇頁に達する迫力に満ちた内容で、文章と作品の配分も見事な編集で読み応えがあった。巻頭グラビアは六頁。主宰近影にはじまり吟行等のスナップも掲載し、親近感を醸成。読者を次の巻頭エッセイへ導く。

巻頭エッセイの河竹登志夫をはじめとする寄稿者の顔触れは、飛躍的な発展を続けている「狩」の現状を示し圧巻である。十五周年記念特別寄稿は、ドナルド・キーン、井本農一、杉本苑子、三浦哲郎、林林、の各氏、内容も国際性もありバラエティ豊かである。

「狩行句集一集一句」の寄稿者は、能村登四郎、江國滋、岡本眸、無着成恭、後藤比奈夫、新川和江、山下一海、馬場あき子、朱實、有馬朗人、塩田丸男の各氏。また「二十一世紀の俳句」と題して、宇多喜代子、大屋達治、島谷征良、筑紫磐井、長谷川櫂、遠藤若狭男の各氏が所見を短文にまとめ、示唆に富む内容である。

主宰は、結社内の文章力の指導にも注力し「評論賞」を設け、積極的な投稿を呼びかけているが、今回掲載されている受賞作品二編も内容充実、受賞者の年齢も若く「狩」の層の厚さを感ずる。各分野の外部寄稿を「狩」誌上で読ませる事により、視野を広め啓発に努めてこられた主宰の指導の成果が結実してきたのであろう。

次に俳句作品であるが、主宰は「十五周年を迎えて」と題し、その冒頭で、

創刊当初から「作品本位」をモットーとしてきた「狩」においては、そのおかげで有能な作家たちを輩出した。年功序列を重んじてきたならば、このような好結果には到らなかったのではないか。十五周年を迎えて、「狩」は多士済々を誇りたい。

と記される。主宰の指導力と、それに応えた「狩」会員の研鑽の成果が十五周年に当り、主宰がこのように高らかに宣言出来る状況を生み出したものであろうし、敬意を表したい。この記念号に発表されている作品も個性豊かで多彩である。主宰が先ず巻頭詠として四十三句の力作を発表。

新涼やいささか痩せし羽根箒　　鷹羽狩行

これもまた浪花の声の油蟬

向日葵や土間より暗き上座敷

「狩」創刊十五周年

雁の声すこしにぎやかすぎないか

十五周年記念弓賞受賞作「福豆」より。

しとやかに来て福豆を奪ひあひ　鈴木伊都子
さみどりの風呼ぶ風船葛かな

主要同人二十氏が各十二句の特別作品を発表。

似もつかぬ仔猫を連れて猫戻る　藤井　亘
落書も極彩色のパリ暑し　檜　紀代
大前の角争ひも鹿の秋　八染藍子
磯波に足を引かれる盆流し　木内彰志
文豪の恋の日記を曝しけり　片山由美子

同人作品Ⅰ「白羽」は各五句を七十六氏が発表、同人作品Ⅱ「巻狩」は五～三句を二〇〇氏が競い、主宰選の「狩座《かりくら》」は五句投句、巻頭でも四句と厳選、一・二句欄だけでも四一頁に達する。

主宰が「狩座」より抽出し短評を付した「秀句佳句」より抽く。

昼寝覚め遥けきビルマより還り　馬場檜青
毛虫焼く来世は毛虫かもしれぬ　佐藤花都代
空襲と同じ方向遠花火　斉藤ふみ

結社の発展は、全国各地の支部活動によって支えられる。「狩」の力は、僚誌六誌、主要支部が作成する支部報の紹介、各地区活動の報告を一読し、一層「狩」の裾野の大きさを実感した。子雑誌ともいうべき僚誌六誌との関係も、作品評を「狩」同人が交代で担当する等、相互に切磋琢磨の趣がうかがえ、「狩」一門の今後益々の発展が期待される。

（平成六年一月号）

風の道

かぜのみち
平成五年十月号

主宰　松本澄江
師系　高浜虚子・富安風生・
　　　遠藤梧逸
発行所　東京都渋谷区
創刊一〇〇号記念号
通巻一〇〇号・一七四頁

創刊一〇〇号を記念し一七四頁。主宰の「百号を迎えて」のご挨拶につづき、林林・李芒・瞿麦・王男・井本農一・清崎敏郎・松崎鉄之介・内田園生・鷹羽狩行・鈴木真砂女・有馬朗人の各氏が祝辞や特別作品を寄稿、主宰の近年の交流のひろがりが窺える。

主宰の巻頭作品は「鳳仙花」三十八句、海外詠を含めて精力的な活動振りである。

「高原文庫」露の扉を細開き　　松本澄江
天明の堂宇の屋根に釣鐘草
ドナウまだ細き流れや桐の花
チロル帽赤きが似合ふ麦の秋

七月に開催した八周年記念の年次大会の報告並びに特別作品入選作を誌上に発表、さらに一〇〇号

記念応募句の入選作並びに応募作品集を掲載し、会員の競作振りも賑やかである。一〇〇号記念応募句の「天」受賞作は、

創刊号書架に古りゆくこと涼し　相原優子

また、主宰が先に上梓された労作『花鳥諷詠の先駆者たち』の書評を転載しているが、主宰の師系を知る上でも参考になる評論集として紹介される。若手作家育成を狙う企画「二十一世紀への旗手たち」も第四回を数え、十七氏が各十句を競作、最年少の昭和四十九年生れの作品は、

唇に触れ頰に触れ風光る　高橋里江

主宰の努力は若い人々の発掘に着々成果を挙げているようで、今後が大いに期待される。同人作品は「南風集」と「風の道集」に分かれ、八十七氏が各五句を発表。主宰選の雑詠は五句投句、同人も投句し師選を競っている。

舟板を俎にしてちぬ捌く　山本柊花
一歩引く習性黄ばら愛しけり　文屋頭陀袋

（平成六年一月号）

好日《こうじつ》

平成五年十一月号

主　宰　小出秋光
師　系　道部臥牛・阿部筲人
発行所　千葉県八街市
創刊五〇〇号記念特別号
通巻五〇〇号・三〇〇頁

昭和二十七年阿部筲人が創刊、筲人逝去後は星島野風が継ぎ、現主宰が三代目である。創刊以来、一度の合併・休刊もなく、満四十一年を経て今回が五〇〇号記念特別号である。書道芸術院審査員の髙橋岳心による墨痕あざやかな題字に、川合喜三郎の絵を配する表紙にはじまるこの記念号は、三〇〇頁の大冊である。

主宰の「五〇〇号を迎えて」の巻頭言から、蔦悦子がまとめる「『好日』五〇〇号までの歩み」まで、一一五頁が記念の特集企画である。内容は、特別寄稿として伊藤桂一・中原忍冬の「詩」が主宰の巻頭言につづいて掲載され、意表を突く。

その後に「諸家特詠」として、鷹羽狩行・金子兜太ほか十八名の錚々たるメンバーが、各五句、祝吟や近詠を寄せている。「好日」が五〇〇号、四十一年の歴史のなかに培った交流の幅、底力をひしひしと感じさせる顔触れである。この点は次の「エッセイ集」十名、「セレブレーション」十一名の顔触れについても同様であり、顔触れも豪華であるが、文章もバラエティに富み、これだけのメンバーの作品や文章を集めた主宰以下編集の方々のご努力も大変だったであろうし、それをバランスよく取りまとめた見事な編集に敬服した。

このような外部寄稿による特集に対し、内部の特集記事は「箏人・野風・そして秋光」と題し、三代の師を知る古参同人四名には三代にまたがる回想の文章を、二代目野風を知る古参同人二名には二代目を偲ぶ文章を、現主宰秋光をよく知る二名には「小出秋光掌論」を綴らせている。おのずから五〇〇号にいたる四十一年の歴史が記され、内部の方々にも感銘深いものがあろうが、外部の人が読んでも「好日」をよく知り理解する事が出来る。好企画に応えたよい文章が揃い、「好日」の人材豊富な点、羨ましい限りである。

この記念号では、平成五年度の「好日」各賞が発表され、選考経過・審査感想・受賞作品等が掲載されている。好日賞・青雲賞・白雲賞、各賞とも三名宛受賞であり、受賞作品より各一句を抽く。

箱根八里出合ひがしらの穴惑ひ　早川典江
沈む日の焔となりて花吹雪　森沢照子
浜木綿や明日へ波の無限なる　樋口津ぐ
手袋で磨いてかむるヘルメット　大倉祥男
逝く春の水より暮れて舫船　片山依子
別れねばならぬ電車へ襟立てて　八坂　洵

前を行く君に草矢を放ちたる　荻島雪子
ストローを吸はねば淋しレモン水　安済久美子
夕焼けて一樹に還る並木かな　高木一恵

受賞者の最年少は昭和二十三年生れ。佳作・秀逸等の各作品を通し、句柄・題材の若々しさに「好日」の勢いを感じた。

今回は特集号であり、いつも巻頭を飾る主宰作品は外部寄稿の作品や文章の後、一一六頁に「深秋」と題し十句を掲載。

地の息を父母の声とし深む秋　小出秋光
逝く秋のわが畑にわが足形なし
秋高き是好日の五百号

同人作品は「白雲集」と「晴陰集」に区分、主宰推薦句より抽く。

落葉松林透く山荘の夏爐の炎　早川典江
黒揚羽仕切り直して翔ちゆけり　近藤イヨ子
芒原人ごゑを消す風なりし　佐藤洋子
秋暑し予備校の窓染みあまた　油井和子

「好日集」は同人にも積極的に投句を呼びかけ、全会員が六句投句で師選を競う道場。六句入選の五名は誌面一段組みの構成で、主宰の肌理こまやかな配慮と「好日」の雰囲気が理解出来る。

はたはたや翔んでその先考へる　三枝　真
新涼の水に沈めて手の白き　勝田享子
手折りたき花はその奥ゐのこづち　室岡純子
落ちる日を引つ張るやうに法師蟬　荻島雪子
普段着で髪切りにゆく炎天下　新井恭子

（平成六年二月号）

鴫《しぎ》

平成五年十一月号

主宰　伊藤白潮
師系　田中午次郎
発行所　千葉県船橋市
通巻三一九号・六二頁

主宰の巻頭詠は、「怒」二十句。

身のうちに萩の乱れを許しおく　伊藤白潮
冷まじく読む楸邨の怒の一字
鴫がもう来て沼尻に水尾つくる

主宰はこのほど第三句集『游』を世に問われた。今号では「『游』の一句」と題し、社内各氏による一句鑑賞を企画した。『游』より抽く。

振つてみて音それぞれの種袋　伊藤白潮

ユニークな企画は、「看経抄」と題し同人作品を対象に、今活躍中の他結社諸家によるリレー選で表紙裏に掲載。今月は「萬緑」同人の平井さち子が、九月号の対象三六五句より十句を選出している。同人各位には刺戟にもなり、自選同人には参考にもなる事であろう。その「看経抄」十句より一句を抽く。

追はれし蚊褉の松に遁げこみぬ　樋口幸子

自選同人作品は、三十氏が各七句個性ある作品を発表。

日が差して水騒がしき崩れ簗　中江月鈴子

荘開く熊谷草の淡き母衣　岩上とし子

主宰選の同人欄「寒麦集」より。

蜘蛛の囲のまつただ中に飢ゑてをり　木口正子

裏窓の風鈴表より敏し　鎌田卓司

主宰選の「鳴俳句」は、七句投句ながら巻頭でも五句と厳選である。

安政の治療費を読む黴の家　亀井美奈美

星飛ぶと揺り起こさるる肩の骨　佐藤朋子

（平成六年二月号）

斧《おの》

平成五年十二月号

主宰　小島千架子
師系　角川源義
発行所　東京都杉並区
通巻七四号・五四頁

主宰は「一句一想」と題し巻頭文を記す。今月は内田邦明の句集『砂の音』より三句を抽き故人を偲んでいる。引き続き主宰の巻頭作品は「津軽行」十句であるが、そのなかの二句は、旅先に迎えた師源義の忌にちなんだ作品であった。

くるぶしに穂草の絡む秋燕忌　　小島千架子
源義忌の青く干されし稲架襖
晩稲田の沖に日矢差す津軽かな

主宰の巻頭文・巻頭作品につづき、主宰は「一花抄」と題し、今月の同人作品や会員作品から三十句を抽出し一段組みで掲載している。同人作品はすべて三段組み、会員作品も二段組みであり、同人にはよい刺戟に、会員には励みになる事であろう。

同人作品は「花芯集」と「花仙集」に区分、「花芯集」は各六句を二十八名が個性ある作品を発表。

蛍に袖の触れ合ひなかりけり　師田ます子
馬齢には月の佳すぎる誕生日　島村よしを
月明のプラスチックの金魚かな　高山あい
旗のなき掲揚塔や敗戦忌　佐野双葉

「花芯集」の後、一頁を使い、主宰が「俳句」九月号に出稿した「伽羅蕗」八句を転載。

青萱をくぐり来し子のけもの臭　小島千架子
酒気帯びて来し炎天の男かな

「花仙集」は二十五同人が師選を経て、六句または五句を発表。

蓑虫の葉になりきつて風に添ふ　森本千津子
航跡の末広がりに南吹く　橘川勝恵
剃刀の刃を取り替ふる今朝の秋　柴崎　甲

作品中心の編集ながら文章を巧みに配した構成で充実した誌面を作り、鮎澤俊彦の「としひこの気まま歳時記」、師田ます子の「たべもの歳時記」等の連載も面白く今後が楽しみ。その他、島村よしをの「俳誌をりをり」、森本千津子の「私の本棚」、高橋良子の「句集鑑賞」、榊紫幸のエッセイ、秋山重子の「句集紹介」等バラエティに富んでいる。
主宰選の「花冠集」は六句投句であるが、六句入選者はなく五句入選者が多い。個性ある佳句が多く、主宰が会員の特徴をよく掌握し長所を伸ばそうとの選句振りと拝察、感銘と共感を覚えた。

男運気にせずきたり心太　雨宮美和子
龍神の太息にふれ野分来る　山城美智子
宇野千代の浮名の町に薔薇香る　高橋恭子
首伸ばすだけが威嚇の羽抜鶏　板井道治
鬼やんま我が胸にきて胸熱し　鹿野和乃
虫の音を駅ごとに積む夜汽車かな　岩堀てる代

特別作品と課題句も毎月募集、今月の特別作品は田中光太郎の「夜長」十句。

告別式経をマイクで炎天下　田中光太郎

課題句は季語が題でなく、今月は「島」が課題。

島めぐりアロエの花と大根と　森山妙子
波音に帰省子を待つ島ぐらし　仙田ひさの

（平成六年三月号）

ろんど

平成五年十二月号

主宰　鳥居おさむ
師系　角川源義
発行所　東京都杉並区
通巻二四号・五二頁

「必ずしも在来の型にこだわらない」のが特徴の一つと聞いていたが、誌面構成も主宰詠を最後に配し、一般会員作品が先に、ついで一般同人、主要同人作品とつづくという、普通の誌面構成と全く逆になっている。

巻頭に掲げるのは主宰選の「ろんど抄」二十二句。会員作品の「ろんど集Ⅰ」と同人作品「ろんど集Ⅱ」から抽出し、そのすべての句に主宰は鑑賞文を付している。「ろんど抄」より抽く。

雷神の蓬髪靡くうしろかげ　石川皓子
葛のつる嗅覚ぐんぐん海へ延び　月森眞琴
鈍行に乗り台風をやり過ごす　楠本艸悦
明日に食ふ泥鰌の水を替へにけり　畠山千代子

主要同人の「ろんど集Ⅲ」からも、主宰は「ろんど第三楽章讃」として八句を抽く。

別宮の汐の香強き竹の春　熊谷ふみを
屈折のままの団欒遠花火　原田逸子

このような構成は、「ろんど抄」を目指し研鑽する会員に大いに励みになるであろう。「ろんど抄」は一段組みで「ろんど」誌の冒頭を飾るのだから。編集後記の「ろんどは皆さんの俳誌です」の実践であろう。

主宰は引き続き「俳扇子」と題し、主張する俳論について同人や会員の句を抽きつつ記し、「タブー」に挑戦して自由に詠ずる努力」の成果を感じられているが、「口語表現」「新仮名」をどんどん奨励すると宣言し、誌面からも強烈な活気が溢れている。

文章を「ろんど集」の後に手際よく配し、吉田震太郎・長井通保・飯田藤村子の随筆も味わい深い内容である。

副主宰の田中貞雄が、主宰の前の頁にて「敬老日」十句を発表。

秤売りの海老・昆布買ふ敬老日　田中貞雄
蜘蛛の囲の一端は裸婦像に架け

主宰は、会員や同人等の作品の後に「くすり色」十二句を発表。

台風一過蓮華一族討ち死す
秋冷を呼ぶ蒲の穂のくすり色
秋水の袋小路に太公望
佃煮の鯊の瞳を嚙む敬老日
鳥居おさむ

若々しい俳誌の意欲的な新企画の成功を切に期待致したい。

（平成六年三月号）

春野

はるの
平成六年一月号

主　宰　黛　執
師　系　安住　敦
発行所　神奈川県湯河原町
「あしがり」通巻一八〇号・四六頁

昭和五十三年十一月創刊の「あしがり」を、平成五年に入り黛主宰を編集発行代表とする結社誌に改め、十月号から誌名を「春野」と変えて新出発した。一読して、発足早々の熱気と、主宰の暖かい人柄と肌理こまかな配慮が感じられ、爽やかな読後感であった。

表紙の題字に添え「師系・安住敦」と明記している。この師、安住敦は黛執を「作家としてはもちろん、指導者として」その将来に期待していたと聞くが、第一句集『春野』に因む新しい結社誌を持った主宰が、このように表紙題字に添えて師系を標榜している点に先ず感銘した。表紙絵は中原道夫の作、春の息吹きを感じる斬新な図柄は新しい結社誌に相応しい。表紙裏には安住敦の一句鑑賞を主宰が執筆し、若き日の師を偲んでいる。

主宰の巻頭詠の前に、「春燈」の重鎮・鈴木真砂女が新年号を祝し「破魔矢」三句を寄せる。

破魔矢受く海は見えねど波の音　鈴木真砂女

主宰は「朝の影」七句を発表。

山仰ぐとき締め直す頰被　黛執

みどり子の声ににじみ出る初景色

煮凝に動きそめたる朝の影

主要同人は主宰詠につづき「雲雀野集」に各七句を発表。「春燈」の永作火童はじめ、主宰が育てた俳壇賞の早川志津子、角川俳句賞の奥名春江など十一氏が個性豊かな力作を揃えている。

鶏頭や癌を憎みて癌に狎れ　永作火童

みづうみに夕日の道や種瓢　ながさく清江

山茶花や日なた日なたに猫のゐて　早川志津子

秋潮のせり上りくる鬼太鼓　奥名春江

連載の文章として「季節の鳥」を府川勝臣が、「季語の周辺」を鈴木太郎が記す。二人のやわらかな筆致に結社の雰囲気が判る。

さらに、会員二人が特別作品各十五句を発表。作句力を厳しく競っている。

ゆく年の夕日見てゐる夫婦かな　堀野一郎

水中花夜はつま先立ちて咲く　吉本和子

主要同人に次ぐ同人の「紫雲英野集」は七句投句、主宰選により五句から三句を二十七氏が発表、上位三氏より各一句を抽く。

どんぐりや五穀を断ちし比丘の墓　望月　明
水澄むや加へしものに齢一つ　関口謙太
しぐるるや竹人形に竹の髪　水谷敦子

主宰選の「春野集」は七句投句、巻頭でも五句入選、適宜抽出。

鵙高音空の奥まで見えてゐて　黒岩江里子
銭湯の廃業宣言文化の日　吉村　明
凶作の田面あまねき日差かな　高木はるか

主宰の選後評は「春野逍遥」と題し、丹念にして味わい深い。十一月号での選評の誤りを今回の冒頭で認め、鑑賞をし直して詫びているが、師安住敦が指導者としての資質を見抜いた眼力に狂いはなかったようだ。会員が急増中と聞くが、益々の発展を祈りたい。

（平成六年四月号）

槐《かい》

平成六年一月号

主宰　岡井省二
師系　加藤楸邨・森澄雄
発行所　大阪府枚方市
通巻三一号・八四頁

主宰の巻頭詠は、「密日抄」九句。

灯火を入れたる夜の芭蕉かな
梟が鳴き白川に砂流る
冬瓜の種とるそこら火と水と
岡井省二

次いで、主宰は巻頭文「俳のかたち」を記す。正月号らしく芽出たい話ながら、会員へ「槐」の本義と行方をそれとなく説き示す。創刊して三年に近く、結社も安定し底力がついた充実感が誌面に張り、迫力に富む編集内容である。

今月は特集として主宰の新しい句集『猩々』の鑑賞をとりあげ、社内外の十四氏が鑑賞文を寄せる。『猩々』より抽く。

玄関に出でたる蟇を叱りけり　岡井省二
夕刊にざつとくるんで吾亦紅

文章は、連載の「槐韻槐語」を咲田修が、「現代俳句の視点」を西田孝が執筆、その他「句文集管見」「他誌散策」、随筆等を作品欄の合間に巧みに配している。

作品欄は質・量ともに充実しており、主宰が厳しく、また温かく指導していることが窺える。特別作品二十句は、主宰の巻頭文につづき二氏が二頁一段組みで発表、その後の号で同人が特別作品評を担当している。

胎動もお多福豆も冬うらら　小菅佳子
下駄はいて木の実時雨の藪の中　三枚義明

同人作品の「槐安集」は二十二氏が各五句を発表。

実なし栗虚しきあたりへこみをる　伊藤　格
桶運ぶ海鼠の揺れを知つてをり　岡本高明
身に沁むやいつかなとれぬ眼のうろこ　水澤竜星

同人作品の「槐市集」は〝岡井省二推薦〟と記して八十八氏が登場。

月高しすでにしづかな山の木々　織田敦子
退屈な会議続きぬ秋扇　長井和行
村抜けてコスモス街道村に入る　西村康男
若やいで見せても桜紅葉かな　山崎三樹夫

主宰選の「槐集」は七句投句。同人も投句しているが、巻頭でも五句入選。一句入選もある厳選であるが、主宰の選後評「愛語の時節」は、選は厳しく批評はあたたかくで、大変参考になった。

ふぐが鳴く有磯の海にゐたりけり　各務耐子
ババロアが匙の上なり秋の風　中島陽華
まんまへに壺や瓢や後の月　田口　浩
路地曲がり行きどころなき野分かな　今木偉郎

（平成六年四月号）

多羅葉

たらよう
平成六年一月号

主　宰　澤村昭代
師　系　中村汀女
発行所　東京都日野市
創刊五周年記念号
通巻六一号・一三二頁

元号が昭和から平成に改元した一月に創刊の「多羅葉」は、平成の歴史とともに成長し、今回が五周年記念号である。

主宰はご自身が不自由なお身体でありながら、「多羅葉」の創刊以前から身体障害者の療養施設の俳句クラブの指導に努力し、合同句集やパンフレット程度の福祉俳句誌を不定期に発行する。その他老人施設などにも福祉的なお考えから指導に行かれており、この実績を原動力に「多羅葉」を創刊され、創刊号の巻頭言のなかでも「福祉俳句」と記された。

この福祉俳句誌「多羅葉」の心に共鳴した人々の努力もあり、会員は着実に増加して立派な五周年記念号を今回発行された事はまことに喜ばしく、この記念号を拝読し熱い感動を覚えた次第である。主宰はこの記念号の巻頭言で「私の「去来抄」」と題して芭蕉が類型を嫌った例を紹介し、年頭に当り会員にさりげなく自戒を期待される。

主宰の巻頭詠は「新葉集」十二句。

葱焼いてこころゆるめりひとりの夜　澤村昭代
数へ日の日をゆつたりと多摩の山
大年の橋越す電車きらめきて

主宰詠につづき、「多羅葉」を支援してきた諸家が作品や文章を寄せ、充実した誌面を構成している。その顔触れは、草間時彦・村田脩・鈴木鷹夫、他五氏が作品を、山崎ひさを・村沢夏風・中嶋洋典・下村巳六、他三氏が文章を寄せ、俳壇以外に文壇の方々もおられ、主宰の人脈の幅広さがうかがえる。

文章の最後に、主宰が毎号掲載し今回が六十一回となる「明恵庵雑記」を記される。年頭に当っての決意、この五年間支援を得た内外諸家への謝辞、明恵庵の庭の写生文を記し、味わい深い記述である。写生文中の一句を抽く。

麻痺の手をまたさすりをり萬年青の家　澤村昭代

同人作品「花影集」は二十七氏が各八句を巻頭循環で発表。

松手入終へて庭師の早じまひ　吉永鶴女
流灯のただよう果に異国船　下田きぬ

母如何に在すや窓に小鳥来て　中野東音

五周年記念特集は、「五年間の軌跡」を要領よくまとめた佐藤勝他九氏の文章、記念応募作品の入賞発表、同人各氏の記念十句競詠と充実した内容である。主宰選の記念応募作品は、応募三十六篇で入賞は一名、佳作三名と厳選である。入賞作より抽く。

冬雲の低きを思ひつつ歩く　小木田久富

同人の十句競詠より抽く。

春愁の眼洗ひてひとに会ふ　荒井喜代師
故里に来て山匂ふ初明り　小松愛子
想ひ出も共に引裂く古暦　斉木佳丘

主宰選の「多羅葉集」は七句投句、大部分の人が五句入選であるが、主宰は同人作品とこの「多羅葉集」より十句を抽き「光実集寸評」を記す。短評ながら参考になる寸言である。寸評句より抽く。

老いてこそ身辺清く百日紅　伊藤とみゑ
月今宵水平線を巨船航く　糸川半蔵
青空を借景として柿ひとつ　丸山扶美子

主宰は、編集後記の最後に「今年の目標としては当り前のことですが、毎月きちんと本誌が出せるように」と堅実な目標を記す。

当り前ではあるが一番大事な事。「多羅葉」が一歩一歩実績を積み重ね、次の十周年をさらに立派な内容で迎えられる事を祈りたい。

（平成六年五月号）

遠嶺

とおね
平成六年二月号

主宰　小澤克己
師系　能村登四郎
発行所　埼玉県川越市
通巻二二号・五六頁

主宰は昭和二十四年生れの四十代半ば。埼玉生れの主宰が地元川越から「遠嶺」を創刊して二年に近い。若々しい気鋭の主宰が、全力投球で意欲的にかつ真摯に結社をリードしており、毎月拝読してそのバイタリティに畏敬の念を禁じ得ず、感銘し刺激を受ける点も多い。

表紙は北海道大雪山のカラー写真。「遠嶺」に平仮名のルビだけでなくローマ字も付し、裏表紙の句会案内も「遠嶺俳スクール」と題し、目次から拾っても「メモリアルフォト」「ことばのサンルーム」「俳スコープ」「遠嶺スクエア」と若さと活気がみなぎっている。誌面冒頭はいきなり巻頭作家紹介、十一月号と十二月号の巻頭作家が顔写真付きで紹介される。その裏は、「メモリアルフォト（遠嶺俳句旅行）」と題し八枚のモノクロ写真が掲載されている。

主宰の巻頭詠は、「大枯野」二十句。

水底に捨縄太し冬はじめ　小澤克己
星稜の光鋭き大枯野
新年の一視に据ゑし嶺のあり

他結社の同人に依頼し、交代で「『遠嶺』誌評」を執筆して貰っているが、その人選もバラエティに富み、今月は「小熊座」同人の佐藤きみこが丹念な鑑賞文を寄稿、若々しい俳誌の会員により参考になる事が多いと思われる好企画である。同人作品は「高嶺集」「陽嶺集Ⅰ」「陽嶺集Ⅱ」に区分され、すべて主宰選を経て各五句を発表。適宜抽出。

大股に来て一鍬に水落す　高山里吉
立冬の神鈴身ぬち透きにけり　堀田きみ
嵯峨路来て蒼美しき竹の春　神山喜美代

主宰の第二句集『爽樹』について、他誌掲載の批評等を転載し特集を組む。『爽樹』より抽く。

銀河の尾触れてゐるなり山毛欅峠　小澤克己
凍解きし瀧の裸身を眩しめり

「ことばのサンルーム」は、今月は図書館を詠んだ句を主宰が解説。「俳スコープ」は句集紹介。主宰はなかなかの論客で、「現代俳句批評」も自ら健筆をふるう。

主宰選の「遠嶺作品」より抽く。

さかのぼる鮭の荒々しき背波　山本国江

唐辛子吊りて庇の若返る　伊東みのり

仏顔はすべり易くて冬の蠅　山下悠峰

（平成六年五月号）

黄鐘

おうじき

平成六年二月号

主宰　加藤三七子
師系　阿波野青畝
発行所　兵庫県高砂市
創刊十五周年記念特集号
通巻一九七号・一九六頁

創刊十五周年の記念特集号として、普通号より一〇〇頁増の一九六頁の豪華な内容である。この特集号を通読し、「黄鐘」の暖かく明るい雰囲気がよくわかった。

特集号を迎えて主宰の巻頭詠は「一夜庵」十三句。

梅探りゐて橘の実に逢ひし　　加藤三七子
鐘のこゑは黄鐘調とや笹子鳴く
祝歌一首濃き紫の鴛鴦のこと
一夜庵開けてくれたる二日かな
しだり尾の餅花の紅にじみけり
愛日とよぶべし我の初日記

華麗にして美しい「黄鐘」の調べのなかに読む者を誘い込んでいただける。

主宰詠につづき諸家近詠は、俳壇各界から二十八家が各三句に短文を添え、来賓祝辞も多彩な顔触れで、主宰の幅広い人脈と十五年の歴史の間に築き上げた「黄鐘」の底力をひしひしと感じる。

十五周年を記念し、昨年十一月二十日大阪の新阪急ホテルで祝賀会を、翌二十一日には奈良の宝生寺で記念鍛練会を開催、今回の特集号はその記録を見事に取りまとめ、丁寧な編集振りに感心した。

祝賀会第一部は、森澄雄の「私と俳句」と題する記念講演。速記によりその全文が記録されているが、心温まる内容である。

第二部は献茶の式。茶道石州流の家元が伝統ある作法でたてた茶を、主宰が亡き阿波野青畝先生へ捧げる式である。この際、主宰は毛氈に足を取られ転倒された由であるが、家元がこの日のために特別に用意した茶碗を割らないように茶碗を抱え込んで倒れたので、前日に出来たばかりの着物に折角の茶がすべてかぶった由である。

第三部の記念の宴では、主宰は茶をかぶったままの着物でご来賓の紹介やご挨拶を大変なごやかに明るくこなされ、会は一段と盛り上がったとの事である。「転倒したのが私でよかった。お客様がお怪我でもなさったなら、とんでもないこと」とのお言葉は主宰の人柄を表しており、思いがけないハプニングが、「黄鐘」の雰囲気の暖かさを祝賀会参加者全員の心に焼きつけた事であろう。

特集記事以外では、主宰エッセイ「愛日記」は、師青畝の誕生日の集まりを回顧しつつ味わい深い文章であった。塚本邦雄の連載「黄鐘歳時記」は今回の「ムンク」で九十八回、内容も充実し勉強になる。いずれ一冊にまとめ発行される事を期待したい。

主宰選の「黄鐘集」は同人・誌友がともに主宰選を目指し競詠している。今月号には、「同人団欒」と題し、十五周年記念に発行した『同人句集Ⅱ』から抽出した同人作品が載っているが、毎月の作品は「黄鐘集」一本に絞っているようだ。「黄鐘集」上位五席より各一句を抽く。

間延びして返す木霊や威銃　市原あつし
常滑の青石広き照紅葉　海城わたる
木場堀に宵宮の笛響きけり　濱口はじむ
国原の溜池光る良夜かな　亀岡一渓
長雨や玄関ふさぐ菊の鉢　丸山南石

「黄鐘集」の最後に「難読文字よみ一覧」が記され「(初心者用)」と付してある。例えば、抽出第二句の「常滑」は「とこなめ」の如くで、ページも書いてあるから、読めない字に出会ったらこの欄を見るわけである。しかし「(初心者用)」と断っている所が心にくい気配りである。

阿波野青畝が創刊に際し「黄鐘の弁」なる一文を贈ったその結びの言葉、

黄鐘のようにしらべの高い音色を出すことだろう

の如く、二十周年、三十周年を目指し、しらべ高く鳴りつづけることを祈りたい。

（平成六年六月号）

櫟《くぬぎ》

平成六年三月号

主宰　阪本謙二
師系　富安風生
発行所　愛媛県松山市
通巻六号・七〇頁

昨年十月、「糸瓜」の前編集者阪本謙二が創刊し、主要同人に、吉田速水・石川辛夷・三木照恵を擁する。主宰は表紙裏に自句自解二句、巻頭エッセイ「木のいのち木のこころ」を掲載、ついで巻頭詠「風月集」十五句を発表。

群るるほかなし冬近き真鯉たち　　阪本謙二
野菊晴拭き浄めたる母の墓
冬麗の石天平の鑿のあと
荒星のひとつまたたき癌育つ

主要同人三氏が各八句を主宰詠につづき発表。

白鳳のみほとけ灯り除夜の鐘　吉田速水

暁闇の初松籟に畏みぬ　石川辛夷

放浪記ここに始まる冬の坂

五百羅漢の一漢として息白し　三木照恵

声出して己れ愕く枯の中

才なくて皮手袋の指反らす

主要同人は、吉田速水が「斑鳩日記」と題する随筆、石川辛夷が「現代俳句散策」と題した社外諸家の近詠を鑑賞、三木照恵は「明珠在掌」と題し主宰選の「櫟集」の鑑賞等をそれぞれ執筆、誌面に活気を加えている。また、社外より松山東雲女子大学教授の長谷川孝士の随想、松山聾学校教諭の森幸子の寄稿も得て、文章も充実した構成となり苦心の跡がうかがえる。

作品は、佐伯栄信が特別作品「待春」二十句の力作を発表。

待春や雨降る音を聴くとなく　佐伯栄信

同人作品は十八氏が各五句を発表。主宰選の「櫟集」は七句投句で同人も投句している。同人作品と「櫟集」より適宜抽出。

本尊は瑠璃光如来白椿　山本義久

万両や土鍋に残る魚の骨　砂田弘子

霜柱踏んで童になりにけり　渡辺萩風

「櫟集」の投句者は早くも三〇〇名を超えているが、順調な発展を祈りたい。

（平成六年六月号）

港

みなと

平成六年四月号

主宰　大牧　広
師系　能村登四郎
発行所　東京都大田区
創刊五周年記念号
通巻六一号・一九四頁

平成元年に創刊し、平成の世とともに発展してきた「港」は、この四月号が創刊五周年記念号である。昨年この「港」を一度ご紹介したが、さらに一年を経て益々充実した内容の記念号にあらためて敬意を表したい。主宰は創刊号で次の自祝の句を発表された。

春の海まつすぐ行けば見える筈　　大牧　広

この五周年記念の自祝の一句は、

凧揚がる平らな海を信ずべし　　大牧　広

創刊にあたり抱いた一抹の不安は、五年間の努力と苦労の積み重ねで消え、自信を持って前進をされている事が感じとれる。

昨年二十五名の参加した「青年作家競詠」は、この記念号では「大洋を目指して」と題し三十名に参加者が増加し、各七句に所感等を添えて発表している。若々しい句を五句抽く。

荒れ野焼くあなたが先に火を付けた　櫂　未知子
手袋の指で約せば軽からむ　池田幸彦
背中の子に風やさしかり風車　角田光子
逢ひし日の微熱にも似て薄暑くる　鹿志村祥子
風邪の子の視線引きずり出勤す　星野典子

五周年記念座談会を「主宰と新人賞作家の五時間」と題し、内容も主宰相手に若手のホープ各位が歯に衣着せぬ座談振りでまことに面白い。主宰が各人の個性を尊重しつつ伸び伸びと指導され、若手同士が相互に啓発しつつ切磋琢磨している結社の雰囲気がよく理解出来た。さらに、若手以外の基盤も着々と伸びている。

五周年特集の「各地句会だより」を一読すると、「初心者句会」「初学者教室」等、地域単位でない句会のなかに、晩学の士中心に六十歳以上の人達で構成する「地平の会」が紹介されている。一句を抽く。

老齢のそれがどうした雲の峰　白坂　拓

この活気溢れる「港」を創刊五年で築き上げた主宰は、この記念号に「清明」と題し、特別作品五十句を五周年記念特集として発表。

懸命がなにより鳥の交むさへ　大枚　広
遍路一団杖よりひくき遍路居て
卒業式視線の揃ふ日なりけり

主宰のこの五十句を「暁光集」同人の宇都宮靖が「広俳句逍遙」と題し、九句を抽き鑑賞しているが、主宰句だからと誉めまくるわけでなく客観的に鑑賞して好ましい。

同人作品は「暁光集」と「未明集」に区分され、発表作から主宰が推薦作を抽出、「燈台抄」並びに「海光抄」として掲出している。

玄関にブーツ寝そべる女正月　杉野諒一
老いるのはゆつくりでいい寒の明け　村上義長
此の人があの句の作者新年会　鶴田寅男

この同人作品の批評を結社外の人に毎月依頼し、今月は二月号の作品を「みちのく」の丸山しげるが遠慮ない意見を寄せているが、参考になる内容である。能村登四郎の寄稿「大牧広最近の句業」、主宰の連載「能村登四郎の俳句」「某月某日」を読んでも、「沖」との関係も極めて良好のようで、読んで気持がなごんでくる。

主宰選の「港集」は六句投句、巻頭でも五句。上位三席より抽く。

夜明けには雪てふ手紙厚くなる　後藤静枝

むしろ喧嘩出来ぬ寂しさ青き踏む　能城　檀

神が息かけしぬくさに蕗の薹　松田ゆう

五周年記念に一編二十句の「俳句コンクール」を募集し、一三〇名が応募する活況で発展中の結社の勢いを示す。入選の三編より抽く。

吊り橋を男が揺らす霧の中　松田理恵

雪女郎出て木石が崩れさう　矢内涼人

セーターを派手めにせしも枠を出ず　金子雄山

（平成六年七月号）

百鳥

ももとり

平成六年四月号

主　宰　大串　章
師　系　大野林火・松崎鉄之介
発行所　千葉県船橋市
創刊号・四八頁

主宰は、編集後記の冒頭に、

最初の一冊を今はなき大野林火先生に捧げることを許して頂きたい。林火先生は私が二十一歳の時に師事した生涯の師である。

と記す。昭和十二年十一月生れの主宰は、現在五十六歳である。比較的に若い主宰の誕生に期待し、この俳誌展望で採り上げる最初の「創刊号」として鑑賞させて戴きたい。

巻頭に、松崎鉄之介「濱」主宰が「若餅」五句の祝句を寄稿。

若餅搗き胸の鼓動のいさぎよし　　松崎鉄之介

主宰詠は「春風」七句。

春風の如く緋鯉の浮かび来し　大串　章
残る鴨考へてゐる素振りせり
胡瓜蒔く真夏の雲を摑むべく

主宰友人・清水哲男が文章「事実の様式」を、「濱」同人の上野さち子が「加藤知世子論（一）」を寄稿し、社内からは、「作家・作品研究シリーズ」の第一回を松田雄姿が、「現代俳句月評」は俳人協会新人賞受賞者の村上喜代子が、「俳誌月評」は中山世一が、それぞれ担当して執筆。この三氏を含む同人四十二名が「鳳声集」に個性豊かな作品を発表し、発足早々ながら実力作家を擁し今後が楽しみである。「鳳声集」より適宜抽出。

寒肥の畝のとりまく古墳かな　塩谷康子
初夢をやや艶やかに脚色す　水口楠子

この同人中二名が早くも特別作品二十句を競詠、各一句を抽く。

水音より生るる水音山ざくら　櫛原希伊子
露涼し松の匂ひの鋏の刃　中山世一

主宰選の「百鳥集」は七句投句、巻頭は五句入選、一三八名が出句している。今後の発展を祈り、主宰の鑑賞された作品より抽く。

楡大樹雲染むるほど芽吹きけり　比田誠子
新雪を行くやうしろは振り向かず　佐野まさる
山迫るところより湖凍てはじむ　菅野啓子

（平成六年七月号）

未来図《みらいず》

平成六年五月号

主　宰　鍵和田秞子
師　系　中村草田男
発行所　東京都府中市
創刊十周年記念号
通巻一二四号・一二五四頁

昭和五十九年五月、中村草田男直門の鍵和田秞子が創刊し、この五月号が十周年記念号となり二五四頁の大冊である。「未来図」を拝見する度に、編集の品のよさ、やわらかく暖かい言葉遣いに感心するが、今回も巻頭言から編集後記まで、難しい表現がなく、そのセンスの良さに感銘しつつ拝読させていただいた。

創刊号は今回の十分の一の二四頁であった由であるが、主宰はその創刊号に次の句を発表された。

いにしへの田に蓬萌ゆ進むべし　　鍵和由秞子

この主宰は、苦楽の数々を経て迎えたであろう十周年にあたり、「十周年を迎えて」という巻頭言を記し、十周年は確かに大きな節目である。低い前山に一つ登ることができ、その頂に立って前途の大きな山々の連なりや、後方の裾野を眺めることができる。それはとりも直さず、俳句の前途を眺め、過去を知ることである。

と述べられ、最近訪ねられた古都奈良に触れ、

我々も時に、いにしえを見、今を思い、未来を展望することが大切であろう。小山の上に立った十周年は、その絶好の時である。はればれと前後を眺めて、又新たな一歩を、お互いに手を携えて、踏み出してゆきたい。

と会員に語りかけるが如く記される。

巻頭言につづく主宰の巻頭詠は「飛火野」三十句。

鍵和田秞子

飛火野の遠《お》ちに日がさし孕み鹿
はらばひて瞑想ながき春の鹿
十二神将野火へみひらく眼かな
坂登りつつ紅梅の鬼女であり

特集は、「「老い」について」と題する金子兜太との随談にはじまり、諸家近詠は俳壇各界の錚々たる十家が各五句を寄稿。文章も四氏より寄せられ、最後に「師、楸邨・草田男の真髄を語る」と題し、

主宰と川崎展宏の対談。巻頭から四〇頁までを先ず手際よく編集し、次に「鍵和田秞子論」を「萬緑」同人の横澤放川並びに「未来図」同人の岡田百合絵が執筆し、その作品の青春性や抒情に触れている。

記念作品コンクールは俳句・エッセイ・評論の三部門に区分し、合計一一二名の応募。俳句の特選同人の部上位三席より抽く。

かまつかや壮んなる日は遠に過ぎ　両角直子
きれぎれの蛇の皮泛く草の海　二川茂徳
都庁夕焼予言者めきし髭男　猪瀬侃勇

この十年間の未来図賞並びに新人賞作家が作品競詠を行っているが、新人賞は全員昭和二十年以降生れ、新人賞作家競詠より抽く。

鷺草に眼鏡かけたり外したり　藤田直子
雪だ雪だと椅子のみんなが立ち上がる　大久保　昇
フライパンのウインナ踊る更衣　今村妙子

この若手のうち、六氏が集って十周年記念若手座談会を実施、伸び伸びとした座談内容に、主宰の日頃の指導振りがうかがえた。座談のなかで取り上げられている作品より抽く。

戦争の長期化餅の黴を剝ぐ　檜田良枝
過労死の世をあかあかと冬紅葉　山田径子
尊厳死論倒木寒き湖に揺れ　井上閑子

触れたい点がまだ沢山あるが、紙数にも限りがあり、若手とともに健闘しているベテランの方々の句を「日月集Ⅰ」より抽いて結びとする。

虎落笛粥の中から粥が噴き　峯尾秋翠
春愁の文箱を封じふがひなし　松本千鶴子
浦曲てふ弧のやはらかしポピー村　久保千鶴子

（平成六年八月号）

草の花

くさのはな
平成六年五月号

主宰　藤田あけ烏
師系　石田波郷
発行所　東京都杉並区
通巻三二号・七四頁

平成五年三月、東京都杉並区にて藤田あけ烏が創刊主宰。師系、石田波郷。
昨年創刊、かつ主宰も昭和十三年生れの若々しい俳誌である。表紙裏に「『草の花』信条の紐」として四項目を掲げる。その第三項に「結社活動により佳い作品、有能なる作家を世に送り出す一本の紐たらん」とあるが、この五月号で第一回の草の花賞と評論奨励賞を発表している。主宰期待の作家であろう受賞者の作品より抽く。

十字架を磨きて寒の水曇る　谷山桃村
われ牧師かれ禅僧や寒に入る
聖書読み違へて蝌蚪の生まれけり

評論奨励賞を設けている点も、作品だけでなく評論の新人発掘という主宰の狙いが感じられるが、

受賞者の中嶋稔は「特別作品逍遥」も担当し、今月が第八回目。その文中に、

各人の作品はそれぞれの個性を主宰にぶっつけることである。主宰作品の真似をすることではない。小生も作品は、自分の個性を主宰の胸を借りるつもりで投句している。主宰とは異質のものをぶつけることによってその選句を通じて主宰と勝負しようというのである。それが活動的な結社、有能なる作家の形成につながると思うからである。

とあった。主宰のご指導の成果であろうが、創刊から日も浅い今、信条の紐が着々と太くなっている様子に拍手を送り、今後に期待致したい。

主宰の巻頭詠は「夜の神」六句。

遠くにて鍬の音せる夕ざくら　　藤田あけ烏
夜の神が揺りこぼさるる櫻かな

主宰選の「草韻集」と「草花集」は主宰の選評とともに一般の俳誌同様、俳誌の後の方に掲載しているが、そのなかの秀句を「草の実抄」として主宰作品に引き続く冒頭に一段組みで掲載している。入選の数でなく、佳い作品を一句でもとの質を問う姿勢が感じられる。

「草の実抄」より抽く。

教壇より見えてをるなり春の山　　鹿又英一

掃かぬ日々重ねて草の萌ゆるかな　金井苑衣

闇にゐる心の鬼へ豆を打つ　鈴木　彰

主宰が出席している超結社の句会「きさらぎ句会」の合評の記録が掲載されている。一つの結社のなかに籠もらず、視野を広く、という事であろうが、内容は大変興味深いやりとりが行われていた。

（平成六年八月号）

風《かぜ》

平成六年六月号

主　宰　沢木欣一
師　系　加藤楸邨
発行所　東京都武蔵野市
創刊五五〇号記念号
通巻五五〇号・一九二頁

戦後まだ日の浅い昭和二十一年五月、金沢市にて沢木欣一が創刊主宰、この六月号が創刊五五〇号記念号である。現在は武蔵野市より発行、創刊当初より主宰を助けてきた主宰夫人の細見綾子の米寿を祝う特集も兼ねて一九二頁である。主宰は「創刊五百五十号を迎えて」の巻頭言の結びに、

口癖のように私は「志を高く、気宇壮大に」という言葉を言い続けて来たが、もう二つ「気概と勉強」という言葉を付け加えたい。再来年（平成八年）には「風」は五十周年を迎える。各自、再生の覚悟をもって励みたいものである。

と記し、一門の先頭に立つ心意気を示し、同人や会員の一層の精進を期待される。

細見綾子特集は、口絵の自宅庭での近影にはじまり五三頁までをあて、金子兜太・松崎鉄之介ほか、俳壇以外の方々も含む二十一名が祝意のこもった文章を寄せ、同人や会員の方々が「綾子先生との出

会い」または「綾子の一句」と題し、同じく短文を寄せている。メインとなる企画は俳人協会評論賞の受賞者、堀古蝶と杉橋陽一の対談「細見綾子の句業」であり、最後の「細見綾子略年譜」まで実に読みごたえのある特集である。

この特集に引き続き、主宰夫妻が各五句の当月作品を発表。

お彼岸やわがへその緒はいづこなる　沢木欣一
夕暮の牡丹やうすき星見えて　細見綾子

同人作品がお二人の作品に続くが、同人数は二七四名の由で、五十年近い歴史のなかで育った錚々たる顔触れが揃っている。

校歌いま鎮魂の歌仏桑花　高島筍雄
神と神話す小声や春の闇　柏　禎
藍壺の生きて泡立つ島の春　中山純子
石積みの安寿の塚へ木の芽雨　林　徹
鴉飛ぶ熊野入江の冬菜畑　滝沢伊代次
初雲雀声やはらげて降りて来し　皆川盤水

平成六年三月、三日間にわたり沖縄で同人会総会を開催し一二七名が参加、その折の作品が同人作品にも多かったが、さらに十名が各十二句の競詠を発表している。適宜抽く。

紅　型　を　染　め　る　軒　先　燕　来　る　　大城幸子
守礼門のがじゆまる鳥の巣をかかげ　　岩崎眉乃
石　積　ん　で　支　ふ　窯　屋　根　花　ゆ　う　な　　内藤恵子

主宰選の「風作品」は通巻五五〇号、多くの作家を俳壇に送り出してきた「風」の底力を示す内容である。五句投句に対し、巻頭を含む六名が四句入選、三句入選八十四名、二句入選二二四名、一句入選は一五〇〇名を超える。
主宰は選後、「風作品の佳句」と題し十四句に短評を付すが、すべて一句入選のなかから抽いており、入選句数に厳しい反面、一句の質を重視する肌理こまかな指導振りである。「風作品の佳句」十四句より抽く。

シャガールの青の絵に会ふ四温かな　　須貝としこ
月　山　の　見　ゆ　る　如　月　月　夜　か　な　　粕谷容子
弓なりに海見えてゐる花ミモザ　　貝瀬久代
冴　返　る　採　血　車　来　て　魚　市　場　　土井利一

（平成六年九月号）

浮野 うきの

平成六年六月号

主宰　落合水尾
師系　長谷川かな女・長谷川秋子
発行所　埼玉県加須市
創刊二〇〇号記念特集号
通巻二〇〇号・一三八頁

昭和五十二年「水明」から独立し、落合水尾が創刊主宰、本号は二〇〇号記念特集号である。主宰は「二〇〇号所感」で、

写生は一つの科学。観照は一つの哲学。表現は一つの芸術。観照一気は、それらを俳句の上に遂行する一つの指標である。気の充実、気息の形象を心に置き、人生諷詠の道を心爽やかに進みたいものである。

と結社の指標をあらためて強調される。主宰の巻頭詠は「水韻集」三十句。

郭公や水に深まるものの影　　落合水尾
学校に残照残花残務の灯

桃の花木戸にさびつく蝶番
牧草に隠れもあらず青雉子
あめつちに矢車の里ひらきけり

二〇〇号の記念寄稿は、畑和（前埼玉県知事）と草間時彦の二人。文章は、その他に主宰が「俳句、この禅なるもの」と題し俳句観を説き、「水尾小論」として太田かほり・染谷多賀子・辻本日水・龍野龍の社内各氏があらゆる角度から主宰の俳句を評する。

二〇〇号記念の浮野大賞は応募五十二編、社内予選で選んだ二十五編を、社外十一氏を含む十六名で本選し、最後に一編に絞っている。

花火果つ野の闇いたくけぶらせて　　島崎なぎさ
染め抜きの落款ひかる四温かな
濃く染めて武具となる糸桜東風

この社外選者の顔触れは、後藤比奈夫・上田五千石・深見けん二など多彩で、受賞作は十一名中十名から得点、深見けん二が第一位に推していた。結社内だけの枠にはまり込まないよう客観性の高い選考方法であり、受賞者も大きな自信になる事であろう。主宰は最後に応募全作品から感銘句を抽出し、予選で落選した作品の中の注目句も列記し、配慮が行き届いている。

同人作品は自選三句で「青遠集」「谷川集」に区分、適宜抽く。

はかなさの世に更衣いくそたび　梅澤よ志子
高き木は風の標識入学す　落合美佐子
夕桜湯殿へつづく板廊下　太田かほり
群なして群れで驚く目高かな　矢島蓼水
天上の鶴となるべし白木蓮　吉田勝彦

主宰選の「浮野集」は五句投句、四句入選は巻頭のみ。

青空にぺんぺん草を聞きたしや　並木松枝
座禅草朽ち果つるとも振りむかず　増田幸子
岩間よりそそぐ水幅山葵沢　佐久間梅峰
あっさりと木蓮くずれたる日暮れ　山﨑敏子

（平成六年九月号）

笹《ささ》

平成六年七月号

主宰　伊藤敬子
師系　加藤かけい・山口誓子
発行所　名古屋市
通巻一七五号・一三六頁

平成七年五月、十五周年を迎える。この七月号に記念行事等の詳細を発表している。昭和二桁生れの若き主宰が創刊し、幾多の苦難を乗り越え、今まさに充実の時を迎えた勢いが誌面に溢れている。主宰は、表紙裏に「六〇〇字」と題し近代俳句を自在に鑑賞、巻頭詠は「翠石集」と題しすでに一〇三回を数え、十五句を発表。

潮風のみどり髪膚に梅雨晴れ間　　伊藤敬子
陽光に潮の香ありぬ濃紫陽花
梅の実の熟れて陽射しも果肉とす

巻頭詠につづき、各誌に掲載された主宰詠や「笹」誌評、同人吉村とし子句集『帯留』評などを一五頁にわたり転載している。同人作品等の前にこの転載を掲げたところに「笹」の心意気を感じた。

主要同人の「朱竹集」は三十二氏が各六句を発表。

安曇野や植田水田の連らなりて　乾　節子
菩提寺を訪ふは蛍の頃とせむ　福本一宙
桃咲いて五臓のゆるむ真昼かな　吉村とし子
花見ての戻り鷗のみずみずし　物部顕二郎

国際化時代の俳句の海外への紹介にも注力し、英文俳句欄を他誌にさきがけて具体化したのは「笹」が最初と聞いたが、今回も夏目漱石の作品五句の英訳を「朱竹集」につづき掲載し、特色を示している。次に特別作品は各十句、顔触れも「朱竹集」作家が多く、主宰に引き続き一門の実作活動の先頭に立つ意慾が伝わってくる。

走り根は沼を目指せり水芭蕉　山田有華
夏帯や魔女も集ふる音楽会　林　南邨
水の香の膨みてくる青蛙　大江伸幸

特別作品につづき、同人作品は一三三氏が各五句を発表。

石組みのゆるみし隙の鼓草　伊藤文郎
牡丹のくずれ易きを描き留どむ　三浦百合子

捨てかねし一衣もありぬ更衣　松永紫浪

夏草や踏まるる程に生く力　井口敏太郎

文章は、主宰作品鑑賞を三輪立、他結社の句集紹介を髙峰悦子と浅井清香が、「現代俳句月評」は岡田香代子、「漢詩を読む」と題し藤本喜平、その他「笹」誌上の作品鑑賞を津田信彦・大竹欣哉・曾川貞子・鵜野達二等が担当し、健筆を振るい多士済々である。

主宰選の「呉竹集」は五句投句、主宰は選評を「竹林集の四句」「呉竹集の珠玉について」と題し、各作者に「さん」の敬称をつけ味わい深い鑑賞を行い参考になる。なお「呉竹集」は同人も投句、同人作品・特別作品・「呉竹集」とすべてに活躍している作句力旺盛な士も散見され頼もしい。

「呉竹集」の上位三席より各一句を抽く。

明日掘らむ筍思ひ眠りたり　箕浦志づ子

茶柱に心ゆらしつ桜餅　清水阿以子

音たてて樋の吐き出す余花の雨　向　三恵

（平成六年十月号）

耕《こう》

八周年記念号

主宰　加藤耕子
発行所　名古屋市
創刊八周年記念号
通巻八一号・六六頁

別に英文「Kō」を発刊する等、俳句の国際化時代に国際的に活躍している異色の結社である。主宰加藤耕子が昭和六十一年名古屋市より発行、この七月一日発行の八周年記念号は通巻八一号であるが、「七月号」という表示は表紙にも目次にもない。表紙裏に一九八六年六月の「発刊のことば」を掲げる。八周年記念号ではあるが、記念特集は組まず六六頁の通常の編集である。

主宰は目次につづき巻頭作品「春の寺」十句を発表。

武具飾る長子異国に三年過ぎ　　加藤耕子
物音の三つ四つ洩るる春の寺
水引草踏めば滲める山の水

国際色豊かな誌面は、主宰作品の次に児玉実用の詩集『イギリスの旅』を掲載、その他国際的記事は「牡丹随想」を瞿麦が、俳句作品と「洛神賦」を劉徳潤が、また、第三回日中友好牡丹俳句会の記録と入選作を掲載、「ブラジル近詠」を十二氏、また、フェイシー・エリカが「ブライス詩文選レセプション」を記す等バラエティに富む。

劉徳潤の作品と「ブラジル近詠」より適宜抽く。

夕焼けに葵咲きをる洛河かな　劉　徳潤

大雪の日本の電話夜半の秋　富重かずま

椰子たてし門松に犬ゆまるなり　田　幹夫

五一頁から五八頁までは英語による編集で、草間時彦や川崎展宏の作品、または「耕」会員の作品の英訳等を掲載。俳句の英訳は、その詩情を上手に翻訳するのが大変難しいと思うが、その努力に敬意を表し一層の活躍を期待したい。

「発刊のことば」に「俳句と文章の雑誌「耕」を発刊いたします」とあったが、今回も文章は佐藤和夫の「芭蕉はなぜ勿来の関へ行かなかったか」、主宰の「芭蕉の「しぐれ」」をはじめ、日比野里江と藤島咲子による「句集・俳書紹介」の他、エッセイ三名、小説一名と豊富な内容である。

作品欄は同人の「樹林集Ⅰ」と主宰選の「樹林集Ⅱ」に区分、別に特別作品を五氏が競詠している。「樹林集Ⅰ」は三十二氏が各五句、バラエティに富む作品を発表。

弾んでは雀こぼるる花の下　日比野里江

指輪なき母の手になる柏餅　鶴田恭子
天守より笑ひ声もれ花の城　木内美恵子

特別作品より抽く。

仙人掌の花や彩もつ白日夢　藤島咲子
鉢植の紫陽花重心定まらず　谷口文子

「樹林集Ⅱ」は七句投句、主宰の選評は「樹林集Ⅱの雑詠を耕の基盤と思っています」と結び、厳しくかつ丁寧で参考になる。

花屑を拾ふ花屑だけを見て　安藤奈穂
俳諧の鐘聞かまほし虚子忌かな　宮内春燈

（平成六年十月号）

宇宙《うちゅう》

季刊第四号

主宰　島村　正
師系　山口誓子
発行所　静岡市
通巻四号・四八頁

平成五年秋、山口誓子は体調を崩し「天狼」の終刊を宣言、平成六年三月二十六日、九十二歳で逝去された。「天狼」の終刊宣言ののち、「天狼」主要同人によりいくつかの俳誌が創刊の名乗りをあげた。「宇宙」も季刊により発足。この十月には「一周年記念の集い」を計画している。主宰はこの第四号にも表紙裏に「創刊のことば」を掲げる。「創刊のことば」は、

久しく熟慮した結果、管鮑貧時の友と、俳誌『宇宙』をここに創刊する。『宇宙』は、俳句をこよなく愛する人々の小集団であり、研鑽の場でありオアシスでもある。

に始まり、

小鮮でも魚は魚、精進、切磋琢磨することによって、やがて、水を攪する季節も到来するであろ

う。『宇宙』には、夢があり明日がある。

で結ぶ。山口誓子は星をこよなく愛し、多くの星の句を遺した。

露更けし星座ぎつしり死すべからず　　山口誓子

この「天狼」を継ぐにあたり、「宇宙」を誌名とした主宰の心意気が感じられる「創刊のことば」である。

目次につづき、「在りし日の誓子先生」として写真を掲げ、ついで誓子を偲ぶ主宰他の短文を掲載。つづく主宰詠も「合掌の今年竹」と題し十句、誓子を追慕する作品を発表。

きさらぎの星空の星みな潤む　　島村　正

西方に対き合掌の今年竹

滴りは巌の涙かも知れず

文章欄を豊富にとり、「エッセイ」はそれぞれ味のある作品で人材の層の厚さを示している。また、今回は主宰が「天狼」のコロナ賞作家笹野俊子の第一句集『青蓮』の鑑賞文を記し、二氏が感銘句を抽いているが、この笹野俊子は「恐山」二十句の特別作品を寄稿。

延命水湧く死の山の登山道　　笹野俊子

死の山に生者踊りて夜を明かす

作品欄は「主星集」「伴星集」「新星集」に区分されており、掲載はすべて五十音順で、「伴星集」は十代〜三十代の由。各集より適宜抽出する。

天も地も富士も霞みて誓子逝く　勝又小夜
ずぶぬれの父の夢見る溝浚ひ　島村　久
螢火のモールス信号読みとれず　阿部真木子
一滴の香水をもてはにかめり　古庄智佳子

（平成六年十一月号）

橘

たちばな
平成六年八月号

主　宰　松本　旭
師　系　角川源義
発行所　埼玉県上尾市
創刊二〇〇号記念特集号
通巻二〇〇号・三〇四頁

編集後記の「橘だより」に針ケ谷隆一が、

ついに、創刊二百号を皆様にお届けすることができました。三百頁を超えたこの厚さは、そのまま「橘」の発展・充実の確かな証しであります。

と記しているが、松本旭主宰が昭和五十三年一月、「橘句会報」としてガリ版刷で第一号を発行してから十七年余、隆々たる「橘」の実力をひしひしと感じさせる内容である。最初に、歴史を綴ってきた折々の写真四十枚を掲示、第一頁には「橘の目指すもの」三ヶ条を記す。主宰は「牝鹿また」二十句、主宰につづき編集代表松本翠が「時の拘束」十句を発表。

朧夜の牡鹿駈ければ牝鹿また　　松本　旭

存念の声降らしめて揚雲雀
ふらここは天の青降るわが生地
白湯飲みて仏書読みたる春の宵
時の拘束トマトは丸ッかぢりして
真鯉緋鯉口突き出して青葉雨

松本　翠

松本翠は「ほんものの味」と題し味わいある随想も掲載。記念号への外部寄稿は、作品が各五句六家、評論が三氏、随筆が五氏、評論と随筆はすべて俳壇外の学者・作家等バラエティに富み、「橘」の交流の広さを物語っている。連載は、木越隆の「源氏物語の女性たち」は一三七回に達し、今回から加藤瑠璃子の「父楸邨とのこと」が始まった。ともに楽しみな連載で、「橘」の誌面構成を一段と迫力のあるものにしている。

さらに二〇〇号記念対談として、この二〇〇号の口絵に「富士暁へ」を描いた日本画家関根将雄と主宰との対談を掲載し、「日本画と俳句、そして風土」を自在に語り合い、記念号に一層彩りを加えている。二〇〇号を迎え記念作品も募集し、俳句・評論・随筆の三部門で選考結果が発表されている。俳句部門の入選上位三氏より抽く。

信じる力一つの林檎わけあへば　荒井良子
信心の山迫り来る寒茜　落合ヨシ子
指呼の間の青き国後島夏怒濤　簑口民子

一位入選の荒井良子は昭和三十六年生れ、平成四年埼玉文学賞受賞。「橘」には若い力も着実に育ちつつあるようだ。なお、記念号特集として「「橘」歳時記」「松本旭業績一覧」「橘年表」「橘誌年表」を整理して記録しているが、主宰と結社の精力的な活動の歴史に驚嘆した。

主要同人の「青龍集」は文章を添えて各七句を発表。適宜抽く。

田植終へ手間の貸し借り相済みぬ　加藤覚範

職退きしのちの日数や桐の花　関口謙太

ピカソの青見てをり風の復活日　飛高　敬

主宰選は各七句投句の「潮笛集」（同人）と「橘作品集」で、主宰はそのなかから「橘作品抄」としてさらに三十八句を抽出。

柔らかき枕に眠る花の夜　鯵坂美智子

十薬に夜の白さの降りきれず　澤田美雪

漬物の空桶洗ふ立夏かな　善哉童子

主宰選とは別に五句投句の松本翠選の「朱鳥集」より抽く。

女坂登るあとさき茂らせて　黒田みえ

（平成六年十一月号）

天為

てんい

平成六年九月号

主宰　有馬朗人
師系　山口青邨
発行所　東京都豊島区
通巻四九号・一二四頁

主宰は昨年三月、東大総長を退官されたが、物理学者として引き続き国の内外で活躍され、多忙な日々と思われるのに、この「天為」を拝読して精力的なご指導振りが窺え、感銘を深めるとともに強い刺激を受けた。

この九月号は第五巻第一号で、平成二年九月に創刊され五年目に入ったところであるが、平成七年九月に迎える創刊五周年の記念行事について、一年前のこの号で会場（学士会館）・記念作品コンクール等の予告を掲載する等、主宰のご指導で結社内の体制も着々整備され、飛躍的な発展をしている結社らしく活気に溢れ手際もよい。

主宰の巻頭詠は「跳ね橋」十二句。作品欄の下に「六〇〇字エッセイ」を記す。今回は「人類の未来」と題し、天文学者や人類学者との座談会について触れ、物理学者としての一面を披露している。

炎天の跳ね橋の今静かなる　有馬朗人
和すれども同ぜずにゐて白上布
布衣たらむとしたれどまたも汗の世に

主宰の先輩として三顧問が各八句を、主宰作品欄の次に発表。

七草寺詣で第一番の桔梗寺　柘植芳朗
江の島道関所のごとく栄螺賣　橋本風車
木隠り行く秋葉街道大夕立　鳥羽とほる

次に、主要同人欄として「二十二人集」の精鋭が各五句を発表。

失せし川失せし橋夏椿散る　上井正司
鉄塔の下も三河の燕子花　大屋達治
逃げ水を三方ヶ原に追ひつめし　和久田隆子
芳一の琵琶に吹きこむ春しぐれ　佐怒賀正美

さらに、同人作品「天心集」は一一七氏が五句または四句を発表。

遊牧の民の遠目に草萌ゆる　千田春扇
聖五月半旗の垂るる街ダラス　青田水鳴

潮騒の窓に白夜のノクターン　森　忠

等、海外詠がよく目につくのも特徴と思われた。
充実した作品欄の他、文章も、井上まこと・上井正司・七田谷まりうす各氏がエッセイや俳論を、俳誌月評は久野雅樹、俳句月評は日原傳、同人作品評は編集長の大屋達治、吟行案内を勝又富美子と執筆陣も多士済々である。
主宰選の「天為集」は五句投句で同人も参加して主宰選を競い、主宰は「十人十色」と題し鑑賞文を記す。「天為集」より抽く。

蝸牛鬱を忘れて遊びけり　日原　傳
七難で足りぬ面を灼いてをり　久野雅樹
上役の小言にもなれ藪蚊打つ　山崎よし尾

なお、主宰は表紙裏に「蒐玉抄」と題し、「二十二人集」をはじめこの九月号の全作品から三十二句を朗人推薦として抽出、「天為」の目指す水準を一門に示している。この中より一句を抽く。

田植機を手足のごとく洗ひけり　井上まこと

（平成六年十二月号）

畦《あぜ》

平成六年九月号

主宰　上田五千石
師系　秋元不死男
発行所　東京都世田谷区
創刊二五〇号記念号
通巻二五〇号・四〇四頁

昭和四十八年八月静岡県にて創刊、この九月号は二五〇号の記念号であり、豊富な特集記事を掲載し四〇〇頁を超える大冊である。

特集に寄せられた寄稿者は、作品が鷹羽狩行・三橋敏雄・中村苑子・鷲谷七菜子の各氏、文章として「諸家開眼句」とのテーマで、松崎鉄之介・金子兜太ほか現俳壇の大家九氏に開眼句の披露旁々、一人二句の俳句観の寄稿を得、これだけでも興味ある内容となっている。

さらに「畦」作家論を、加藤三七子・片山由美子等、外部寄稿により多彩な分析を得て、結社内に刺激を与えている。俳壇外の寄稿も井本農一・宗左近・玉城徹他、文壇・詩壇・歌壇にまたがり圧巻である。また、社内寄稿も本宮編集長以下同人を中心に十六名が俳論・作家論・句集評・随筆・紀行文と健筆を振るい、作品だけでなく文章の面でも社内の競争激しく活気に満ちている。

その他、記念記事は最近の活動記録として、アルバム六頁・創刊以来の巻頭作品集・年譜・既刊の社内作家句集一覧など。二五〇号記念号として「畦」の歴史と現在を知るのに至れり尽くせりの内容で、大いに参考になった。

記念特集以外では、主宰は例月と同じく冒頭に「あぜ・しるべ」を掲げ、巻頭作品として「成城集」十六句を発表。

存問の減りゆく硯洗ひけり　上田五千石
夏負けて流離の相のかくれなし
螻蛄鳴くやかこちもならぬ女運

第十五回畦賞並びに新人賞作家の自選句より各一句を抽く。

鯖雲や離散を経たる忌のつどひ　水内慶太
聖堂に懐炉をしのばせて入る　塩田龍瑛
でで虫やころころかはる子の望み　藪田あゆみ
扇風機より要らざる風を貰ふ　桂　有梨子

「美田集」作家は十二氏が各五句を発表。

三伏の窓開けて山近づけぬ　百瀬美津
全集を曝して亡き師独り占め　深谷鬼一

「畝傍集」作家は二十一氏が各七句を発表。

花ふくべ咲けば手招く酒の神　大庭星樹

更衣しても生真面目紺の服　本宮鼎三

「新墾集」は七句投句、同人欄であるが、五千石鑑で巻頭は三句。

恋あまた経し手に螢にほはしむ　向田貴子

テントよりテントを訪ね星涼し　田辺百子

更衣わが行く末を見はるかす　伊藤直介

主宰選の「畦集」は五句投句、同人も投句している。適宜抽く。

羅を着て身の枯れを可笑しめり　渡辺トク

吾も子も親馬鹿どうしさくらんぼ　栗野節子

下闇の苔の段通踏み通る　横山節子

波乗の舞ふとき波に触れずなり　峯尾文世

（平成六年十二月号）

平成七年

春野

はるの
平成六年十月号

主宰　黛　執
師系　安住　敦
発行所　神奈川県湯河原町
通巻一一三号・六〇頁

主宰は表紙裏の「創刊一周年を迎えて」のご挨拶のなかで、会員数が四三〇名と当初の三倍増に達した事を報告し、数々の支援に御礼を述べ、今後の決意として、

大きくなることより小さくとも高い志をもった真摯な俳句求道の集まりとして、先師安住敦先生の「人間と自然の関わりを見つめる」という俳句信条を指標に掲げ、一層の誌面の充実と会員相互の作品の向上をめざして精進を重ねてゆきたいと存じます。

と述べられる。そして巻頭詠は「桐一葉」十句。

空蟬や片側濡れて樫の幹　黛　執
盆休どの家からも川が見え

桐一葉からめてゐたる竹箒

同人Ⅰの「ひばり野集」は今月から一名増加して十二氏となり、主宰詠につづき個性豊かに各七句を発表。

熱帯魚ふりかへるときをんなくる　桑原白帆

蚊柱の芯より日暮濃くなれり　ながさく清江

半夏生家鴨よごれてねむりけり　喜多みき子

作品欄だけでなく文章欄も着々充実し、「俳諧寸描」を石井茂、「季節の鳥」を府川勝臣、「「胡」に寄せて」は立原修志が、「季語の周辺」は彦井公雄が、「現代俳句展望」を久保文子、「小中高生の俳句」は中井公士と、題材・執筆陣ともバラエティに富み内容も参考になる。そして、黛まどかも「カタカナ季語讃」を記し執筆陣の一翼をになって、肩のこらないペンのタッチで楽しませてくれる。

同人Ⅱ「げんげ野集」は七句投句、主宰選で五句または四句を掲載。

八朔の神鈴ひびく木立かな　菊池たか志

夕立の洗ひし塔の高さかな　西原ゑい子

炎天やつぶやきもらす小石たち　高橋湯美

特別作品も毎月掲載され、今回は同人Ⅰの作家を含む四氏が各十三句を競詠、同人Ⅰ作家の積極的な参加に結社の雰囲気が感じとれる。

烏瓜の花数聞きも聞かれもせず　永作火童
釘づけの山荘に遇ふ草の絮　立原修志
かい抱きてうなじ拭きやる蛍の夜　寺村朋子
裸婦像の一歩踏み出すはたた神　岡林英子

主宰選の「春野集」は七句投句で巻頭は五句、小学生欄もある。

犬の引く鎖の音や旱星　岩崎まり子
瓜の馬天馳けし児が乗り捨てし　浅野博史
晩涼や板のきしみも寺住ひ　飯野弥笙
ありの道どこまでつづくくねくねと　早川芳美（小二）

（平成七年一月号）

初蝶

はつちょう

平成六年十月号

主　宰　小笠原和男
師　系　石田波郷・石塚友二
発行所　千葉市
通巻一二〇号・九八頁

昭和五十九年細川加賀が創刊。今回で一二〇号となり、ほぼ一〇〇頁の内容は作品欄が特に充実。十年の歴史を積み上げた結社の底力を感じさせるものがある。
主宰の巻頭詠は「水鉄砲」十二句。

翡翠のふつと消えたる水の色　　小笠原和男
水鉄砲臍が降参してをりぬ
炎天へ閻魔の沙汰を置いて来し

主要同人十八氏が「立羽集」にて各七句を発表。

踊る輪の途切れし暗さありにけり　　阿戸敏明

日盛りの海の方から鳶の笛　　高橋富里
川風や浴衣さらひの見ゆる窓　　三宅応人

この「立羽集」作家の一人、長谷川耿子が特別作品二十三句「出羽の夏」を発表。

象潟の浜の卯の花腐しかな　　長谷川耿子
湯の町の橋から橋へ盆踊

主宰は、主要同人の作品欄につづき「俳句拈華」と題し、作句の心得など俳句観をわかり易い文章で綴られ、すでに八十七回を数えるが、大変勉強になる内容である。他に、文章「雪国歳時記」を津幡龍峰が、「平成俳句探検」をあかぎ倦鳥が、「たべもの春秋」を川島四天が、「新下総国風土記Ⅱ」は小林子雀が、各々練達の筆致で読ませる内容である。

また、やはり「立羽集」作家の橋本文比古が句集『朧』を上梓したので特集を組んでいる。『朧』五十句抄より抽く。

指吸うて鯉の甘ゆる涅槃かな　　橋本文比古

主宰選の「初蝶集」は八句投句、巻頭でも五句入選で、この十月号九八頁のうち半分の五〇頁を占め、多数会員が師選を競い圧巻である。主宰は上位四十四名より各一句を抽き「初蝶抄」として推し、そのなかから「初蝶秀句」と題し四頁にわたり味わい深い鑑賞文を記されている。これだけでも主宰の俳句観、「初蝶」の目指す方向を知る上で大変参考になる。「初蝶集」より適宜抽く。

ひとつ火は妻を亡くせし螢かな　藤森連山
湖の闇が見えきし端居かな　杉浦虹波
初鮎やくすり頼みの酒五勺　若林正男
同じ汗流して妻と老いにけり　藤田あきら
ジーパンの膝に穴あけ暑し暑し　小俣たか子

（平成七年一月号）

初蝶《はつちょう》

平成六年十一月号

主宰　小笠原和男
師系　石田波郷・石塚友二
発行所　千葉市
創刊十周年記念特別号
通巻一二一号・二四〇頁

石田波郷・石塚友二を師系とし、昭和五十九年十一月細川加賀が創刊。平成元年十月、細川加賀の急逝により現主宰が継承し、創刊以来十年。この十一月号は通巻一二一号にて、十周年記念特別号として二四〇頁に達する。

この二四〇頁の編集配分がなかなか見事で、大別して前半八四頁は記念特集、そして「初蝶」の創刊号六五頁を挿入し、後半九〇頁余が通常の構成となっている。創刊号を全頁挿入したのも珍しいが、十年の歴史のなかに途中入会者も数多く、創刊号を知らない会員も多い事と思われるので好企画と感銘し、細川加賀の創刊の言葉の中の、

作者一人一人が必ず持っている優れた個性を最大限に尊重する、さういう俳誌にしたい。

との一節に大いに共鳴を覚えた。

その創刊号に特別作品五十句を早速発表されたのが現主宰である。現主宰が継承されてからでもすでに五年、「斃れて後已む」のご挨拶で引き継がれ、現会員八五〇名、投句者六五〇名の立派な結社に育て上げられたご苦労も大変だったと思われる。

前半の特集の部では、特別寄稿に草間時彦・村沢夏風の二氏、招待作品に鷹羽狩行他八氏が作品や文章を寄せ、また長谷川耿子が「小笠原和男俳句鑑賞」を執筆、社内からも同人二一四名が自選句を発表。「十周年記念随想」も先師を偲び、今後への期待を述べたりとバラエティに富む。

現主宰の「十周年を迎えて」の巻頭のご挨拶も、

毎月八句の投句鍛錬は、その内容に於いて最大限の個性の場と言い得る。この個の積み重ねこそが作品自体を不動のものとし、それがまた強固な相互信頼に発展する道とおもわれる。

と「初蝶」の作品について触れ、新旧会員が一体となり着実に前進しつつある結社の姿に自信を深めつつ、期待を込めて述べられている。表紙裏に師系四氏の十一月の作品を掲げ、師系をしっかり明示しているのも結社のまとまりが感じられる企画である。

主宰の巻頭作品は「涼新た」十二句。

大根蒔く人のうしろの水明り　　小笠原和男

色鳥や顔出したがる崖佛

涼新たもう鳥籠を洗はねば

後半の通常編集の部は、先ず自選同人十八名の「立羽集」。各七句を個性ゆたかに発表。適宜抽く。

螢火や目をもて辿る向う岸　田部谷　紫
まくなぎや僧が煮炊のかまど跡　中田みなみ
児等の輪に始まつてゐる盆踊　長谷川耿子

主宰が「俳句拈華」と題し二頁にわたり俳句観を記す。すでに八十八回を数えており、会員の質問にも答えている。また、今月は「踏青賞」三十句の選考結果を発表、応募三十編、入選は一名。

漆掻く順路のうちのけもの道　早立栄司

自選以外の同人作品欄はなく、全員が八句投句の「初蝶集」で師選を競い、巻頭でも五句と厳選、主宰は「初蝶抄」としてさらに四十四句を抽き、「初蝶秀句」と題し十二句を鑑賞する。「初蝶秀句」より抽く。

昼寝してをられし筈の地獄耳　中島三千尾
秋茄子を食べ根っからの楽天家　小俣たか子
Jリーグの名を言はされて遠花火　佐竹テル
気の早きみ佛在し門火焚く　田中吉恵

（平成七年二月号）

濱《はま》

平成六年十月号

主　宰　松崎鉄之介
副主宰　宮津昭彦
師　系　臼田亜浪・大野林火
発行所　東京都中央区
通巻五八六号・一一〇頁

先師大野林火が創刊以来、来年十二月で五十年六〇〇号を迎えるので、すでに記念大会・行事計画を発表し着々準備中の段階。この号にも「私の六百号」と題した六氏が回想文を寄せる等、すでに盛り上がっている。
平成六年は大野林火十三回忌で、表紙裏にその法要の写真が掲載されている。主宰の巻頭詠も「林火忌ほか」と題し十九句を発表。

林火忌を迎ふに夜々の花火かな　　松崎鉄之介
林火忌の諸肌脱ぎに年譜記す
喜雨洗ふ林火十三回忌かな
湯上りの肌すぐ乾く夜の秋

ついで近藤一鴻が「遊行抄」と題し十句を発表。

林火忌や師風したへる弟子ら老う
青空へ手をさし伸べて林檎もぐ　近藤一鴻

同人作品が「十月集」としてⅠ・Ⅱに区分され、その後に続いて掲載されているが、Ⅰ欄にはすでに知名の作家も多く、半世紀の歴史を誇る結社らしく作家の層の厚さを示している。「十月集」Ⅰ・Ⅱ欄より適宜抽出。

空蟬を拾ひて飛ばす海の風　猿橋統流子
神の森昼寝してゆく人もゐむ　村越化石
草を刈る帽子が沈みまた浮かび　宮津昭彦
島の子が瓜抱へくる土用東風　佐野美智
芋の葉の隙間ひらひら海が見ゆ　大串　章
獅子独活の白き群落ガレ蔽ふ　荒川文雄
渓渡る外湯めぐりに大文字草　谷　けい

文章欄も同人が健筆を振るい、林香耀子が「『埋火』を読んで」、茂里正治が「諏訪・長島・勝本」、広和子が「泉を探る」を執筆。特別作品も同人Ⅰ欄の三名が各二十句を競詠等、同人の活躍が目立ち、主宰中心に同人がしっかりまとまっている事がわかる。特別作品より各一句を抽く。

海光に石蕗の葉照れり行在所　八牧美喜子
柳散り水路の水の動きけり　市川翠峯
墓山の何処からも見ゆ星月夜　毛塚静枝

なお、社外寄稿を「青山」主宰山崎ひさをに依頼し、同人の句集評を載せよい刺激になっている。主宰選の雑詠は七句投句で、巻頭でも五句入選、主宰の鑑賞文は大変綿密で参考になった。上位作品より抽く。

絶壁に尽きて氷河の滝落とす　千葉冴子
ゆつたりと鰐の口開く灼くる国　村井久美子
スキューバダイビングへ発つ雲の峯　鱸　千里

（平成七年二月号）

沖《おき》

平成六年十二月号

主　宰　能村登四郎
副主宰　林　翔
師　系　水原秋櫻子
発行所　千葉県市川市
通巻二九一号・一二六頁

本年九月、創刊二十五周年かつ三〇〇号を迎え、その記念大会を「沖の見える」浦安市のヒルトン東京ベイで開催する。明治四十四年生れの主宰、大正三年生れの副主宰、この八十代の両長老の下、昭和二十四年生れの編集長が活力ある誌面づくりに努力し、迫力ある内容に強い刺激を受けた。結社内も能村研三編集長の俳人協会新人賞につづき、昨年は中原道夫が俳人協会賞、大島雄作が俳句研究賞を受賞等、若手が切磋琢磨し相互に啓発しつつ研鑽を積んだ成果であろう。

主宰・副主宰とも、引き続き肩の張らないタッチの五〇〇字随想を添えて、各々号十句の作品を発表する。

春へ手のとどかぬ如く冬深し　　能村登四郎

風邪声をすぐ覚らるる電話口

眼が合ひて追ふともなしに雪女
休止符に割り込む虫の音ありけり　林　翔
ほんの少し直してやらむ乱れ萩

十二月号ともなると、一年を締めくくる企画が各俳誌とも掲載されるが、二十五年の歴史を基盤に一層の発展を見せている「沖」らしい企画は、今年で四回目という「「真珠抄」をめぐって」という座談会。「真珠抄」は主宰が毎月同人の「蒼茫集」「潮鳴集」の中から優れた作品十五句を選んで推薦しているもので、年間一八〇句になる。この推薦作品について、毎年メンバーを替えて合評会をやろうという企画で、今回は編集部員九名が自由に放談会を行っている。主宰の推薦作品でもあり、誌上で活字になるだけに遠慮気味になるところだが、このような企画がつづいている点にも「沖」の明るい活気が感じられる。
また今回は、日頃地味な裏方として編集校正に努力しているメンバーを全会員に紹介する場ともなっており好ましい。今月の「真珠抄」十五句より抽く。

兄のごと夫あはくをり夜の秋　坂本俊子
ちよつと寄るもう縁のなき運動会　望月晴美
松茸を裂く快感のありにけり　楠原幹子
稲架組んで知る竹の癖縄の癖　渡邊　爽

十二月号としてもう一つの企画は「私が選ぶ沖・今年のベストテン」で、二十四氏が各十句を選んでいる。年間全作品から十句を選ぶのはなかなか難しいと思うが、複数の人が選んでいるカタカナ入りの句が眼にとまったので抽出する。

冬逝くにカーテンコールなどは無し　中原道夫
ダイヤモンドダストの中の髪膚かな　渡辺　昭
レインボーブリッジの盆霞かな　松村武雄

連載企画で特に感銘したのは「沖ナナメ読」で、結社外のベテランに忌憚のない批評を依頼している。今月は「ホトトギス」の古参同人である大野雑草子がずばりと鋭い短評を寄せており、よい刺激になる。

主宰選の「沖作品」は五句投句、一・二句欄だけでも三〇頁の厳選のなか、五句入選は五名、そのなかより適宜抽く。

とらへたる鶏の動悸や豊の秋　小堀紀子
擱かれゐて秋扇どことなく弛ぶ　中島あきら
職退きし上司の忘れ扇かな　白井剛夫

（平成七年三月号）

麻

あさ

平成六年十二月号

主宰　嶋田麻紀
師系　渡辺水巴・菊池麻風
発行所　茨城県つくば市
通巻三二四号・八〇頁

八〇頁と思えぬ充実した読後感であった。先ず編集に工夫がこらされ、表紙に目次を、裏表紙に編集後記を配し、三段組みの構成を上手に二九頁取り入れ、総合誌等の広告もなく誌面をフルに活用。また、松浦敬親の二つの文章「現代俳句月評」と「坪内稔典句集『人麻呂の手紙』を読んで」の独特の切れ味の評論文に魅了されたためであるらしい。

主宰の作品も、表紙裏からの見開き二頁、まさに巻頭詠であり、作品ページ下段の「個性」と題する短文も渡辺水巴を語り、創刊者の先師菊池麻風に触れ、主宰としての心境を述べて味わい深い。

掬ひ飲む知命の水の澄みにけり　　嶋田麻紀
冷やかに火事装束の展示かな
鳥渡る空や釦のかけ違ひ

墓打ちし木の実の土を拭ひをり

今まで同人制がなく、平成七年から同人制を導入し同人欄も二つに区分する由であるが、主要同人とも思われる「あかね集」作家に推された二十三氏の作品より適宜抽く。

野分あと容あるもの光りあふ　小倉浩幸
白露の灯点す震災堂の奥　古川和子
影が来てとんぼうが来る水の杭　赤井淳子

三段組みの構成は、「句集散見」を高橋逸郎、「俳誌展望」を野末琢二の他は吟行会・句会報等である。連載企画として「一字」詠み込みの課題句を募集。今月の題は「福」で八十六句の応募、出句と選句の整理に編集部も大変と思うが、うまくまとめてあり楽しい企画である。今月成績発表された課題句は「寸」で、最高点は十八点の、

一寸寄るつもりが昏れて蕗の雨　山県幸枝

であるが、選句は短評も添える事になっているようで面白い。

主宰選の「あさ集」は七句投句であるが、巻頭でも五句と厳選、同人制導入後も「あかね集」作家以外の同人は投句出来るとのことで、「麻」の一番重要な作品研鑽の場である。主宰は巻頭短文のなかで、「特に、その人らしい個性的な句に出会えた時はうれしい」と述べている。「選後に」より適宜

抽出する。

灯を消して漆黒の秋とりもどす　土橋たかを
湯気たててゐる松茸の奉書焼き　佐藤容子
飛石は女の歩幅著莪の花　石井一星
障子貼る白き歪みを許しけり　桜井幸江

（平成七年三月号）

百鳥

ももとり
平成七年一月号

主　宰　大串　章
師　系　大野林火・松崎鉄之介
発行所　千葉県船橋市
通巻一〇号・五八頁

昨年四月に創刊し、最初の新年を迎えた若々しい俳誌である。主宰は巻頭文として「鉄筆宣言」と題し、

今年はガリ版刷りのような俳句をつくりたい、と思っている。一字々々鉄筆で原紙を切っていくような、そんな〈手仕事〉的な俳句がつくれたら、と願っている。


と、新春を迎えての抱負を記される。

主宰は昨年この「百鳥」を創刊されただけでなく、評論集『現代俳句の山河』を刊行されたが、この度、平成六年度の俳人協会評論賞を受賞された。この主宰のご指導で「百鳥」の誌面は文章も内容が充実している。

「作家・作品研究シリーズ」は第八回を数え、社内で交代で執筆。今回は「鷹羽狩行句集『誕生』を

読む」と題し、山根繁義が狩行俳句の「感性の切れ味」を分析している。その他「現代俳句月評」「俳誌月評」も交代で執筆させているようで、会員全員の切磋琢磨を抽き出す主宰のご指導振りがうかがえる。社内の作品鑑賞も、同人作品・特別作品・二句欄・三句欄とそれぞれ内容豊富な鑑賞で、相互に刺激し合って作品の質の向上に励んでおり、発足して日の浅い俳誌の瑞々しい活気がよく伝わってくる。

作品の方は、主宰の巻頭作品「冬帽子」十句が先ず掲げられているが力作である。

大根の穴を出て来し蝗かな　　大串　章
小春日の鯉を花かと思ひけり
木の葉とびつくし童子に夢あらた
冬帽子かむりて勝負つきにけり
都鳥浚渫船の傾ぎたる

一門の先頭に立ち、鉄筆宣言を行った主宰の心意気が感じとれる作品群に感銘を深めた。主宰詠につづく同人作品「鳳声集」は、七句以内の投句で各人五句が掲載され、主宰はそのなかの二十四句を秀句として推薦している。主宰推薦句より適宜抽く。

神の旅浮桟橋の大き揺れ　　嶋崎茂子
水替へて秋の金魚となりにけり　　白川宗道

柿剝いて黙を怖れてゐたりけり　村上喜代子

特別作品二十句を二氏が発表している。各一句を抽く。

冬隣しきりに跳ねて夜の鯉　田中萱子
石据ゑて庭引き緊まる白露かな　山本三樹夫

主宰選の「百鳥集」は七句投句で、巻頭は五句入選、主宰は「百鳥の俳句」と題して味わい深い選後鑑賞を記される。

人ごとのやうな顔して鯊釣らる　金津敏子
どんぐりにブレーキのあり止まりけり　友田しげを
運動会応援団のまた競ふ　伊藤禮市
秋の蚊によく似た男欠勤す　半澤左緒里

（平成七年四月号）

岳

たけ
平成七年一月号

主　宰　宮坂静生
師　系　富安風生・藤田湘子
発行所　長野県松本市
通巻一八五号・一一八頁

主宰は昭和五十三年の創刊以来、親雑誌「鷹」との円満な関係を保ちつつ俳壇に幅広い交流関係を築き、多彩な活躍をつづけている。主な著書のなかに『俳句の出発――子規と虚子のあいだ』『虚子以後』があり、近く『虚子の小諸』の刊行を予定している。

そのような縁であろうか、「ホトトギス」が来年迎える創刊一〇〇周年の記念企画の一つとして、連載中の対談にも主として虚子の小諸時代を含む戦中戦後の十年について、稲畑汀子と興味深い意見の交換を忌憚なく行っている。

「岳」を創刊して十七回目の正月を迎えた。主宰の巻頭詠は「年歩む」十三句。

櫟山歩きて年の歩む音　　宮坂静生
数へ日や妹が厨の霞草

鯉の揚ぐうすきけむりや小晦日

また、文章として連載中の俳話「筑摩野折々」も一一二回を数え、今回は「新春寸言」と題して主宰の俳句観のほか今年の諸計画にも要領よく触れ、「岳」の目指す方向について知るのに大変参考になる。

この巻頭文につづき、この一月号の同人・誌友全作品のなかから主宰が推薦する作品を「岳一月」と題して三十句抽出し掲載している。各々の作品欄に先立って推薦句を一段で掲げているところに、主宰の「岳」俳句の質について厳しく結社内に問うている姿勢を感じた。

同人作品は「雪嶺集」「前山集Ⅰ」「前山集Ⅱ」に区分されているが、各集の同人は主宰選の「岳集」にも積極的に挑戦し、同人・誌友の作品を通しての切磋琢磨もまた活発である。

主要同人「雪嶺集」より抽く。

色変へぬ松や良寛誕生地　中島畦雨

海紅豆二艘の水脈のせめぎあひ　小林貴子

銀紙を皺めし空や日展へ　中西夕紀

「前山集」Ⅰ並びにⅡより適宜抽く。

見ゆる星見えざる星やましら酒　五味一枝

今にして足尾渡良瀬水澄める　両澤佐一

顔にとぶ鯉の鱗や恵比須講　瀬尾恭子
潮騒に傾ぐ灯台秋つばめ　荻原京子
城のごとサイロの浮かぶ良夜かな　佐藤栄一

今月は、第十二回前山賞二名並びに第十五回岳俳句会賞一名が発表されている。それぞれ候補者を同人や選考委員の推薦で六～七名に絞り、その候補者から年間発表二十句を提出させる方法である。

先達の強気早飯開山祭　黒鳥一司
泊夫藍や寝につくまでは今日のうち　国見敏子
耳に来て音となる風山法師　古川巧一

「岳集」は六句投句ながら巻頭でも四句入選。

菊焚きしその夜の風に聡くをり　柳沢白草
落葉しきりわが青春の療養所　及川和子
蕪大根漬けて日昏れの酔ひ心地　武居　愛

（平成七年四月号）

青山《せいざん》

平成七年二月号

代表　山崎ひさを
師系　岸　風三樓
発行所　横浜市
通巻一四七号・五四頁

俳句作品欄を「青山集」のみに絞り、山崎代表の作品五句「ホットウイスキー」が巻頭であるが、全会員の作品がこの後に同じ活字で続いており、最後には「小学生の部」が並んでいる。多くの俳誌の作品欄の構成と違うので大変清々しく、フレッシュな印象を受ける。

紅葉冷ことに吊橋渡るとき　山崎ひさを
脱稿を諦めホットウイスキー
歳月や沢庵石に石の艶

代表の五句の後は、主要同人をはじめ諸家が各々題名を付して五句発表でつづいている。五句欄より適宜抽く。

恍惚と胡麻を叩いてゐたりけり　平間真木子
動かざる水に水草紅葉かな　池田秀水
神輿庫の軒にからつぽ燕の巣　石谷秀子
狐出て昼の国道まぶしめる　小宮山政子
断かむばかりの馬偭秋の声　中居あきさだ

四句欄以下は地域別に区分されている。題名はない。適宜抽出。

榠樝の香高き文化の日なりけり　神保千恵子
ワインもて寿ぐ古稀や菊日和　細野和子
クリスマス雪のふる夢見てみたい　水田正秋（小四）
きゆう食でピーマン一ぱいこまつちやう　斉藤あゆみ（小三）

作品欄を「青山集」に全部まとめた反面、文章欄を限られた誌面で充分にとり、内容もバラエティに富んでいて、質も高く読ませる内容である。ひさを代表の苦心の跡が感じとれる誌面作りで感銘を深めた。

表紙裏の「現代俳句鑑賞」はひさを代表が執筆、今回は富安風生の〈水盤に麦の穂高き二月かな〉を採り上げている。岸風三樓を師系とする俳誌として、その師である風生の二月の句を二月号に採り上げた点、風生忌が二月二十二日でもあるので、さりげない肌理こまかな心くばりに感動した。

その他の文章は、「宮武章之句集『駅以後』管見」を二宮貢作が、首藤会津子の句集『会津』の鑑賞を菊地凡人が執筆、それぞれ作者をよく知る人によりほのぼのとした鑑賞文で、結社の雰囲気のぬくもりを感じさせてくれる。句集出版も活発のようで、編集後記によれば十名を越える人が着々と準備中の由である。

他の文章では「忌日俳句鑑賞」が池田秀水によりすでに十一回目に入り、中味の濃い読み物となっている。小宮山政子は「今月の俳句」と題し俳壇諸家の近詠を鑑賞、平間真木子は「青山集管見」と題し会員の作品を丹念に鑑賞、菊地凡人も「老記者の敗戦記憶」を執筆等、主要同人が健筆を競い誌面は充実している。畝昭子の「続アムステルダム便り」も国際化の息吹きを伝え、「俳誌管見」は中居あきさだが今月は「蘭」を紹介、その他に「一句鑑賞」にも誌面をさき、頁数以上に読みでのある俳誌である。

かねて懸案の「青山歳時記」を今月から所載、「新年の部」が先ず掲げられている。一句を抽く。

社団法人俳人協会事務始　山崎ひさを

（平成七年五月号）

風樹

ふうじゅ
平成七年二月号

主　宰　豊長みのる
師　系　山口草堂
発行所　大阪府豊中市
通巻一一〇号・一〇〇頁

創刊以来、主宰の「生きる証しの一期一会」を俳句理念に着々と発展し、本年十周年を迎える。主宰が精力的に一門を率い、しっかりと主宰中心にまとまり、主宰の俳句観が作品や文章を通して繰り返し語られる誌面構成である。
主宰は毎月の巻頭詠を「風濤抄」と題し力作を発表しているが、今月は「砂丘冬天」二十句。

神々の国の暗むや雪起し　　豊長みのる
白馬とも見えて沖より冬怒濤
寒雷の波立ちさわぐ鵜の礁
大乾風砂丘の天は砂曇り

表紙題字下に「俳句は情念の深遠なる宇宙である」と記し、一頁目には主宰の句会での語録より

「リズムの効果は感情を支配する内部韻律である」を紹介、巻頭詠につづく連載の「行人日記」も主宰の口述記録であり、主宰の俳句に対する想い・人生観等が師草堂との俳句談義等を通し、門人にも語りかけられている。

会員の作品は主要同人「六花集」が「行人日記」につづいて掲載され、同人の「当月集」がそれに続く。主宰は「六花集」「当月集」より二十句を「天日抄」と題して表紙裏に抽出し、推薦している。「天日抄」より適宜抽出。

母山は雪来る頃か熟柿吸ふ　安藤葉子
雁渡し虫の屍は砂と飛び　平田繭子
裏畑は日照雨過ぎをり大根引　みぞうえ綾
海苔篊に漕ぎ寄る小舟しぐれ波　荒川幸恵

「風響集」も同人作品であるが、主宰はこの作品から二十句を「星戀抄」と題して推薦している。推薦句より抽く。

波襖立てて沖より冬来たり　星影美紗
芋の露したたり山河夜明けたり　田中里佳
一燭のゆれて綿虫見失ふ　あらたに梢

文章欄にも充分に配慮した誌面づくりで、毎月結社外から「風樹作品評」の寄稿を得ている。今回は「蘭」同人の火村卓造が、十二月号の作品から四頁にわたり丹念な評を寄せている。社外の鑑賞文は刺激にもなり参考になる事であろう。

社内の文章は「俳壇時評」を奥田鷺州が、「現代俳句月評」を徳永敬二が、また、西田もとつぐが「豊長みのる掌論」を記し、「俳縁句縁」を山陰石楠が担当する等、「六花集」や「当月集」の作家が文章欄でも活躍している。

主宰選の「風樹集」は主要同人も投句し、全会員で師選を競う。

柿吊つて家郷の月日澄みにけり　林ヨシ子
綿虫や白髪呆と風に泛く　井上佐貴子
病雁の鳴きこぼれては海の上に　伊藤虚舟
朝寒やちりちり縮む焙り魚　矢崎ちはる
洗ひ上ぐ蕪の白さも冬はじめ　鈴村つや

（平成七年五月号）

白露

はくろ

平成七年三月号

主宰　廣瀬直人
師系　飯田蛇笏・飯田龍太
発行所　山梨県一宮町
通巻二一五号・一七四頁

平成四年八月、飯田蛇笏・龍太の父子二代にわたり通巻九〇〇号を数えた「雲母」が終刊。終刊号の龍太詠「季の眺め」より抽く。

またもとのおのれにもどり夕焼中　飯田龍太

この「雲母」の厚い作家層を基盤として翌平成五年三月に創刊され、この号で通巻二一五号であるが、「雲母」の流れを継いでいるだけに一七四頁の大冊である。主宰の巻頭詠は「鳰」十句。

川舟の気づかずにゆく梅の花　廣瀬直人
寒牡丹くづれんとして蘂に触れ
無垢といふ白憚からず寒牡丹

蒼石に見尽くされしか鴫

巻頭詠につづき主宰は「視野点描」と題し、蛇笏と龍太の句を抽きつつ「作句寸感」を記し、しっかりと師系を継ぐ姿勢を示す。
同人作品は多士済々のメンバーが自選三句に絞り個性豊かな作品を競い、この作品評は同人三名が交替で執筆しゆるぎない。

お降りも白きをまじへ墓どころ　毛呂刀太郎
鶴啼くや水のごとくに夕日さす　日美清史
蔵かこみ干さるる寒の手漉和紙　福田甲子雄
耐へ忍ぶ色かグレーの冬帽子　宮本輝昭

同人作品につづき第二回白露賞を発表する。三十句の特別作品を、主宰を含む五人の選者が選考し、一三一編の応募作品を十七編に絞り、最終は選考座談会により受賞作一編、優秀作二編その他を選んでいる。受賞作並びに優秀作より各一句を抽く。

墓々を吹き来て秋の風となる　小倉覚禅
触れてゐる幹あたたかし十二月　湯沢八重子
白波の沖にしりぞく海苔掻女　栗田ひろし

また、今回の阪神・淡路大震災に遭われた同人が「震中震後」と題し、特別作品二十五句を早速寄稿されているが、臨場感に満つる内容である。

寒暁の闇揺れ宙に浮く五体　丸山哲郎
寒昴震禍の街に灯がともり
凍すすり生きのびし者手を握る

文章欄も交代で執筆する「現代の俳句」の他、蛇笏・龍太の「一句鑑賞」、また書評欄は「書机書窓」と題し、肩の凝らないエッセーとして「釣趣閑談」等、執筆陣もバラエティに富む。

主宰選の「白露集」は五句投句で、五句入選は巻頭の一名のみの厳選でありながら、九〇頁に達する多数の投句者が師選を目指し、鎬を削っている。一句欄だけでも一二頁を超え、今井勲が「白露句抄」と題し毎号一句欄だけの鑑賞を執筆するほどである。主宰は「作品にふれて」と題する選後評とともに「秀句抄」五十五句を記す。

敗残の鎧と紛ふ冬の犀　青　陽子
大川の風をよびこむどんどの火　戸田淳子
枯山の一塊にして晴れわたり　伊藤壽文
過去帳に眼鏡置かれて冬至かな　立石せつこ

（平成七年六月号）

櫟《くぬぎ》

平成七年三月号

主宰　阪本謙二
師系　富安風生
発行所　愛媛県松山市
通巻一八号・七八頁

主宰を中心に主要同人三氏（吉田速水・石川辛夷・三木照恵）がしっかりとまとまり、創刊以来着々発展、一年前に比し頁数も増えている。主宰の巻頭詠は「風月集」十五句。

初東風や己を恃む靴の紐　　阪本謙二
人を待つ焚火やうやく育ちたる
夕空はほとけの色や花なづな
白梅に海の夕日のありにけり

巻頭詠につづく巻頭言は、石川比呂子句集『ヨブ物語』序を転載しているが、序に抽かれた次の句に感銘した。

愛憎の果のやすらぎ新豆腐　石川比呂子

主要同人三氏は各八句を発表。

婚礼の笙の鳴りゐる雪の宮　吉田速水
花嫁に傘さしかくる細雪
初夢の東海道を磯伝ひ　石川辛夷
風花や歩く速さに水流れ
潮冴返す小春のほとけ島　三木照恵
黒潮のなほも北指す野水仙

この主要同人三氏は文章を分担し、吉田速水は「斑鳩日記」と題する随筆を、石川辛夷は「現代俳句散策」を、三木照恵は「俳書紹介」と、「明珠在掌」と題して「櫟集」の作品評を執筆し、誌面に活気を加えている。その他の文章としては、今月は岸五月句集『姫林檎』の特集を組み、七氏が作品鑑賞を執筆。句集の計画も活発のようで、句集シリーズも早くも第二期の参加希望を編集後記で募っている。

同人作品は「艸木集」として各五句を掲載、適宜抽く。

裏方は年寄ばかり里神楽　菊池ひろし
なかなかまど熟れて界隈南部領　清水理都子

義士の絵馬四十七枚山眠る　多田梅子
鳥渡る子にいささかの志　村上昭子
波のあと波の追ひつく十二月　荒木幸子

主宰選の「櫟集」は七句投句、同人も投句して一般会員とともに師選を競っている。七句入選はなく、上位三氏が六句入選である。主宰は「林間微風」と題し丁寧な選後評を記す他、「三月抄」として秀句三十句を抄出している。「三月抄」より抽く。

地下鉄の下に地下鉄十二月　松浦虎雄
祈りゐて聖夜眠つてしまひけり　森川美枝子
初冬の沖見つめゐる鳥の貌　重松玲子
ひよどりや松山城を一つ飛び　黒河孝夫
身のどこか焚火の匂ふ日暮かな　石水明子

（平成七年六月号）

築港

ちっこう
平成七年四月号

主宰 塩川雄三
師系 山口誓子
発行所 奈良県生駒市
通巻一一三号・七六頁

山口誓子は平成五年秋、体力と視力の低下により「天狼」の終刊を宣言、平成六年三月二十六日、九十二歳で逝去された。終刊宣言後、主要同人によりいくつかの俳誌が創刊の名乗りをあげた。「築港」も平成六年四月、二八四名の構成で創刊、この四月号が創刊一周年記念かつ山口誓子一年追悼の特別号である。約八〇頁のなかにこの二つのテーマを要領よく折り込んだ、なかなか巧みな編集である。

主宰はその俳句観・主張を「羅針盤」と題する巻頭言として毎回発表しているが、今回は山口誓子の終刊宣言をあらためて記してこの一年を振り返り、今後の決意を記される。一周年記念の企画は「「築港」航跡この一年」と題し、岩永草渓が創刊から一年の航跡を丹念に記録、また藤原浩が「継承と創造・創刊一年をかえりみて」と題し、師誓子を超えてゆく決意を記す。また、誓子追悼の企画は六氏が各一頁ずつの追悼文を寄せ、師を偲んで切々たるものがある。

主宰は毎回、「誓子俳句鑑賞」を執筆、今月は主として誓子の桜の句を鑑賞しているが、誓子をよく知る弟子として含蓄のある名鑑賞である。
特集以外の編集は、主宰の巻頭詠が「潮路集」と題し、今月は「鵜殿芦焼」十七句を発表、他に芦焼吟行時の主宰近影に添えて二句を発表している。

芦焼く火芦一本も残さずに　塩川雄三
芦焼かれ大鉄塔の逃げだせず
枯芦を焼く火滅びの音をたて
枯芦原枯の起伏は火の起伏

主宰詠につづき六氏が特別作品各十句を発表、適宜抽く。

寒暁の地震で余生乱さるる　塚田恵美子
屍行く瓦礫の道の凍てつくも　八束信作

文章の連載は、「虚子の「極楽の文学」をめぐって」が徳村二郎により八回目を数え、他に「現代俳句拝見」「一句鑑賞」「雄三俳句鑑賞」「俳誌紹介」等で社内外の作品に眼を配り、執筆陣も「天狼」の流れをくみ多士済々である。
作品は、同人は「港燈集」に各々五句を発表、「港燈集より十句抄」により三氏が感銘十句を抽出している。適宜抽出。

素手で受く雪合戦の豪球を　池上和子
雪払ひ行商青き目刺見す　加藤白狼子
大津絵の鬼を的とし豆を打つ　荒井信子
地鎮祭出で来し地虫祓はるる　長谷川青松

主宰選の「築港集」は五句投句、巻頭でも四句だが、四句入選者だけで六十三名に達する。主宰は「今月の秀句から」と題して十一句を抽き、懇切丁寧な選後評を記す。おのずから主宰の俳句観が語られる内容で勉強になる文章である。四句入選欄より適宜抽く。

職退きてバレンタインデー何もなし　細井しょうじ
屋根の雪掻きアンテナを掘り出せり　高野庄治
着ぶくれて二人座席を一人占め　千田久美子
除雪して大河となりし滑走路　岩水節子
観光バス濃霧の中に客降ろす　木藤ヒデ子

（平成七年七月号）

海原

うなばら
平成七年四月号

主　宰　木内彰志
師　系　秋元不死男・鷹羽狩行
発行所　神奈川県厚木市
創刊号・四四頁

瑞々しい新生誌の誕生である。主宰の先師は秋元不死男、その流れを継ぐ「狩」の主要同人として活躍してきた。その木内彰志のところに、旧「河原」の主要同人から句会指導、さらには俳誌創刊の話が持ち込まれたのが発端と聞く。

「河原」は昨年逝去された川島彷徨子が昭和三十年に創刊主宰、厚木市にて発行されてきたが、主宰の逝去に伴い、平成六年六月の四〇〇号を以て廃刊となった。「狩」主宰の鷹羽狩行からは、「先師秋元不死男先生の教えの裾野が広くなることでもあり、先生も喜ばれると思う。頑張って欲しい」との了解を得て、新俳誌創刊となった。

主宰は「創刊のことば」のなかで、

俳誌名「海原」は、房総の生まれである私の原風景・原体験の海の景から採りました。海はさまざまのものを受け入れながらもその青さを変えません。しかもわれわれの住む地球の六割を占めているのが海です。そうしたおおらかさを持つ俳誌でありたいとの願いも託しました。

と記されている。

秋元不死男の主宰誌は「氷海」であった。その「海」と、創刊を支援してくれた「河原」のメンバーの「原」とを併せても「海原」であり、「河原」を継承したわけでなく、あくまでも新生誌「海原」であるが、誌名一つにも主宰の行き届いた心くばりが感じられる。主宰は表紙裏に「師恩」と題し、結婚の際、秋元不死男から戴いた色紙を掲載し、あらためて先師を偲び師系を鮮明にしている。寄せられた創刊祝句は、鷹羽狩行他十三氏、祝句につづき主宰は「磯開け」十二句を発表。

放ち鶏戻つてゐたる涅槃かな　　木内彰志

春潮に投げし錨の大水輪

挨拶を大に磯開け日和かな

木内怜子も「貝母・1」八句を発表。

堰となるまでの小流れ春隣り　　木内怜子

春やあけぼの渚ふちどる波がしら

池田竹二・小山祐司が各八句でつづき、同人作品は「海光集」と「海苑集」に区分され、主宰選は

「海原集」で七句投句である。文章欄も「現代俳句月評」「俳誌紹介」「句集管見」「わが家の歳時記」等が手際よく編集されている。

主宰義弟の澤井洋紀による表紙絵の、真鶴岬から出航した「海原」の発展を切に祈り、主宰の選後評「海原展望」に採りあげられた十四句から私の印象句を抽き、創刊を祝したい。

獅子舞をおへて親子に戻りけり　中島ヒサオ
縫初の布に心のあらたまり　前場コウ（九十一歳）
新築の家へ迎へし歳の神　楠元弘子
沖合に晒波たつ恵方かな　大谷麻衣

（平成七年七月号）

笹《ささ》

平成七年五月号

主　宰　伊藤敬子
師　系　加藤かけい
発行所　名古屋市
創刊十五周年記念特集号
通巻一八五号・三三〇頁

十五周年記念特集号である。

「笹」の母体は昭和四十年にすでに発足していた由で、昭和五十年には年刊の「笹」を発行、昭和五十五年五月に月刊にしてから十五年との事である。三〇〇頁を超えるこの記念号は、昭和二十六年高校時代に俳句を始め、俳句部指導の加藤かけいに出会い、「環礁」に所属して研鑽を積み、若き日に一誌を持って新しい試みも思い切って採り上げつつ、今日まで歩んでこられた主宰にとり感慨深いものであろう。記念号の誌面の一頁一頁から「笹」の活気が、主宰の指導の成果が読む者に迫ってくる立派な内容であり、感銘深く拝読した。

十五周年記念事業は昨年七月には発表し、十一月には記念吟行会を明治村にて、また十二月には記念茶会を催し、この二つの記念行事のグラビア十葉を記念特集号の冒頭に掲載している。外部寄稿は文章が井本農一・草間時彦・川崎展宏・久保田淳・村田脩の各氏。作品は森澄雄・三橋敏雄・鷹羽狩

行の各氏でグラビアに続き掲載し、次に主宰詠を掲げ「翠石集」と題し今回が一一三回であるが、「笹十五周年」と前書して、

ありありと笹生に風の光り飛ぶ
笹の原新芽のいくつ立ちしかな　　伊藤敬子
十五段来てふりかへる遍路笠

の三句で始まる十五句の佳吟を発表。

次に「「笹」月刊創刊十五周年を迎えて」の二頁にわたる文章を記し、最後に次の目標である「笹二〇〇号」を目指して一歩一歩前進してゆく事を会員に呼びかけて締めくくりとされる。

記念特集としては、作品並びに評論の部を募集、その入選作を掲載しているが、評論等文章面にも日頃指導に傾注している主宰に応え、評論の部第一席の「芭蕉が愛した悲運の武将」はなかなかの力作。「笹」陣営の文章力の水準の高さを示している。受賞した浅井清香は昭和二十九年生れとの事、頼もしい限りである。

また、同人が自選代表五句を十五周年記念として寄せているが、英文俳句欄を設け海外への俳句紹介にも注力してきた「笹」らしく、この同人作品から一五九句の英訳を掲載している事も真新しく感じた。英文俳句欄は、今回も別に夏目漱石の作品五句を英訳掲載している。

記念特集はその他「四〇〇字エッセイ」にも多くの人が寄稿し、健筆を競い読み応えに富む。

特集以外の頁はこの結果、今回は作品欄とその選評でほぼ占められているが、同人作品は主要同人

の「朱竹集」と一般同人の「竹林集」に区分され、主宰選の「呉竹集」は同人も投句して師選を競い、主宰は「竹林集」と「呉竹集」の印象句を、各作者名に「さん」の敬称をつけて丁寧に鑑賞し、温かい雰囲気が伝わってくる。「呉竹集」より適宜抽く。

花すみれ見てより肩のほぐれけり　沙羅夕子
啓蟄の子の声あふる水飲場　松井千鶴子
野火立ちし日暮れの色を深めけり　福富みさ子
仏の座野火止堤一列に　松木溪子
盆梅を賞むる言葉の京なまり　三尾忠男

（平成七年八月号）

遠嶺

とおね
平成七年五月号

主宰　小澤克己
師系　能村登四郎
発行所　埼玉県川越市
創刊三周年記念号
通巻三七号・一五八頁

三周年記念号である。平成四年五月に、当時四十二歳であった主宰が創刊した若々しい俳誌の、創刊以来最初の記念号として興味深い。

記念号として外部寄稿は、主宰の師「沖」主宰能村登四郎の祝句と「お祝いをふくめての注言」なる一頁の文章が掲載され、次に「沖」副主宰林翔の祝句・祝言が掲載される。さらに、佐藤鬼房・鈴木真砂女・鷹羽狩行・上田五千石・吉田未灰・小出秋光・猪俣千代子の各氏が近詠を寄せ、また文章の方も、表紙写真を創刊以来担当する写真家肥後一隆が寄稿。次いで、毎月外部の有力作家に依頼している作品評を記念号として、藤木倶子・針ケ谷隆一・栗原憲司・森澤照子・田部黙蛙の五人に増やし、同人作品欄毎に作家評などの寄稿を得て、内容もバラエティに富む。

社外からの鑑賞は、主宰と会員ともに刺激になる事であろう。社内の特集としては、主宰は「創刊三周年を迎えて」のご挨拶の他、記念論文として「林翔研究——抒情とエロス」なる一七頁にわたる力作を掲載、論客の健筆はますます好調である。また、「遠嶺俳句の今日と明日」と題する記念座談会は主宰を囲んで内容の濃い話を交わし、若い主宰の率いる若い俳誌の意気込みがひしひしと伝わってくる。

その他の特集は、顔写真入りの同人紹介や三年間の巻頭作品抄、各地区句会紹介等で手際よく特集をまとめている。また、主宰は「五月野晴」と題する二十句を発表。

踏青やまだ見ぬ嶺を胸に抱き　　小澤克己
埋もれたき花菜明りの畑に入る
遠嶺より噴き出て枝垂梅盛る
さらにさらに五月野晴の道ありき

主宰は「ことばのサンルーム」と題し、今月は「無常」の意に迫り、「現代俳句批評」では諸家近詠をシャープに鑑賞、「杖景を求めて」でも作品鑑賞を執筆、連載の多くを自ら担当し、精力的な活躍で四十代前半の迫力に圧倒される感がある。

作品欄は、同人は「高嶺集」「陽嶺集Ⅰ」「陽嶺集Ⅱ」に区分され、主宰選により発表、適宜抽出。

梅探り覗けば顔のうつる井戸　　梅原悠紀子
池の端に佇つや傷ある恋猫も　　稲辺文子
うつらうつら観る家康像日は永し　　原　成兆

寒餅の秋田小町に歯をとられ　島崎　晃
明かされぬ昨日の夢や水仙花　穴澤光江
寒菊や己が姿勢を正さるる　川端和子

主宰選の「遠嶺作品」は同人も投句、主宰選後評は懇切である。

新しき靴はきゆかむ大枯野　小宮山　勇
身のどこかきしみて海の星冴ゆる　戸村　米
空にシャツ放ちてラガーわかれゆく　山田禮子
屹然と男刃物を選る料峭　石森富子

（平成七年八月号）

朝霧

あさぎり

平成七年六月号

主　宰　松本陽平
師　系　角川源義・瀧けん輔
発行所　東京都立川市
通巻一五五号・一二六頁

創刊以来十年を越え、基盤もかたまり着々と成長している状況が、一読してひしひしと力強く伝わってくる内容である。

この六月号は「朝霧各賞受賞特集号」である。主宰は「葭切抄」と題し毎月巻頭に所感を記しているが、今回はこの受賞に触れ受賞者の努力を称えた後、さらに筆を進め全会員に向け、

自分でいうのもおかしいが、「朝霧」は近年いちじるしい発展を遂げつつあり、同好会的な和楽集団から、俳句修練の厚みを持った団体に成長して来た。いまの「朝霧」は既成の概念がどんどん変化し、成長、充実しつつある。したがって変化するその流速に気付かないと、向上の速度に付いて行けなくなるのではないかと案じたりする。

と記されている。平成九年七月には十五周年を迎える「朝霧」の主宰として、過ぎ去った苦労の日々

が今大きな果実となって眼前に育ち、期待する作家が次々と育ってきた喜びが感じとれる巻頭言である。巻頭言につづく主宰の巻頭作品は「藤浪」と題し、十五句を発表。

花守の袂より飴出しにけり　松本陽平
野茨の色尽くしたる裾野村
藤浪へゆらりと風の逆ながれ
みなし児のやうな浮雲鳥帰る

本年一月から、川澄祐勝・豊長秋郊の両氏が顧問に就任し、各一頁に作品発表、同時に同人作品である「昴集」と「冬虹集」より四名の作品を推薦発表する場として「清流集」を新設し、各々七句宛掲載されている。各一句を抽く。

春愁や鐘の重みを脳天に　川澄祐勝
巣立鳥柔毛吹かるるままに啼く　豊長秋郊
逝く春の玩具に歯形残りをり　矢野緑詩
水仙や海へおよびし空の晴　清水　游
大空のどこかを裂いて春の雷　嶋﨑　保
鳥帰るためらひ翔ちしあと一途　黒瀬輝子

文章欄も福島如菊の連載「生き物季語散策」をはじめ、随筆・作品鑑賞・作家紹介・俳誌紹介等、誌面のほぼ三分の一を文章で占め、作品だけでなく文章力についても、主宰のご指導により各々個性ある筆致を競い合って充実している。

朝霧各賞は「朝霧賞」「新光賞」が各二名、「無門賞」が一名受賞、各々「受賞作品抄」が掲載されている。各一句を抽く。

雨粒を集め四葩となりにけり　藤原桂子
石投げて海へ春愁放ちけり　鴨江律子
菊の酒ほのと過ごしつ華甲なり　山田　操
打ち水をかさねて人を待つ灯なり　青嶋三千代
目を描けば視線生まるる紙雛　根本逸府

主宰は「冬虹集」「朝霧集」の選評を「四季対話」と題して四頁にわたり懇切丁寧に、「採った句・採れなかった句」について鑑賞、または直すべきポイントを記している。会員全員にとって最も参考になる欄と思われるが、私にとっても大変勉強になった事を記し、「朝霧」紹介の結びとしたい。

（平成七年九月号）

藍生

あおい
平成七年六月号

主　宰　黒田杏子
師　系　山口青邨
発行所　東京都渋谷区
通巻五七号・一一六頁

毎月、特集を企画する等、意欲ある編集を重ねて創刊以来五年に近い歳月が流れたが、若々しく活気の漲る俳誌である。

今月の特集は「俳句の生まれる場所」と題して、一つは大晦日の午後五時に集合し、王子・装束榎の狐火、浅草・浅草寺の除夜詣と二ヶ所の吟行と句会を重ねて、新しい年平成七年のはじめに主宰が述べられた所感を掲載。もう一つはこの二月、瀬戸内海の小島に吟行。「藍生」会員だけでなく、地元俳人や全国から参加した十六結社の俳人との句会や主宰の講演内容、地元中学での俳句授業等を取りまとめて掲載し、主宰を先頭に精力的に活動している様子がよくわかる編集振りである。

主宰の巻頭詠も、この瀬戸内吟行での作「鰆東風」十五句を発表。

船付場よりまつすぐにみかん山　　黒田杏子

なかんづく樗堂の発句鰆東風
柚子干して大根干して船大工
春愁ふ島の港の畳職

島で開いた俳句会で主宰が特々選に推した一句は、

神々の島かと思ふ豆の花　岩井久美恵

中学の授業での生徒の作品から一句。

黄金色そまりし島はみかん島　新開武則

特集以外では、「紅藍集」は自選五句を発表、適宜抽く。

廻らねば廻す水子の風車　上井みどり
被災地の小さき公園寒椿　山﨑巖
鍬立てて納針の儀の読経かな　浦部熾
声明の僧冴えかへる太柱　八木きくよ

文章欄も「旬の歳時記」を松井新七、「句日記」を井出踏青、「現代の俳句」を三島広志、「名句を読む」を岩田由美が執筆し、連載も多く内容もなかなか読ませるものがある。また、結社内の活発な活動を伝える「全国藍生ネットワーク」は五頁にわたり、主宰スケジュール、各会員の各地での活躍、句会・吟行の案内を伝え、結社の生気がこのような欄にも満ちている。
主宰選の「藍生集」は五句投句、自選句欄の会員も投句し師選を競う。主宰の選後評は、各句の漢字にはすべて振り仮名を付し丁寧に鑑賞、選後評の句より抽く。

鶴見むとまた来て凍ててゆくばかり　秋好すみゑ
地震のあといよいよ白し山櫻　岩崎宏介
捨てられてありし畳や梅の花　安田鈴彦
春隣膝が他人のごとくある　大石雄鬼
小窓より雪ふりこんで雛座敷　成岡ミツ子

（平成七年九月号）

冬草

ふゆくさ
平成七年七月号

主　宰　高橋謙次郎
師　系　富安風生・加倉井秋を
発行所　千葉県柏市
通巻四七九号・九六頁

「冬草」は歴史の古い結社である。富安風生のバラエティに富んだ数多くの弟子のなかでも、異色の作風で知られる加倉井秋をが昭和三十年十二月、風生の依頼で愛媛療養所の機関誌「冬草」の雑詠選者になったのがそもそものスタートと聞くから、今年で四十周年という事になる。私の好きな加倉井秋をの句を二句掲げさせていただく。

二科を見る石段は斜めにのぼる　　加倉井秋を
ここは信濃唇もて霧の灯を数ふ

加倉井秋をは昭和三十四年「冬草」を東京に移し、昭和六十三年に亡くなるまで主宰として多くの俊英を育てた。現主宰高橋謙次郎は昭和三十七年「若葉」に入会、三十八年「冬草」に入会、六十二年には秋を主宰を補け「冬草」の編集を担当、秋を逝去後、信子夫人の指名で選者となり、信子夫人逝去後平成二年より主宰となった。
平成六年には初学時より昭和六十年までの作品を取りまとめ、第一句集『あとの月日』を出版した。句集名は、秋を主宰が高橋謙次郎の結婚を祝って贈った次の句に由来する。

春徂きしあとの月日にかく対ふ　加倉井秋を

老舗結社を引き継ぐ苦労は、とかく脇から言いたい事を言うのはたやすいが実に大変な事であり、引き継いで約五年、謙次郎主宰にとって大変煩雑な労多い歳月であった事と拝察する。新主宰の熱意と肌理こまかな配慮で、「冬草」は着々と新しい力を発揮しつつある。
主宰は巻頭に「海辺の街」十句を発表、短文も添えている。

日に惚け風に歎きて猫柳　高橋謙次郎
鶯の声のしてゐる海辺の街
母の声する早春のあの雲は

「胡桃集」は、古参同人の錚々たる顔触れ二十八氏が個性ある作品を各五句発表、適宜抽く。

桜蘂踏みつ縁なき墓地めぐる　山本馬句
ミモザ咲き海は紺青とりもどす　松井草一路
フランス人形泣かせてみても春はまだ　相川やす志

梅は盛り座れば鳴れる茶屋の椅子　高村圭左右
一句には「さわり」の欲しき風生忌　延平いくと

注目したのは「矢ヶ崎千枝賞」である。第一回冬草賞を受賞した加倉井秋を嘱望の作家であったが、平成二年七月に亡くなり、遺族から基金提供の申し出があり、毎年亡くなった七月に発表している由で、故人の意思をくみ新人育成のための賞とのこと。入選者は一名である。

荒海の闇を迸りて雪女　櫻井千月

文章欄も「俳壇展望」「句集の窓」「エッセイ」等多彩であるが、感銘を深くしたのは主宰の「選後雑感」で、新しい「冬草」の作家を育てんとする主宰の意欲に満ちた、あたたかい名鑑賞である。主宰選の同人作品「冬草集」並びに「雑詠」より適宜抽く。

梅の村火の見櫓が背伸びする　新井不二夫
囀りの勝手気儘な自己主張　宮澤昌子
なりゆきに老い先委ね蜆汁　石澤みき子
揚雲雀刻がとどまる帰化の里　佐藤孝子
麦を踏む風の足跡追ひて踏む　井上裏山
お仕着せ病衣身につき春はもうそこに　森川美枝子

（平成七年十月号）

海《うみ》

平成七年七月号

主宰　高橋悦男
師系　野澤節子
発行所　東京都世田谷区
通巻一四五号・一一八頁

平成五年に創刊十年を迎え、会員も千名を超えてその後も益々発展をつづけ、活気漲る勢いを感じさせる充実した俳誌である。本部句会の出席者も増加し運営が困難になったので、五月から会場を東京と川崎の二つに分ける事になった由、主宰も嬉しい悲鳴をあげる事になったであろう。

創刊時の会員は百名強だったと聞くが、ここまで「海」を創り上げてきた主宰の苦労も大変だったと思われる。創刊以来、欠号は勿論遅刊も一回もなく運営されている由で、俳誌運営の基本をしっかり踏まえた取り組みにより会員が会員を呼び、現在の活気に満ちた「海」、清新にして充実した「海」を創り上げる事になったのであろう。

主宰の巻頭作品は「旅の地図」二十二句。

動くもの動かざるものの水ぬるむ　　高橋悦男

決断のいくたび変る蜷の道
風の日の天も地も病む杉の花
すかんぽや寺ばかりある旅の地図
陽炎や夜は寄るといふ夫婦岩

同人の七月作品は全員が各六句を発表しているが、主宰は「七月作品抄」として抽出し、表紙裏面と作品欄の後に三十六句を推している。

貸し出しの四隅ほつれし花莚　羽吹利夫
山頂の天水沼に春の雲　相馬沙緻
鳥帰る活断層を横切りて　坂本登美子
渋滞を来て満席の花蓆　矢口由起枝

会員の増加に伴い作品欄にかなりの頁をとられるが、文章欄にも努力し、紀行文・俳句月評・句集紹介・一句鑑賞、等を巧みに編集している。また、今月は同人賞並びに海賞も発表され、海賞二名の作品が掲載されている。各一句を抽く。

リクルートスーツの衿に赤い羽根　伊藤　径
ベランダにハーブ育てて緑の日　高野清美

主宰選の「海作品」は五句投句、主宰は「今月の秀句」として二十二句を抽出し、さらに十句について懇切なる選後評を記している。

ストローを離れず歪むしゃぼん玉　　磯崎美枝
亀鳴くや医者の居つかぬ長寿村　　林　康子
デパートのイベントとして甘茶仏　　下間ノリ
花文字のパンジー根づくニュータウン　　苗代　碧

（平成七年十月号）

季《き》

平成七年八月号

主　宰　北澤瑞史
発行所　神奈川県藤沢市
通巻三二一号・三四頁

平成五年一月、「海嶺」と同時に創刊された若々しい俳誌である。限られた誌面を有効に活用した瀟洒な編集ぶりで、作品欄だけでなく文章欄が充実している。

まず表紙裏面に「愛誦句抄」と題し、今回は山口青邨の二十句を抽出掲載する。次に目次欄であるが、目次の下に「季の詞《ことば》」と題し主宰の俳句観が記される。今月は、

季題と俳人。それは能面と役者の間柄に似てゐる。能面の表情を生かすも殺すも一つに役者の演技にかかつてゐる。季題にいかに表情を与へるか、能役者の厳しい修練に似た美意識を磨くことを求められよう。

と主宰の季題に対する想いを簡潔に述べられる。

その主宰は「木蔭集」と題する巻頭作品十五句を発表。

北澤瑞史

ひばりひばりひばり信濃の空は広からむ
小瑠璃来て旅の時間が瞬けり
湖立夏山越えて舟運ばれ来
眠る子の指に風船浮き眠る
緑蔭やみな独りなる顔でゐる

主宰は作品に次いで、巻頭連載の文章「俳句の魅力」を記す。今回が三十二回とあるから、創刊以来つづけてこられたのであろう。今月は「秋の夜」と「夜の秋」の違いを解説されているが、明快な解説と平易な文章に共鳴し、第一回から読んでみたい衝動にかられた。

この主宰のご指導であろう、文章欄は連載が多い。石﨑晃莋の「花遍路」は三十二回、鹿野島孝二の「路地裏暮らし」は十九回、上川謙市の「放哉残照」は二十回、脇祥一の「山本健吉を読む」は八回、藤沢紗智子の「季題再耕」、佐野健の「近代の抒情」も共に二十回と執筆陣も多士済々、内容も古典あり近代あり、作家論あり鑑賞ありと、多彩で読ませる文章が多く迫力のある誌面を形成しており、強く感銘するところがあった。

作品欄で眼についたのは「季集余滴」である。一年前の「季集」から主宰が秀句として四十七句を抄出した欄である。類似の企画としては「ホトトギス」が毎月、十年前の雑詠より「雑詠選集」として秀句を再選し一段で掲載しているが、若々しい俳誌では珍しい企画で、真の秀句を求める厳しさがうかがえる。「季集余滴」より抽く。

母訪ふはことばにまさり桃の花　角田比呂古
祭前より酔ごゑの神酒所かな　清島みどり
肩の凝りほぐす如くに耕せり　安食　守

藤沢紗智子と脇祥一は各十句を発表、

岩つばめきてより火山灰降らず　藤沢紗智子
山見えて祭支度の町しづか　脇　祥一

主宰選の「季集」は七句投句、巻頭は五句、主宰の選後評もまた読ませる味のある文章である。選後評の作品より抽く。

白魚の透きゐる嵩を量りけり　木村静子
本陣の構へ守りて桐の花　高科福太郎
あめんぼの輪ばかりふやし二人かな　梅木澄子

（平成七年十一月号）

風の道

かぜのみち
平成七年八月号

主　宰　松本澄江
師　系　高浜虚子・富安風生・
　　　　遠藤梧逸
発行所　東京都渋谷区
通巻一二二号・八〇頁

創刊十周年の記念大会を十月に開催する。昭和六十年七月、「日刊投資新聞投資俳壇句会報」等を骨子に「風の道」が創刊されて十年、主宰の精力的なご指導ご活躍もあって、「風の道」は今や俳壇にしっかり根を張った俳誌に成長され、自信に満ち安定感のある誌面を構成している。活躍は海外にも及び、特に中国とは数多くのえにしが出来て、今回も漢詩等も掲載されている。

主宰の巻頭詠は「沙羅の花」十三句を発表。

葛西橋波郷いづこぞ沙羅の花　　松本澄江
一穢なき穹に泰山木の花
駄菓子屋は児らの天国浮いてこい
陣の無き気易さにとぶ水馬

水無月や十年といふ誌齢賜ぶ

主宰は巻頭エッセイも連載し、今月は軽井沢に所有される山荘をめぐる交流などを記して楽しい文章である。評論では上智大学教授中野記偉の「季感英文学」が内容があり面白い。その他の文章も、岸人正人の「「ルック・イースト」に憶う」、古賀宏一の「芝居のこと」、千葉智司の「主宰句鑑賞」、井上美穂子の「青葉どきの句碑」、山本柊花の「現代俳句月評」、大高霧海の「新刊紹介」、相原優子の「俳誌望見」、原秀三の「誌友作品を見る」等、鑑賞にエッセイにとバラエティに富み、執筆者も十年の間に主宰が育てた豊富な陣容で厚みがある。

作品欄では、特別作品として山本柊花が「五合庵」十五句を発表。

春愁や粗米五合の頭陀袋　山本柊花
托鉢の脚を洗うて暮早き

同人作品は「南風集」と「風の道集」に区分され、各五句を発表している。同人作品の両集より適宜抽く。

万緑を抜きんじ峙てり天守閣　高橋浦亭
校了の目薬さして夕薄暑　相原優子
だらだらと菊坂下る薄暑かな　森田虚逸
川細り祭近づく紙の里　旭　蝸牛

主宰選の雑詠は五句投句、投句用紙に「ルビは一切振らないこと」と注意書きがある。主宰は「雑詠拝見」と題して懇切な選後評を記す他、「初心者講座」と題し添削指導にも努力される。雑詠より抽く。

路地薄暑真砂女が店の燗銅壺　千葉智司
桐咲くや二代続きの古簞笥　富士崎寿衣
リラの夜や恋人ら行く煉瓦道　生田眞利
鐘楼の影伸びてきし蟻地獄　中島好山
用水に組み直しゆく花筏　菊地きい

（平成七年十一月号）

若葉

わかば
平成七年九月号

主　宰　清崎敏郎
師　系　富安風生
発行所　東京都世田谷区
通巻七九一号・一四二頁

平成八年六月で八〇〇号に達する。この九月号では記念論文・特別作品の募集、『若葉俳句選集』の発行案内等が発表されている。

富安風生が昭和三年、逓信省貯金局有志の俳誌雑詠の選を引き受けてから幾星霜、清崎敏郎が引き継いでからもすでに十六年の歳月が流れ去ったが、「若葉」は順調に誌齢を重ねて八〇〇号を迎える準備に入った。

主宰の巻頭詠は「三峰など」十三句。

霧うすれして現はれし若楓
こめて来て薄れて霧の絶ゆるなし
紅葉づりしたぐひもありて若楓

清崎敏郎

竹煮草いとけなけれど紛れなし

客観写生と花鳥諷詠を提唱される主宰は、作品でも一門にその目指す方向を明示しておられる。主宰の巻頭文「俳句教養講座」も一五九回を数え、滋味に溢れる筆緻である。

主宰の方針・考え方を徹底すべく、「清崎敏郎研究」「清崎先生に聞く」「添削講座」等の連載が企画され、編集部が会員と主宰をつなぐよきパイプ役となっている。季題別例句集も主宰選の雑詠より編集部が抽出している。

一方、今月から「森澄雄を読む」の連載を若手同人行方克巳がスタートした。「若葉」の作句手法と森澄雄の句の持ち味の違いを解読しつつ、内容の濃い鑑賞になっている。

この「若葉」で平成六年、一つの改革が実施された。七月号の編集後記で主宰より発表され十月号より実施されたが、自選作品発表の「同人Ⅰ」欄をとりやめてⅠ・Ⅱの区別をなくし、主宰選の同人作品欄に一本化したのである。これで「若葉」誌上の作品はすべて主宰選を経る事になった。現在の俳誌は同人欄を複数に分け、主要同人は自選作品を発表している例が多い。「若葉」も風生時代からこの形式をとってきた。昭和五十五年四月の富安風生先生追悼号も、長老四氏は一段組みの別格扱い、他に「同人Ⅰ」欄に九氏が自選句を発表し、主宰選の「同人Ⅱ」欄とは区分されていた。

やや脱線するが、この長老四氏のなかの一人は岸風三樓先生であり、「真間山弘法寺」と題する五句を発表しておられた。

花影を踏みつ師恩を胸に抱く　　岸　風三樓

さて、同人作品を一本化してこの九月号で丁度一年を経過した。作品欄がすっきりとまとまり文章欄とのバランスもよくなったが、一本化直前に「同人Ｉ」欄で自選句を発表していた十一氏のうち七氏は、この九月号でも敏郎選を得て同人作品欄に発表している。五句投句との事だが、入選は四句または三句である。各一句を抽く。

雪の富士はろかに見えて牡丹枯れ　勝又一透
鶯や塚に祀りし古瓦　轡田　進
暖かになればと思ふことばかり　大久保橙青
アーケード鉄扉を下ろし盆休　長谷川浪々子
春寒く瓦礫に遺る死者の声　細見しゅこう
穴惑ひ如何なる穴に入るつもり　栗原米作
汗の身に何が幸せかは言へず　保坂伸秋

主宰選の雑詠欄は同人も投句し、五句投句で巻頭は四句、一句入選欄だけで一四頁に達する。四句入選欄より適宜抽く。

その数の余花といふほかなかりけり　久保ともを
ベタ組の車内広告秋暑き　西村和子
水上バス祭の町に着きにけり　鈴木貞雄

草を焼く風の加勢を待つばかり　江口かずよ

人去りて蝶の牡丹となりにけり　大内迪子

釣竿の束を横たへ鰹船　寺島美園

（平成七年十二月号）

春郊

しゅんこう
平成七年九月号

主　宰　礒田　進
師　系　富安風生・中村春逸
発行所　東京都杉並区
通巻四三八号・六四頁

中村春逸が創刊、没後は主選者遠藤梧逸を経て、昭和五十八年十二月から現主宰を迎え、すでに十二年目に入った。

平成八年九月で四五〇号に達するので各種事業計画が発表され、記念特別作品の募集が始まった。歴史の古い俳誌であるが、現主宰となって十年を越え体制も整備され、再度成長期に入ろうというところ。表紙裏には、富安風生の「わが俳句鑑賞」で採り上げられた主宰作品に対する風生の鑑賞文を掲載し、師系を鮮明に示す。主宰巻頭作品は「万座温泉」二十一句。

新緑や真闇におはす窟仏　礒田　進
残雪や湯邑に満てる硫黄の香
草鞋穿く剝製狸余花の宿

文章欄に「若葉」の長老栗原米作の「走り書き野草歳時記」の寄稿を得ているが、練達の文章で読ませる内容、引用句もバラエティに富む顔触れである。主宰は「寸々夢雑記」を連載しすでに七十八回を数えるが、肩の凝らない筆さばきで俳句作法などを短文にまとめている。
作品欄は、同人作品は「軌道集」で五句投句、主宰選を経て掲載。五句入選は六名で、適宜抽く。

長塀に庄屋の名残り蕗畠　磯部石水
屋根に生ふ秋草の穂のつまびらか　神山幸子
梅雨深し呆け鳴きして鳩時計　森田虚逸

編集は「春郊集人気投票」「私の誕生月の愛誦句」等いろいろと企画し、誌面に変化をもたせている。主宰選の「春郊集」は五句投句、五句入選は同人作品と同じく六名で、一句入選も十七名いる。

黴拒む特攻隊の遺書遺品　斎藤佳織
下戸なりに微醺また佳き菖蒲酒　菊地玲々子
半夏雨川瀬にけむり春逸忌　遠江　静
その顔を知らぬ兄の忌茄子の花　池田俊二
明易し綴れる夢の埒もなく　中根敬逸
蛍袋咲いて蛍のゐない町　高岡栄子

（平成七年十二月号）

平成八年

対岸

たいがん
平成七年十月号

主宰　今瀬剛一
師系　能村登四郎
発行所　茨城県常北町
創刊九周年記念特集号
通巻一一〇号・一三二頁

平成五年三月号で一度この「対岸」を紹介し、最後に「若々しい活力に満ちたこの結社が十周年を迎える時が大いに期待される」と記した。それから約三年、この十月号は九周年特集号である。

主宰は昭和十一年生れで気力充実した指導を重ね、平成元年から三年間は毎号一〇〇句を「対岸」に発表し、一門の先頭に立って荒行に挑戦し若々しい俳誌を率いてきた。十周年目前のこの号は、その努力が着々と成果をあげ、作品・文章ともに質・量・バラエティに富み、読み終えて一三二頁の内容が数倍に感じられる充足感を味わった。

主宰の巻頭作品は「茄子の馬」十七句、日記風の短文を付す。

光まきこみ巻き込み流れ盆の川　　今瀬剛一
あの父がのるはずはなし茄子の馬

ふと母のにほへる障子入れにけり
秋風や耕して出し石の量

主宰につづく同人欄「晴天集」は十七名。

小判草風よりさきに揺れはじむ　田代　靖
くぐり出て顔新しき茅の輪かな　矢野滴水
秋口の豆腐にしるき布目あと　杉田さだ子

また、同人作品「高音集」は六十七名。

向日葵の暗く立ちゐる真昼かな　中山のり子
若いと言はれし夏服を今日も着る　宗　康子
梅雨出水橋黒々とありにけり　村田アヤ子
螢とぶゆたかな闇と出あひけり　藤倉哲夫

「ロングラン競詠」と題し、四氏が各十五句の作品を競う。

夕焼や山羊に曳かれて子の蛇行　久慈月山
夏薊山姥に犬付きまとひ　中村斐紗子
踊る影もうにんげんを忘れをり　西沢順一

帰燕かな新しき墓一つ殖ゆ　西村礼子

九周年記念特集は、評論九篇・随筆四篇の文章と作品コンクールの入選発表であるが、評論のテーマは「「対岸」の過去・未来」であり、「対岸」をよく理解させてくれる評論ばかりで殊に感銘を深くした。

作品のコンクールは九十五篇の応募があり、主宰が一人で審査し、全応募作品について主宰が講評を記し掲載している。入選者の略歴を見ても若い人が多い。十五句のコンクールであるが、選外になった人々も三句宛採り上げての講評は大いに参考になり、十周年記念作品ではこの人達の中から主宰を喜ばせる力作により入選者が出るのではなかろうか。この主宰講評の選外作者欄から印象句を抽く。

音高くピアノをひけり花菖蒲　田中千枝子
万緑や激流に岩力み座す　中崎正紀
つれ舞うて指し手違へし朧かな　五十嵐悦子

記念企画以外の文章欄は、「平成俳句論考」は田代靖、「一句鑑賞」は渡辺通子、「俳誌の潮流」は小橋末吉、「感銘俳書この二冊」は小松道子、その他「ミニ評論」「ミニ随筆」「私の季語」等々多彩な編集であり内容も濃い。例会案内のなかに主宰指導の「文章会」というのがあり、主宰の文章指導も効果を発揮しているようだ。

主宰選の「対岸集」は七句投句で巻頭は六句、主宰は「対岸集の十句」と題して懇切な選後評を記す。「対岸集の十句」より抽く。

取りこぼし息整ふる捕虫網　永野佐和
いとほしき偏平足に天瓜粉　勝倉保子
深追ひをして螢火に囲まれし　浜崎芙美子
一様に顎尖らせてサングラス　内藤悦子

（平成八年一月号）

波《なみ》

平成七年十月号

主宰　倉橋羊村
師系　水原秋櫻子
発行所　神奈川県藤沢市
通巻二三四号・四八頁

四八頁ながら内容のある見事な編集で誌面が充実しており、二十周年を目前に控えた年輪の厚みも感得出来る、気品に満ちた俳誌である。
主宰の巻頭作品は「天草戸島灯台」十五句。

父誕生の天草を訪ふ油照り　　倉橋羊村
炎昼や孤島に錆びし繋留杭
夏雲に無人灯台真昼の寂
蒼海の凪ぎを眼下や官舎跡

同人作品は「潮集」十九名が各七句を発表、また「灘集」同人は七句投句、主宰選を得て五句または四句掲載されている。適宜抽出。

遠国の夕立に遇ひぬ一遍忌　長谷川せつ子
愛用の椅子に埋もれて生身魂　朝広純子
白地着て遠ざかりゆく水明り　高橋天蕾
江戸風鈴無口な風のきてゐたり　山下洋子
水玉の服より離れ天道虫　竹内知子

この同人作品と「波集」を含む作品に対し、結社外の「海程」の高野ムツオに依頼して「『波』俳句を読む」と題す鑑賞文の寄稿を得ている。社外からの批評は参考になる事であろう。

一方、社内の作家による文章は「受贈誌拝見」を彦坂幸子、「湘南雑記帳」は吉田克彦、「蕪村鑑賞」は渋谷雄峯、その他「左討ちたぐまさ三十六番斬り」を田口雅巳が記し、随筆も別に二編あってなかなかバラエティに富む。主宰も連載文として師系を鮮明にする「秋櫻子余滴」を記し、今回で一〇五回に達する。

主宰選の「波集」は七句投句で、巻頭でも五句と厳選、同人作品も含む当月の全作品から二十句を「濤声抄」と題し表紙裏に掲載して主宰推薦とし、「波の諸作」と題し最後に心温かい鑑賞文を記す。「波集」より適宜抽く。

昼寝客のせて電車の折返す　永井道子
水着追う夫の視線を追わずおく　本郷秀子

（平成八年一月号）

槐《かい》

平成七年十一月号

主　宰　岡井省二
師　系　加藤楸邨・森澄雄
発行所　大阪府枚方市
通巻五三号・八四頁

平成八年七月にはいよいよ五周年を迎える。俳誌もすでに五〇号を超え、主宰の方針や考え方がよく滲透し、読み終えてすっきりとした一体感がある。作品と文章のバランスもよく読み易い編集振りで、主宰も一誌を持ち一門を率いて五年に近く、しっかりとした手応えを感じつつ先頭に立って日々指導に励んでおられる姿が誌面からうかがえる。
その主宰の巻頭作品は「祇園」十一句。

骨壺や祇園の方にかたつむり　岡井省二
河内どこそこいちじく腹で訪ひをりぬ
まくはうりいつて歩いて讃岐かな
射干貝と吾の机の秋ふたつ

主宰文章は、今月は「蛸薬師」と題し、

熊襲国栖土蜘蛛蝦夷蛸薬師　佐藤鬼房

の句を先ず抽いて、肩の凝らない味わい深い一文を記す。因みにこの句、「クマソ、クズ、ツチグモ、エミシ、タコヤクシ」と読むのである。

主宰以外の文章は連載が多く、「現代俳句における俳諧性」を杉浦佐一郎が、「一つの家に遊女もねたり」を緒方敬が、「現代俳句のゆくえ」を市場基巳がそれぞれ中味の濃い論評を記す。他に「他誌散策」「句文集管見」「随筆」等があり、結社以外の作品鑑賞も丁寧である。

文章ではないが、大阪句会での「主宰講話」を清沢冽太が記したレポートは大変面白く参考になった。結社内でもこの句会に出席出来ない人達にとり、作句上その他何かと参考になる事であろう。

次に作品欄は、毎号交代の二名による特別作品の競詠企画が続いており、作品評がその後の号に掲載されている。二十句宛の作品から各一句を抽く。

赤とんぼ速達便を出しにゆく　木下野生

椀かるく置きても音す良夜かな　田口　浩

同人作品「槐安集」は各五句を二十七氏が発表、主宰はそのなかから十五句を選び、「春秋抄」と題し表紙裏に推薦。「春秋抄」より抽く。

雨終に降らぬと思ふ芒原　岡本高明
蟷螂の斧は胸より出てをりぬ　市場基巳
秋簾活気をひたと押さへけり　水澤竜星

同人作品「槐市集」は編集の岡本高明のところに送り、岡本高明が各五句を推薦し一〇二氏に達する。適宜抽く。

菊月夜峠口まで用ありて　石脇みはる
片方はゆつくり廻る絵灯籠　平橋昌子
累々と蚯蚓乾からびロダンの像　山本英津子

主宰選の「槐集」は七句投句、同人も参加し師選を競うが巻頭でも六句。六句入選はこの一名だけで、一・二句入選もあって厳選ながら、主宰は「日月抄」と題し十五句を抽き、「槐庵愛語」と題する含蓄のある鑑賞を行っている。「日月抄」より抽く。

栄螺の口いつせいに閉づ苧殻の火　各務耐子
先端の曲がりはじめて唐辛子　加藤かな文
肩先にふれたる人の単衣かな　安原楢子
沓脱に少し潰れて金亀子　高重京子

（平成八年二月号）

斧《おの》

平成七年十一月号

主　宰　小島千架子
師　系　角川源義
発行所　東京都杉並区
通巻九七号・五八頁

主宰のバイタリティ溢れるご指導で着々と発展し、通巻一〇〇号を目前にしている。作品だけでなく文章欄も注目すべき連載があり、品よく風格もある読み易い俳誌である。

主宰の巻頭作品は「放屁虫」十句。瑞々しい作品が揃っている。

五位鷺や茗荷畑に風の筋　　小島千架子
鳥渡る航路標識事務所かな
風紋を侵すべからずとべらの実
放屁虫嵐の後の砂山に

今月は古参同人河野多美子の追悼号として、「熊野の歴史」「私の本棚」「特別作品」等を休載している。追悼特集は平美佐子が「多美子百句」を抽き、九氏が追悼文を記し切々たるものがある。

つばひろの夏帽子もうふりかへらぬ　河野多美子

今月の文章は従って例月よりやや減ったが、それでも「現代俳句管見」を島村よしをが、「二百字エッセイ」を小川幸子、「句集鑑賞」を柴崎甲、「句集紹介」を秋山重子、「秩父歳時記」を笠原杜志彦、「たまゆき愚言」を多摩雪雄、「食物歳時記」を平美佐子、「随筆」は赤松萩露が執筆し、主宰のご指導の成果により多士済々で内容のある誌面を構成している。

作品欄では、主宰は今月の全作品から三十句を抽出し、自らの巻頭作品の次頁に「一花抄」と題して一段組みで推薦している。同人・誌友ともに励みになる事であろう。

同人作品「花芯集」は三十四氏、六句または五句が掲載されている。

繋舟のゆれ盆波のゆれなりし　秋山重子
捺印の裏までにじむ敗戦日　樋口敏子
文学館爆ぜし椿の実を飾る　島村よしを

同人作品「花仙集」は、主宰選により四十四氏が六句または五句を掲載。

折鶴の聯とぐろ巻く原爆忌　小川嘉一郎
初蜩幹のうしろに夕日照り　金澤輝子
少しだけ己ではないサングラス　真井泉秋

会員が六句投句の「花冠集」は主宰選により巻頭でも五句入選、五句入選者で九頁を占める。主宰は「一花抄」に抽出した句のなかから二十二句について、懇切にしてあたたかい寸評を巻末に記している。

新涼の山河に添へり城下町　山本朱鷺
ひまわりや少年白き歯をみがく　芝　秀佳
通夜の家風鈴はずし夜のふかむ　遠藤喜遊児
初蟬や光りて飯の炊き上がる　榊原翔子

（平成八年二月号）

あざみ

平成七年十二月号

主　宰　河野多希女
師　系　大須賀乙字・吉田冬葉
発行所　横浜市
通巻五七〇号・九六頁

大須賀乙字と吉田冬葉を師系に、戦後いまだ日の浅い昭和二十一年三月に河野南畦により創刊された。河野南畦は平成五年、夫人の多希女に主宰を譲り会長となったが、七年一月逝去された。俳壇では現代俳句協会副会長等で活躍をされたが、実務面でも住友銀行の支店長等を歴任された。自らの忌を詠み込んだ次の句がある。

南畦忌花の吉野に抱かれむ　河野南畦

戦後五十年とよくいわれるが、「あざみ」も平成八年三月で創刊五十周年を迎える。すでに編集長に戦後生れの河野薫を配する等、着々と新しい飛躍へ向け体制が整備されている。
主宰巻頭詠は「一睡の夢」七句。

菊人形一睡の夢持ち給へ　河野多希女
集ひ戀し亡き夫戀し火戀し

と南畦を偲び、「南畦俳句」八句を次に掲載している。
主宰詠につづく同人作品は自選五句、音順配列で巻頭循環方式。

おほかたは土に吸はるる日短し　新谷ひろし
白桃の臀もちあげて浮かぶなり　鈴木蚊都夫
初句集もろとも紅い薔薇を抱く　中戸川登美
秋風や知命はるかに樹々の声　宮崎喜代子

同人作品に次いで、主宰選の「あざみ雑詠」は五句投句、五句入選は三十名、雑詠末尾には小学生欄もあり、歴史を反映し投句者も多く充実している。五句入選者並びに学生俳句欄より抽く。

蒲の穂のふくらみ何かかくし持つ　奥脇節子
ペダルこぐ心あきつの宙へ入り　里見美紀
流灯のすでにはるかよ水冥し　高橋希世女
わたしだけのひみつの道にかにがいる　中越亜依（小四）

さらに、特別作品として四氏が各十五句の力作を競詠。

戻りたる濁世の畳昼寝覚め　平川雅也

寒篝爆ぜて舟足速めたり　小野元夫

をんな湯に漆のもみぢ燃えうつる　小笠原照美

昏れてきて水の匂ひの梅雨ぐもり　岸本砂郷

五月に二泊三日の錬成大会を美濃路・奥飛驒で開催し、その様子を写真・文章・作品で巧みに取りまとめた特集は、生き生きとして吟行の熱気が伝わってくるようだ。その他の文章欄では加藤郁乎の寄稿を得ているが、「句評の在り方」と題し読ませる内容である。

河野薫も「創の作品」と題する作品欄を担当し、同人を除く会員が三句投句で編集長の選を競っている。適宜抽く。

胸中の炎となりぬ大西日　尾前衣代

自動ドア吹き上ぐ熱風はらみゐて　相澤美代子

（平成八年三月号）

火星

かせい
平成七年十二月号

主　宰　山尾玉藻
名誉主宰　岡本差知子
師　系　正岡子規・岡本圭岳
発行所　大阪市
通巻六七一号・五六頁

子規直門の岡本圭岳が昭和十一年に創刊した老舗俳誌で、平成七年四月、岡本差知子が米寿を機に名誉主宰となり、山尾玉藻が主宰となった。主宰の巻頭詠は「尾花蛸」十句、名誉主宰は「新豆腐」三句。

末枯るる蓮の葉を鴟歩きけり　　山尾玉藻
尾花蛸けふはネクタイして来たり
白鳥のつくりし波の寄り来たる
喰ふに始まり喰ふに終りぬ新豆腐　　岡本差知子

両主宰の作品につづき、主宰選の「火星作品」欄という編集でさらに主宰の選評とつづく。選評からは、「火星の本道を生かし、その上に新しい息を吹き込み、活気ある火星を目指してゆきたい」という新主宰の意気込みや熱気がひしひしと伝わってくる。選評句より抽く。

蟻一匹二百十日の日を曳ける　浜口高子
夏痩せて火のつく魚裏返す　吉田島江
腹の虫は花野に置いて来たりけり　木野本加寿江

毎月、外部寄稿により「「火星」展望」と題し作品評を得ているが、今月はあざ蓉子が忌憚のない評を明るい筆緻で寄せている。
内部による文章も「旅のエッセイ」を山本耀子、「山に向く窓」を杉浦典子、「短檠風炎」を浜口高子、「句集紹介」を深澤かずを、「俳誌拝見」を長屋璃子とバラエティに富み、結社内の多士済々振りがよくわかる。その他十二月号として、年末企画は「私の選ぶ今年のベストテン」があり誌面構成もゆるぎない。
同人作品は「恒星圏」と「獅子座」に区分されており、各人五句を発表している。適宜抽出。

月天心高階よりのピアノ音　小池槇女
菊人形テレビカメラを見詰めをり　加藤真起子
掌にドル貸数ふる白夜かな　児島恭子
台風の予報はづれし赤蜻蛉　中川一枝

（平成八年三月号）

橋
はし
平成七年十一月号

代　表　五十嵐研三
発行所　名古屋市
通巻一一二号・四八頁

名古屋市より発行され、平成七年十一月ですでに一一二号の誌齢を数える俳句同人誌である。巻末の「参加される方に」より抽くと、

「橋」は隔月刊の同人誌です。同人参加を希望する人は、委員、もしくは発行所へお申し出下さい。常任委員会にはかります。誌友は、始めて俳句を書こうとする人でも、読者として購読頂く人も、随時加入できます。

と記されているが、約五〇頁の誌面は文章と作品がほぼ半分ずつ、文章のなかでも保坂聖史の「季にあらず」、津根元潮の時評「俳句病」など内容の濃い文章が多い。

代表の五十嵐研三は「海程」の同人であるが、同人・誌友の作品・特別作品等は多彩な傾向であり、掲載全作品の批評も分担して執筆され参考になる。適宜抽出。

桟橋のもっとも端を這う蜥蜴　五十嵐研三
なれそめはかわたれどきの野菊より　加藤佳彦
菜めし炊きいまだおよばず母の味　大屋美智子
神祀る滝の飛沫に虹の立つ　飯野冨士三

（平成八年三月号）

狩

かり
平成八年一月号

主　宰　鷹羽狩行
師　系　山口誓子・秋元不死男
発行所　横浜市
通巻二〇八号・一六八頁

子歳の新春を迎え、

裳裾ひくさまに尾を曳き嫁が君　鷹羽狩行

の新春詠を表紙裏に掲げた主宰は、さらに巻頭詠として「十二紅」四十四句を発表。

机上まだまだ片づかず除夜の鐘　鷹羽狩行
紙幣には風立ちやすく社会鍋
数へ日や二つ返事の子の使ひ
輪飾りや暗きに馴れて神の馬
神鶏の朱のうつくしき初氷

主宰は現在、俳人協会の理事長という要職にあられるが、「狩」の主宰としての選句数が月平均約一万二千句、新聞・雑誌・テレビ等の選句も加えると、月平均の選句数は約三万一千句に達するという。この多忙のなか、作家として平成七年に発表した句も五二八句に達する由で、その精力的なご活躍には心から敬意を表したい。主宰が多忙のために主宰誌の発行が遅れがちになる事例を時に耳にするが、「狩」は順調に発行され、誌面も作品欄・文章欄ともに充実した内容で、個性あるバラエティに富んだ迫力ある俳誌である。

主宰が「狩」創刊以来「年功序列にこだわらず」作家を育て、かつ一誌を発行するために必要なスタッフを育て、総務部・編集部・事業部の組織をきちんと作り上げ、そこに適材を配するという統率の妙も発揮されてきた結果が、現在の躍進する「狩」の姿となり、また主宰の多方面にわたる活躍を支える事にもなっているのであろう。

同人作品は十句募集となっているが、「白羽集」「巻狩集」に区分して掲載されている句数は、多い人で六句、少ない人は二句である。主宰選の「狩座」欄も五句投句であるが、巻頭でも四句、一句だけ入選という人も数多い。しかし、作品研鑽に主宰の指導はバラエティに富む。同人I欄である「白羽集」について、「若葉」の女流論客であり清崎敏郎の弟子である西村和子に、「白羽大観」として鑑賞文の寄稿を得ている。「狩」の同人I欄に安住させず、他結社の論客の眼にも耐えられる作品を、主宰は同人に期待しているのであろう。西村和子の鑑賞句より抽く。

女 房 の 戻 ら ぬ 釣 瓶 落 し か な　　小川匠太郎

欠伸嚙み殺して父の日なりけり　　大澤一佐志
聞き耳を立て半開きの扇　　若井菊生

同人Ⅱの「巻狩集」を含む全同人作品のなかから二十句を四人の選者に抽出させているが、選者は「萬緑」の成田千空ほかである。結社内の褒め合いによる質の低下を回避し、作句だけでなく鑑賞力を鍛えようという主宰の指導が徹底している。この点は、文章欄で句集鑑賞・俳壇時評等に同人が健筆を競い合っている点にもはっきりと示されており、外部寄稿を加えて文章欄も実に充実しているし、一結社のなかに籠もった感覚でないから示唆に富む内容が多い。
主宰は「秀句佳句」と題して「狩座」より十二句を抽いて鑑賞文を記しているが、一句だけ入選の数多い句からも三句抽出している。「狩」は一句欄も充実しているのである。その三句を記す。

枯れを装ひ蟷螂の獲物待つ　　椎名　和
端役とも思へぬ演技村芝居　　小田智恵子
まだ生きてゐたかと秋の蚊に刺さる　　大川原　茂

（平成八年四月号）

糸瓜《へちま》

平成八年一月号

主　宰　篠崎圭介
師　系　富安風生
発行所　愛媛県松山市
通巻六三八号（第三次第三四号）
一九四頁

昭和七年に森薫花壇が創刊した歴史の古い俳誌であるが、平成四年十二月に「糸瓜はいま隆盛の中にある。そしてだからこそ終刊したいのだ」と宣言し、翌平成五年二月号をもって終刊し、全員に誌代を返して、四月に第三次「糸瓜」を創刊し、従来の同人制も廃して全員平等に再スタートした。

主宰はこの創刊にあたり、三つの方針を打ち出した。

愛媛に根ざすこと
研鑽は座〔句会〕中心に励むこと
作品評価の厳しさと人間同志の暖かさをあわせ持つこと

の三つであるが、主宰の、解散して新発足の狙いは当たり、誌面は清新の気に溢れ若々しく生き生きとしている。この一年の新入会員は二〇〇名を超え、戦後生れの誌友を対象とした特別作品には一〇

○名以上の応募があり審査中との事である。
この新生「糸瓜」を率いる主宰の巻頭作品は「暦日抄」と題する十二句、次いで「推敲」と題する巻頭文も記す。

木槿みづひき深山すずしろ殉教地　篠崎圭介
百花繚乱をとこへしに蹋む
秋気凛々近づけば山巌《いかめ》しや

作品欄は新発足後の新同人欄の「沙羅の花」と雑詠ですべて主宰の選を経ているが、主宰はその作品中から「愛日抄」と題し九十句を抽出して、主宰の巻頭文につづいて掲載している。「愛日抄」より適宜抽出。

秋風のもつとも奥に観世音　藤田ひろむ
秋思かな一滴づつの水の音　榎並貞子
岳友の柩に乗せぬ草の花　石井妙子
涼新た鳩のとなりに鳩が来て　二宮千恵子
八月の太陽に頰打たれけり　関根朝子

主宰はさらに「作品評」と題し、二頁にわたり鑑賞文を記す。また「座と個」と題し、主宰に聞くという頁を設け、新生した第三次「糸瓜」の方針の徹底に努めている。

今回は新年号として「新年賀詞久歓」を企画し、平成七年の一人一句欄と住所録を掲載している。八〇〇名を超える参加者は圧倒的に愛媛が多く、しっかり地元に根を伸ばしているが、東京の会員も少なくない。

特別作品も毎月六名が二十句を発表し競詠しており、今月の特別作品より抽く。

台風の眼のなか嬰に乳飲ます　浅井久子

海鳴つてゐる断崖に萩すすき　平岡暢子

（平成八年四月号）

暖鳥《だんちょう》

平成八年一月号

主　宰　新谷ひろし
師　系　河野南畦・吹田孤蓬
発行所　青森県青森市
通巻五七八号・七八頁
（別に八六頁の付録）

今年創刊五十周年を迎える歴史のある俳誌であるが、昭和二十一年に青森俳句会の機関誌として吹田孤蓬が創刊、その後超結社の同人誌として青森以外の東京等からの投句者も加えて発展。寺山修司等の参加も得てユニークな俳誌として号を重ねてきた。

平成三年一月当時の代表であった新谷ひろしが主宰に就任し、同人誌から主宰誌に変わったが、号数はそのまま継続。この一月号は「暖鳥」が主宰誌となって五周年の記念号である。主宰は河野南畦が創刊し、現在夫人の河野多希女が主宰する「あざみ」の主要同人として現在も活躍中である。今回の一月号は主宰誌として五周年であるが、「暖鳥」としては二月の五十周年記念号に編集の重点をおいた由である。

主宰誌としての五周年については、主宰の新年挨拶で触れられている他は、別冊付録として「暖鳥をみる目」が暖鳥文庫の二十二号として添えられている。主宰誌となって五年間に三十八誌が俳誌評等で採り上げた内容を一冊にまとめたものである。俳誌の周年企画としては珍しい企画であるが、毎年六誌から九誌までコンスタントに採り上げられている注目度にも感心した。このようにまとめられたものを読むと、おのずから外部から見た「暖鳥」の五年間という事になり、なかなかの好企画である。なお、暖鳥文庫は個人句集・競詠句集等を主に随時別冊付録として発行しているようで、この形式にも共鳴を覚えた。

俳誌の方は表紙の棟方志功の版画が先ず目をひく。主宰の巻頭詠は「雪案集（1）」と題し十八句。

一生のあかときいくつ初曙　新谷ひろし
初夢に孤蓬の声や太かりぬ
人日や生活の音のひびかひて
冬の地震激つ師の声胸衝いて

最後の一句は「南畦思慕五句」の前書がある五句より抽いた。

主宰詠につづく同人作品は「雪天集」と「羊歯群」に区分されるが、自選五句を出句し、翌々月号に八人の選者が各十五句宛を選んでいる。八人の選者の選句中より適宜抽く。

終戦日錆びて秘蔵の肥後守　立石月歩
逢ったとてどうにもならぬ水中花　沖　昇
一子来て一子は遠し盆の月　長澤　一

吸い飲みの水吸う強さ生身魂　三上　隆

文章欄も同人誌時代からの蓄積の賜物か充実した内容で、「続・季語探訪」を開高斉、「「暖鳥」と七戸俳句会」を小倉汀彷、「主宰の句を詠む」を山老成子、その他「暖鳥」の俳句鑑賞を四氏が執筆している。今月の圧巻は千葉みのるの「現代俳句の花園」という長文の力作。この一年に読んだ句集から、との副題を付し五十冊の句集を採り上げているが、「海嶺」の畠山譲二主宰の『朝の蟬』並びに畠山紀代子句集『安房』についても心あたたまる鑑賞をいただいている。

最後に、主宰選の「暖鳥集」の上位入選者より適宜一句を抽く。

木の実独楽廻り終って実となりぬ　小西尚治
掌にのせて旅に発たせる草の絮　山崎伸恵
雀来て案山子の機嫌そこねけり　関野八千枝

（平成八年五月号）

松籟《しょうらい》

平成八年一月号

主　宰　加藤燕雨
師　系　臼田亜浪
発行所　愛知県豊田市
通巻四一三号・一五八頁

大正九年生れの加藤燕雨が昭和三十六年、四十一歳の時に創刊され、誌齢も四〇〇号を超え三十五年の歴史を有する。幾多の苦難を乗り越えてこられたベテラン主宰の着意が一誌の隅々にまで徹底し、通読して俳誌のあり方について大変参考になった。創刊して日の浅い俳誌から受ける熱気や創意とは別の、味わい深い俳誌である。

主宰の巻頭詠は「松韻集」と題する十三句。

天籟の明けて初松籟の家　　加藤燕雨

裾長く目覚めて富士の龍田姫

綿虫や千本鳥居朱を尽くす

味噌樽はころがして干す小六月

主宰詠につづき「天韻集」は鈴村桑雨顧問など八氏が各六句を発表。

そのままにしておく櫨の落葉かな　鈴村桑雨
わが齢傘寿に届く冬薔薇　糟谷正孝
奥山のどぶろく祭り紅葉晴　筒木真一

次にユニークな企画の一つである特別作品欄がつづく。巻末の募集規定によれば、同人作品の「天籟集」と会員作品の「松籟集」の「巻頭推薦八名に限り応募の資格を与える」とあり、該当者は翌月十五日までに提出のこと、とある。二十句提出であるが、同人特別作品は十五句宛が掲載されている。四名の作品から各一句を抽く。

飾られて通草口あく切絵展　浅井千代子
眼を病んで一葉の秋と知りにけり　杉浦幾石
実南天隠棲の紅凝らしたり　伊原恵美子
切り株の年輪密に雁渡し　本田妙子

一般会員の「松籟集」の巻頭推薦者は二十句提出し、十三句宛を掲載している。四名から各一句を抽く。

手習ひの筆先割るる神の留守　戸塚芳江

紅葉狩至福のひと日貫ひけり　二瓶重子

好きな事出来る幸せ秋灯下　浜田てる子

ちちははと来しは斑鳩雁の頃　酒井かず子

投句は会員・同人とも同一用紙で五句まで、掲載が入会順というのもユニークで、会員・同人の各四名が巻頭推薦として前記の特別作品に参加出来る仕組みだが、一年以上の連続投句者も一年毎に表彰し、十年・十五年連続投句者には十句または八句の特別作品発表を許している。会員紹介や支部創設にも功労賞を設け、支部単位の表彰もある等ユニークな点は他にも多く、添削指導も担当は主宰だけ。しかも即「松籟集」の投句に振り替る方法もあり、参考になる点が多かった。

（平成八年五月号）

扉

とびら

平成八年三月号

主　宰　土生重次
師　系　野澤節子
発行所　横浜市
通巻五九号・一〇六頁

平成三年六月に創刊し、本年五周年を迎える。記念全国大会を七月に二日間にわたり開催する計画で、席上第一回の扉賞の発表が予定されている。二周年を機に設けた同人制も陣容が充実し、この大会の前には同人総会も企画されている。

「扉」を通読して、一句一句独立した作品を重視される主宰の姿勢と文章欄、特に連載の充実している点が強く印象に残った。目次も上下二段に区分し、上段に作品を主に、下段には連載をまとめて記載している。連載文章は九篇あり内容も多彩である。

「句苑探勝」は四十五回を数え、戸恒東人が今回は写生について記す。「やきもの遊学」は二十一回、藤沢寿郎が日本のやきものについて興味ある解説をしている。

「句趣彩彩」は主宰作品の鑑賞である。

同じ貌上下におんぶばつたかな　　土生重次

を今回は採り上げ水野矢草が解説。

「鎌倉・花の四季」は磯村光生が三椏について今月は記している。「息継ぎもせで」は、喜多杜子が「短歌・俳句の周辺」と題して肩の凝らないエッセイ。「句集展望」は佐野聰、「俳誌逍遙」は結木桃子がそれぞれ丁寧な紹介文を記す。「扉集作品鑑賞」は前川夏摘と柏原昭治が一月号から二人で三十五句を採り上げている。

連載内容の充実は主宰が創刊以来、指導の重点の一つにしてこられたのであろうが、バラエティに富み読ませる文章が揃っており、創刊して五年の「扉」の力強さを示している。読み応えのある俳誌に育てられた主宰に敬服する思いである。

作品欄は、主宰が「刻々集」と題する巻頭詠十六句を掲載。

棒の胸はだけしままの捨案山子　　土生重次
龍神を宿せるままに瀧氷る
先着のものを要所に鴨の陣
舞初のはげしく反りし足袋の先

同人作品は「一扉集」と「敲扉集」に区分されているが、すべて主宰選を得ており、投句数も十句以上と記されている。作品を重視し、同人欄の作品水準について主宰の強い意志が感じられるが、七句投句の主宰選「扉集」の作品も含む全作品から主宰は推薦句を抽出し、主宰の巻頭詠の次に「開扉集」と題して一段組みで五十六句を掲載している。「開扉集」より抽く。

しなやかに女を縛し黒ショール　小泉容子
友禅の絵模様寒の水で責む　馬場孤舟
逃げ腰のまま啄みて寒雀　藤本秀峰
いつの間に末座が主座の年忘れ　水野矢草
柚湯出てまた袖通す割烹着　吉田富枝
浜焚火煙は海へ出たがらず　原田みのる

（平成八年六月号）

風《かぜ》

平成八年二月号

主　宰　沢木欣一
師　系　加藤楸邨
発行所　東京都武蔵野市
通巻五七〇号・一四四頁

昭和二十一年五月、金沢市にて沢木欣一が創刊した「風」も今年で創刊五十周年を迎える。五十年の「風」の歩みは、まさに戦後俳句史の象徴といえよう。五十周年記念特集号などの記念事業の準備が着々と進行中とのことであるが、この二月号は通常の編集ながら一四四頁に達する。発行所も現在は武蔵野市である。

表紙裏には今年の一月に撮影した主宰夫妻の写真が印刷されているが、明治四十年生れの夫人細見綾子は九十歳の新春をお元気に迎えられている。このご夫妻の巻頭詠より各二句を抽く。

ふきのたう砂丘の雪をかき分けて　沢木欣一
大寒の鱒の白子をすすりたり

書初めは雪の一文字ばかりかな　細見綾子

大寒の日向伝ひて散歩かな

主宰夫妻につづく同人作品欄は、北は札幌から南は沖縄まで地域順に並び、二五六氏が三句から五句を発表。半世紀にわたる「風」の歴史のなかで育った著名俳人も多い。

紅葉散る日のあるところなきところ　棚山波朗
しみじみと酒欲し鯖鮨頰ばりて　高島筍雄
昼と夜のわづかな隙間雪ぼたる　中山純子
城内に腹切り場あり臭木の実　林　徹
奥能登や旅のはじめの鰤起こし　鈴木厚子

同人作品の次には主宰の「風木舎俳話」と題する短文で、二二七回を数える連載である。主宰の短文に続いては「春の行事特集」と題し、九氏が短文で各地の行事を紹介している。

次に、大西八洲雄句集『起点』と栗田せつ子句集『富士近し』について特集を編んでいる。各一句を句集より抽く。

天城嶺に雪すこし載る午祭　大西八洲雄
昏れゆくや白木蓮に富士近し　栗田せつ子

その後に田村愛子の「自句自解十句」、短文の「俳句時評」を檜山哲彦、「俳句往来」を辻通男に記させる。結社内の文章力も高く競争も激しいのであろう。よく調べ充実した内容の短文が多い。特別作品も二十五句宛で二氏が競詠。特別作品評も掲載している。

連れ舞の蝶現はるる小春かな　高橋繁喜
竹の春酒呑童子の鏡井戸　藤原　浩

特別作品評の後にはまた文章欄がつづき、「俳句春秋」を新田祐久が、「同人作品評」を清水弓月が、「風作品の七句」を滝沢伊代次が、「蕪村を尋ねて」を高木良太が、「巻頭作家プロフィール」を呉屋菜々がと、健筆を振るう人材は尽きない。

主宰選の「風作品」は層が厚く、五句投句で、一句入選欄だけで三五頁に及ぶが、主宰の選後評「風作品の佳句」はすべて一句欄より抽いて見事な演出である。「風作品の佳句」より抽く。

実ざくろをもぎとれば雲うごきけり　今　和子
並べ売るこけしに止まる赤とんぼ　山本一史
ダム底に働く人や紅葉山　富岡伸子
保育所にケーキの神輿秋祭　新井トシ子

（平成八年六月号）

岳《たけ》

平成八年四月号

主　宰　宮坂静生
師　系　富安風生・藤田湘子
発行所　長野県松本市
通巻二〇〇号記念号
通巻二〇〇号・三三〇頁

二〇〇号を迎え、三三〇頁に達する部厚い記念号である。しかし、ことさら二〇〇号を強調したような企画や特集はない。記念号というと、主宰が巻頭言で来し方を振り返って次への決意を述べ、外部著名俳人から祝句等の寄稿を受け、結社内でも座談会や年表をまとめるのがよくある記念号スタイルであるが、そのような企画がなく、作品や文章欄を充実させている編集振りに感銘し、強い刺激を受けた。

藤田湘子を師系にその主宰する「鷹」の、いわば子雑誌として成長してきた「岳」が立派に成人し、独立して既往の型にとらわれず文芸誌のあるべき姿を追求せんとする主張と、十八年かけて築いてきた自信とを、じっくりと読み終えて感じ取った次第である。

主宰の巻頭作品は「出雲崎まで」と題し五十句の力詠である。

鯉飼ひの信心篤き春の雪
河豚さしの骨の真白し建国日
下萌は海の底までつづくらむ
杉の実を踏みかぞへ唄鄙猥《ひわい》唄
味噌樽のかげに雪橇しまひおく

宮坂静生

三〇〇頁を超えるこの大冊の五〇頁を使って「前田普羅を読む」の特集を組んでいる。主宰が先ず「前田普羅管見」を一〇頁記し、他に句集ごとに五氏が解説、その五氏と主宰の六名で座談会を行い、普羅の年譜・資料等も添えた価値ある特集で、「岳」の紙価を高める内容で大いに参考になった。

主宰は信州大学の教授でもあり、その人脈から文章欄には信州大その他の大学教授の寄稿が今回も六篇掲載されているが、それぞれ練達の筆致で知らず知らずのうちに引き込まれてしまう。他に、友岡子郷からも「風土、郷土そして帰郷」と題する寄稿を得ているが、風土が今回のテーマの一つであろうか、作品欄にも「風土に迫る」と題して八名が各十句の競詠を行っている。

作品競詠は極めて活発で、特別作品は二十句を六名で、新鋭作品は十名が参加して各十句、その他「樹木を詠う」のテーマで十句プラスエッセイを六名が作品と文章を競い、社内の層の厚さと意欲旺盛な点に圧倒されるようである。ちょっと変わった企画では、「誌上袋廻」で十名が競作し賑やかでもある。

一方作品鑑賞では、主宰は結社内の誉め合いを避けるためか、結社外の人に作品評を数多く依頼している。「同人作品鑑賞」を「白桃」編集長の柴田佐知子に、「十句選」を「欅」主宰の中澤康人と「草苑」の山本洋子に、また「第十回S氏賞」の選も「白露」の福田甲子雄・「鷹」の飯島晴子・「梟」の矢島渚男等にも依頼し選評も寄せられており、いろいろな角度からの評言は結社内にもよい刺激になる事であろう。

特別作品や競詠以外の通常の作品発表の場は、同人が「雪嶺集」と「前山集」に区分されているが、主宰選の「岳集」は誌友だけでなく同人も積極的に参加して、六句投句で巻頭でも入選四句の師選を競っている。主宰は「雪嶺集」「前山集」「岳集」のなかから「岳四月」として三十句を推薦し、「岳秀句」と題する選評では、この三十句とそれに準ずる佳句に力強い寸評を記している。「岳四月」より抽く。

置火鉢誓子青畝も居ずなんぬ　中西夕紀
枯山の落暉に音のありにけり　塚原いま乃
雪降るや火照りて貌を大きくし　柴野公子
父の忌や時折竹の雪撥ねて　松本郁子
探梅や火の見櫓の上に海　田中定治
蕎麦粉掻き風の鋭き夕べかな　今村美智子

（平成八年七月号）

かたばみ

平成八年三月号

主　宰　森田公司
師　系　加藤楸邨・森澄雄
発行所　埼玉県与野市
通巻二三七号・一二四頁

作品欄だけでなく文章にかなり力を入れ、連載文も多い俳誌である。連載としては「兄・高柳重信の思い出」を高柳美知子、「文学散歩、文学碑関係文献によるおもな句碑の旅」を小林鶴男、「文芸家の随筆」を津川正四、「駅前団地と私の子ども時代」を西沢正太郎、「島崎藤村の恋愛」を鈴木亮一、「「奥の細道」を行く」を田中義政等、内容もバラエティに富む。

作品鑑賞文も活発で、「現代俳句月評」は小原樗才が、「同人作品月評」は小船頼住が、「「かたばみ集」短評」は岡昌子が、社内外の作品鑑賞に健筆を競い、さらに「寒雷」同人の今井聖からも「「かたばみ」十二月号管見」の寄稿も得て、文章欄は実に充実している。

作品では主宰の巻頭作品は「二の午」十句。

麦 畑 を 二 の 午 の 風 埃 立 て　　森田公司

亀鳴くを湯治の澄雄日々聞けり
栴檀の秀つ枝に雪や実朝忌

主宰に続く同人自選作品は、「かたばみ作品」で各五句を発表。

のど飴に薬の匂ひ夜の長し　豊田八重子
仮装せし四十七士の白き息　本猪木益男
笹鳴や無住寺に添ふ蚕神堂　森田清司

今月は第七回かたばみ賞の入賞発表があり、正賞は斉藤重子が受賞。

野馬追や相馬の山に雲飛んで　斉藤重子

特別作品も四氏が十五句を競詠。

中天に透ける昼月冬桜　山崎美津
焼藷の匂ふ夕べのビルの路地　小山喜寛
常念岳に雲なき朝の干菜汁　内藤　都
生活のリズム崩さず年の暮　岡田章子

主宰選の「かたばみ集」は七句投句で、巻頭は四句入選。主宰は「選後に」と題し、師森澄雄の話を抽きつつ佳句を抽出している。

マスクして義理ある人を見舞ひけり　福山智子
風見鶏北さす駅舎銀杏散る　古沢清三郎
売約の熊手にサッカーチーム名　工藤かおる
日向ぼこ猫に言葉の通じたり　小西よしの
写楽展見て十二月始まりぬ　吉岡久美子
極月の魚屋に売るシクラメン　渋谷はつ

（平成八年七月号）

風《かぜ》

平成八年五月号

主　宰　沢木欣一
師　系　加藤楸邨
発行所　東京都武蔵野市
創刊五十周年記念号
通巻五七三号・三五二頁

昭和二十年八月の終戦により十月に金沢に復員した沢木欣一は、翌二十一年五月に「風」を金沢にて創刊。ざらざらの仙花紙で表紙に「風」と大書した三二頁の創刊号は、一五〇〇部がたちまち売り切れたとの事である。会員が大勢いたわけではないから、長かった戦争が終わり空襲で焦土と化した日本で、人々は活字文化にも飢えていたのであろう。

戦後間もなく発刊された俳誌は、大野林火の「濱」、松本たかしの「笛」、久保田万太郎の「春燈」、中島斌雄の「麦」、中村草田男の「萬緑」等があり、相次いで創刊五十周年を迎えるが、いずれも創刊された主宰が亡くなり、二代目または三代目の主宰に変わっている。

「風」を二十六歳の時に創刊された沢木欣一主宰は、近著『昭和俳句の青春』で本年の俳人協会評論賞を受賞される等、第一線で引き続き活躍中である。

「創刊五十周年を迎えて」と題する主宰の巻頭文は、五十年前の自らの発刊の辞を抽きつつ来し方を

振り返り、さらに将来に向かって、

現今はややこしい見当もつかない時世でありますが、小さいところから人と人との縁、対象への愛情を大切にして「気宇壮大に志を高く」新しい俳句の世界に遊びたいものです。微風・大風、自由の新風が吹くことを念じて止みません。

と結ばれる。一誌を創刊して五十年、なお活躍を続けるという事は大変な事であり、同じような事例はこれからもなかなか出てこないのではなかろうか。主宰は巻頭文の中で、

「風」は漸く五十年を経て、貧しいものであっても、それなりにささやかな小さい歴史を持つことが出来たことを幸いに思います。

と述べられているが、五十年の歴史の中にあった曲折消長は戦後俳壇の歴史にもつらなっており、この記念号の年表は、五十年間の動きを「風」の歴史とともに俳壇の動きも記録した労作で、取りまとめた新田祐久の努力に敬意を表したい。

記念特集も俳壇各氏の祝辞や社内同人・誌友の回顧文・特別作品・記念作品等豊富であるが、読んで参考になり勉強にもなったのは「「風」の五十年と現代の俳句」と題した座談会で、原子公平・金子兜太・石原八束・沢木欣一の四人に司会が大坪景章というメンバーで来し方行方を語り、一読に価する内容である。面白かったのは、五十周年記念作品文章の部の受賞作「沢木欣一の夢と戦争」で、副題が「社会性俳句作家の執念」とあり、山田春生の文章は練達の筆緻で読み応えもあった。

主宰夫人細見綾子は創刊以来一回の欠詠もなく、編集発行人として主宰を補け、また昭和五十一年にまとめた『風歳時記』を五十周年記念改訂の『新「風」俳句歳時記』として出版準備中等、主宰の希望通り、微風・大風・自由の新風は着々と吹きつつあるようである。

主宰の作品は、各氏の祝辞と座談会の記事の後に「春の海」と題し十二句を発表。「「風」創刊五十周年に二句」と前書された句を抽く。

断崖の燈台めざし初燕　　沢木欣一

前衛の波後衛の沖春の海

細見綾子は「彼岸」七句を発表。

生きてゐることにとまどふ彼岸かな　　細見綾子

誕生日春のうららを合唱す

ご夫妻の益々のご健勝とご健吟を祈り、五十周年を機に編集陣に若手二人を補強した「風」の一層の充実発展を祈りたい。

（平成八年八月号）

港《みなと》

平成八年四月号

主　宰　大牧　広
師　系　能村登四郎
発行所　東京都大田区
創刊七周年記念特集号
通巻八五号・一六〇頁

平成の世もはや八年になる。平成に入り創刊された俳誌も数多いが、「港」はその長兄として平成元年四月創刊。

春の海まつすぐ行けば見える筈　　大牧　広

の主宰の自祝の句をもってスタートし、この四月号が創刊七周年記念号になる。主宰の七周年自祝の句は、

しかじかと春燈は書庫照らしけり　　大牧　広

七年の実績でしっかりと大地に根を張った俳誌の、自信と蓄積の厚みが感じられる一句である。
記念特集の一つとして、編集部員による座談会「円卓・編集部放談」が掲載されているが、若い人

の多い俳誌らしく編集部員も現役で仕事をしている人が多く、勤めが終わってから編集の仕事に駆けつける事情が交々語り合われている部分があり、「港」のメンバーの若々しさが感じとれる内容の座談会である。

その「港」の特徴は若い人達だけの競詠である。今回も七周年記念特集として「青年作家競詠」に二十九名が参加。各十句を発表し生年を西暦で記しているが、一九四五年から一九六六年生れまでが揃っており、六十歳台が若手だったりする他誌主宰から見ると羨ましい事であろう。年功序列にこだわらず、将来を見据えた主宰の結社運営が着々成功している証左であろう。「青年作家競詠」の一九六〇年代生れの作家詠より抽く。

アネモネや海路選びて君訪はむ　能城　檀
年間スケジュールの中にある春愁　錦織　鞠
葡萄にもしづかなる脈ありにけり　青山茂根
逢ふ日には輝きを増す冬銀河　荒川美弥子
飽きるほど逢ひたき人と暮れの秋　荒野元子
溶接の火花激しく夜業せり　山田定雄

この競詠を「沖」の中原道夫が「芳年永からず」と題し批評文を寄せているが、「港」同人作品評も俳壇各界十八家から寄稿を得ている点も、同人に安住させず刺激を与える好企画で、「港」の明るさ、風通しの良さを感じさせる。若い人が集まるのはこんな点も影響しているのであろう。

主宰は「思うこと若干」と題して七周年記念にあたり所感を記し、特別作品「伐採音」一〇〇句を巻頭に示し先頭に立つ。

若駒に大きな大きなものは海　大牧　広

雪解風つまり倉本聰の風

初期の句の暗さなつかし花明り

（平成八年八月号）

鴫《しぎ》

平成八年六月号

主宰　伊藤白潮
師系　石田波郷・田中午次郎
発行所　千葉県船橋市
通巻三五〇号記念号
通巻三五〇号・一一六頁

主宰は巻頭に「三五〇号所感」を記す。二頁のこの所感は明快にして清々しい。先ず前半にて、先師田中午次郎時代から休刊を経て現在に至る「鴫」を回顧、さらに筆を進めて、

およそ結社の勢いは十年がいい所といわれ、以後はよほどの活性化を図らないと沈滞を余儀なくされる。

わが「鴫」の場合でも二十年も過ぎると、その兆しがなくもない現状を認めざるを得ない。が幸いなことに、最近はわずかだが第二第三の若手が台頭してきて、競い合うことで二十一世紀の旗手が育ちつつあることは心強い。更にこうした次代の担い手を努力して養成することを心掛けねばならぬ。

今回の三五〇号の記念事業は、こうした自らの体質を強化する意味もあって、祝賀パーティは

とり止め高原の新緑の中で仲間意識を高めまた学び直したい。記念号も普通号の倍ほどにとどめて、次へのステップに余力を残すことに決めた。

と記されている。そして全国大会を、外部の方々を招かず八ヶ岳の山麓に籠もって開催し、この記念号を大会の五月二十五日に間に合うように編集したとの事である。

主宰は記念号の巻頭作品として「晩景」と題し特別作品一〇〇句の大作を示す。まさに「俳句作者はその作品がすべてである」と、記念号に当り「鴫」の先頭に立つ主宰の気概に満ちた力作である。

花あれば自ら下野のこころざし　　伊藤白潮
春雷の七十歳はなまぐさき
養生訓にもとより背き穀雨過ぐ
蟇の眼のどこかが司馬遼太郎に似
晩《ばん》景《げい》として大桜畑に据ゑ
穴を出し蛇に備はる進取の気

特集として、一つは「現代俳句に望むもの」と題し、詩人・歌人・随筆家など五氏の意見を掲載している。企画の意図は、「二十一世紀を目前にして、俳句がちんまりと自分の領分をまもっているだけでよいものだろうか。これからの俳句のあるべきすがたについて」俳壇外の先達の意見を聞くとの事。次の特集は「二十一世紀と俳句」と題し「杉」の榎本好宏前編集長、「鷹」の小澤實編集長、

「沖」の能村研三副主宰の三人の座談会を、「鴫」の自選同人欄作家の川口比呂之が司会している。「鴫」の眼は、はっきりと俳句の二十一世紀を見据えているのである。

そして三五〇号記念作品の選者は、白潮主宰の他は「波」の倉橋羊村主宰と「門」の鈴木鷹夫主宰である。内部の主要同人の選者は一人もいない。

同人欄は自選作品の「当月集」と主宰選を経る「寒麦集」に区分されているが、毎月「看経抄」と題して他結社諸家のリレー選を依頼し、同人作品に刺激を与え安住を許さない。自選作品欄の作家もこの主宰の指導に応え、個性ある作品を「当月集」に七句発表すると共に、主宰選の「鴫俳句」七句投句にも積極的に投句し師選を競っている。

二十一世紀をしっかりと見据えた主宰のこの結社運営と、同人がその位置に安住せずに作品を競っているこの姿のある限り、「鴫」は二十一世紀へ向けて力強くはばたき続けてゆくであろう。

（平成八年九月号）

波《なみ》

平成八年五月号

主　宰　倉橋羊村
師　系　水原秋櫻子
発行所　神奈川県藤沢市
創刊二十周年記念号
通巻二四一号・二〇六頁

同人誌として出発し、青木泰夫の主宰誌を経て現主宰となり九年、「波」の二十周年記念号として二〇〇頁を超える大冊である。

主宰の巻頭のご挨拶に続き、俳壇五家から祝吟の寄稿を得ているが、特別寄稿の方は俳壇外の四氏の文章を掲載し、俳壇のなかだけに籠もらない主宰の幅広い方針が感じられる編集である。

主宰の巻頭作品は「浄瑠璃寺再び」十五句。

今年また馬酔木と会ひに浄瑠璃寺　　倉橋羊村
朧さへ容れず常闇厨子の中
録音電池切れ情けなき声おぼろ

同人作品は「潮集」と「灘集」に区分され、「潮集」はさらに創刊同人五家と他の十四家に区分し、創刊同人五家は「潮集Ⅰ」に十句発表した他、二十周年記念特別作品に各十二句と短文を寄せている。巻末に記念号として各地句会の活動状況が報告されているが、創刊同人が主宰を補佐し、各地句会の指導にも活躍している。特別作品より各一句を抽く。

竹 島 は 日 本 の 領 土 梅 の 花　荻田恭三
早 梅 や 背 戸 よ り 入 る 母 の さ と　長谷川せつ子
島 の 娘 の 御 神 火 太 鼓 椿 燃 ゆ　西野洋司
紅 梅 の 風 に 羅 漢 の 肘 枕　大城まさ子
冴 返 る 琵 琶 を 枕 の 弁 財 天　三木多美子

記念特集の目玉は「波二十年の〝こころざし〟」と題し、副題を「総合芸術としての俳句」とした主宰と鈴木鷹夫・伊藤白潮三氏の鼎談で、「結社内の賞のあり方」、俳人の「個性と感性」等を論じ、中味の濃い内容で興味深く読んだ。

二十周年記念作品の選後経過・選評・受賞作が発表され、作品では小泉恭子の「雪が降る」が受賞、随筆では加賀谷杵子の「コスモス」が受賞しているが、随筆選者に外部の文芸評論家も加えており、結社のなかに、或いは俳壇のなかに籠もらない姿勢は随所に見られる。

新人賞は昭和十八年生れの加賀奈津子が受賞、応募二十篇というところに「波」の新人の厚みを感じる。

記念号としては、型を守りつつ将来へ眼を据えた編集で、結社外・俳壇外の多くの人の協力を得たバラエティに富む内容で、二十年の誌歴による厚みを感じさせると共に、現主宰になってからもすでに九年を経て主宰の考え方が誌面の随所に徹底しており、結社外の批評もどんどん受け入れつつ活気のある「波」が盛り上がっていた。

（平成八年九月号）

未来図

みらいず
平成八年七月号

主宰　鍵和田秞子
師系　中村草田男
発行所　東京都府中市
創刊一五〇号記念特集号
通巻一五〇号・二一八頁

主宰は「一五〇号を迎えて」と題する巻頭文のなかで、

一五〇号は、やはり過渡期という印象がある。次の二〇〇号に向って、たゆまずに歩みつづけなければならない、という思いが強い。一方で、いささかのマンネリ化や倦怠感を伴う時期ではないだろうか。中だるみにもなり易いし、疲れも出てくる時である。

こういう時期こそ私たちは、仲間でお互いに助け合う必要がある。句友を大切に、和を大切にして、共に俳句を楽しみ、俳句のある生活を歓びとし、生きる証としての作品を残してゆきたいものである。それには、俳句らしい巧みな句とか、格好の良い句とか、技の効いた句などを目標にしないで、真実自分の詠みたい思いを大切にし、一句一句を自分の心の証として、大切に詠んでいかなくては、と思うこと切である。

と述べられている。創刊以来一号ずつ手塩にかけ、苦楽の歳月を重ねて一五〇号を迎えられた想いを静かに包みこんだ、味わい深い文章である。

この巻頭文に続く主宰巻頭作品は、「桜の実」二十七句の力作である。

鍵和田秞子

石に座し帰らざる日よ桜の実
鳥帰る表皮はがれし杉の幹
花に酔ひ夜に酔ひ齢ふかまりぬ
うぐひすの機嫌よき日の観世音
婦人の日地より泛きたつ花杏

記念号企画としては、俳壇の諸家近詠として十家から各三句の寄稿を得て主宰作品に引き続き掲載。その他「巻頭句一覧」「総目次・年譜」等があるが、目玉は「一五〇号記念作品コンクール」の結果発表で内容豊富である。

「選考経過」も、作者名を伏せた作品コピーを各審査員に送り一位から十位を選出と、ここまでは各結社のコンクールでよくある形式であるが、その選出が出揃ったところで五時間にも及ぶ審査会を経て入賞作を決定したとのこと。審査員の多くは今回から新設された自選作品「光陰集」の方々であるが、審査会を経ることにより、審査員である主要同人にも勉強になり刺激になる事であろうし、主宰の考え方と主要同人の方々の考え方との調整も出来る事であろう。主宰が記す「選後寸感」はその審査会を踏まえ、入選作に短評を付すると共に、主宰が十位までに推しながら入選に至らなかった作品名にも触れて、行き届いた心のこもった内容である。

特集以外では、熊本大学教授で「光陰集」同人でもある首藤基澄の評論「子規と漱石」が大変参考になった。コンクールの評論の部の特選二篇も水準の高い力作で、「未来図」が一五〇号の歴史のなかで育てた実力は、作品だけでなく評論等の文章面でも層が充実してきている事を感じさせた。「未来図」はセンスの良い品の良い編集振りであるが、作品と共にこの文章面の充実は、主宰の十年余のご努力の成果として大いに感銘させられるものがあった。

作品欄は、「光陰集」以外では「日月集」がⅠ・Ⅱに区分され、主宰選の「未来図集」は新仮名も認め、主宰選評は選評そのものに詩情があり魅力があった。

主宰が選評の最後に記された共鳴句より抽く。

皺のなきナースの白衣みどりの日　宮本まさよ
花御堂御身をさらに暗うする　石地まゆみ
考へる人のごとくに蟻を見る　町田　肇
浜木綿も人も大振り島育ち　丹波恵美子
ロックンロール歌つてゐるよチューリップ　嶋　千枝

（平成八年十月号）

春耕《しゅんこう》

平成八年七月号

主　宰　皆川盤水
師　系　沢木欣一
発行所　東京都中野区
通巻二〇四号・一一六頁

昭和四十一年八月に現主宰が創刊された歴史の古い俳誌で、三十周年記念事業の一つとして「春耕」同人・会員の作品を中心にした『新編月別季寄せ』をこの九月に刊行する予定等、着々と記念企画が進行中である。この七月号はその直前の号として通常の編集である。

主宰は巻頭作品として「駒鳥」十句、巻頭文として九頁に及ぶ「旅と俳句」を執筆している。

駒鳥啼くや霧の中なる山毛欅林　　皆川盤水
雪渓の鳥海山の空駒鳥の声
薔薇垣もいつか見飽きてしまひけり

文章は「「旅」についての偶感」と「蕪村の旅の句」の二章に区分され、前半は主宰が少年時代に親しんだ俳句を回想しつつ俳人の旅を語り、後半では蕪村の旅吟十七句を採り上げつつ淡々と旅を想い記す筆緻に、知らず知らずのうちに引き込まれて読んでしまった。

主宰のこの作品と文章に続いて、同人作品の「晴耕集」と「雨読集」、さらに主宰選の「耕人集」、主宰の「選後私感」並びに同人によるこの三つの作品欄の鑑賞文が掲載されている。

「春耕」作品のモットーは「自然と人間生活の中から新しい美を探究する伝統俳句」との事で、次に抽く作品等はなるほどと思わせるものがある。

花人となりゆく客の下駄揃ふ　北吉裕子
春子焼く飯場人夫の上り酒　高鴨アヤ子
壺焼の七輪古りし海女溜り　鈴木ふく子
寒明けの蝦夷へ水脈曳く大漁旗　川口巌渓
画布に置く仕上げの絵具春の雷　岡村文彦

作品欄を前にまとめ、連載文や句集鑑賞・特別作品をその後にまとめる編集であるが、連載は「伊予俳句風土記」「食べ物歳時記」「盤水俳句鑑賞」「北京好日」「現代秀句月評」等、バラエティに富む内容で執筆陣も多士済々、流石に三十年の歴史を有する結社の層の厚さを感じさせてくれる。なかでも蓁目良雨が記す「食べ物歳時記」は三十七回と最も長く続いているが、今回は七月号らしく「ビール」を採り上げて、なかなかこくのある文章であった。巻末近くに「主宰動静」が記されているが、主宰も折に触れ句友と小酌の一刻を過ごされているご様子で、益々のご発展をお祈り致したい。

（平成八年十月号）

あざみ

平成八年八月号

主宰　河野多希女
師系　大須賀乙字・吉田冬葉
発行所　横浜市
創刊五十周年記念号
通巻五七七号・三一六頁

五十年の歴史は戦後の歴史そのものである。

創刊主宰の河野南畦は平成五年、夫人の多希女に主宰を譲り会長となられたが、平成七年一月逝去された。五十年の歴史のほとんどを指導してこられた南畦師が亡くなられて日が浅いだけに、記念号の特集の柱の一つは「南畦半世紀の歩み」を回顧し、先師の作品鑑賞等が編集されている。そのなかでも「羽搏く「あざみ」のために——向後の「あざみ」作品を考える」と題する新谷ひろしの文章、「豊饒な明日を」と題する小出文子の文章等、二十一世紀にさらに発展を期する企画が巧みに折り込まれており、戦後生れの若い編集長による将来を見据えた発想、若い人達が育ちつつある結社の息吹きを感じ取ることができた。

記念号としての特集の一味の違いは、テーマの設定である。特集の柱のもう一つは「季語の諸問題」がテーマである。復本一郎が「「竪題」と「横題」のこと」を、山下一海が「春の字の大きさ——

季重なりをめぐって」を寄稿。小野元夫が「「季重なり」句に見る季の象徴」と題し、大須賀乙字の『季感象徴論』から「冬に稲妻を詠じたからといって不思議がったり、秋に蛙が啼いたといへば嘘だとするやうな人がいる。実際にあった現象ならばそのままに読んでさし支へはないのである。しかしながら極めて希有な現象であるならば、それを希有なことと感じただけの驚きが句面に現はれなければならぬ」の部分を抽き、数多くの大家の例句を抽きつつ解説している。

復本一郎は記念大会の講演も「季題と季語——題詠から写生へ」を予定しており、季語をいろいろな角度から検討し直すことを、この五十周年を機会にテーマとしているようである。

そして、次の世代をどう育てるかがもう一つのテーマであり、座談会でも後半は「「五十年後」を考えよう」と題して、中味が濃く具体的な話を交わしつつ、二十一世紀を意識して活発に論じ合っている。

「あざみ」については今年の三月に一度ご紹介した。通常は主宰の巻頭詠が最初に掲載されるのだが、この記念号では祝辞や作品の寄稿を先ず掲載し、次に特集を編んでいるから、主宰作品は特集に次いで「宇宙」八句が発表されている。そのなかの「円筒上層式深鉢」と前書された二句を抽く。

鋭角は宇宙人中冴返る　　河野多希女

光りと翳欠け深鉢に春日遅々

その他の特別作品・同人作品・あざみ雑詠・編集長選の「創の作品」等の例月の作品欄は三月号でご紹介したような構成だが、今月は「第四十回あざみ賞」が発表されている。新主宰としては二回目の選考で、選者を委嘱せず主宰一人で担当している。第一位入選の「菩薩の貌」より抽く。

蟇 菩 薩 の 貌 と な り き れ ず　吉田やえこ

虎 落 笛 そ れ よ り 勁 し 恋 は 死 は

（平成八年十一月号）

春耕《しゅんこう》

平成八年八月号

主　宰　皆川盤水
師　系　沢木欣一
発行所　東京都中野区
創刊三十周年記念特別号1
通巻二〇五号・一六〇頁

先月、通常の編集の七月号をご紹介したから連続になるが、「春耕」の特集号の特徴は、この八月号からスタートして十月号まで、記念号が三か月に分けて発行されることである。「あとがき」では誌面の都合で、となっているが、記念号として盛り沢山の内容の大冊を発行するところが多いなか、一つの発想の転換でこういう方法もあるなと感じ入った。

今回は記念号の（1）として、表紙の裏を利用して主宰が「創刊三十周年を迎えて」のご挨拶を記し、「年表」と「同人・会員の句集等一覧」をまとめている他は、特集は「「春耕」同人の俳句鑑賞」と「「春耕」同人自句自解」の二つであるが、それぞれその（1）となっているので、この企画は三回に分けて掲載するのであろう。

「「春耕」同人の俳句鑑賞」は、同人作品Ⅰの「晴耕集」の同人が同じ「晴耕集」同人の作品鑑賞・作家論を展開し、文筆を競っている。今回は六名が執筆しているが、「晴耕集」作家だけでもこの八月号で数えて七十二名になるから、三回に分けて執筆してもなかなか全作家とはゆかず、多士済々なだけに人選も大変なことであろう。特集号を三回に分ける事により、一冊のボリュームが四〇頁ほど部厚になるだけで、この点は読み易く編集も一挙に集中せず、平準化されてやり易いかも知れない。

記念特集は頁の後半にまとめて、通常の編集を先に掲載しているから、目次に続いてはいつものように主宰の巻頭詠となる。

講宿の天狗の面へ夏の蝶　皆川盤水
夜鷹啼き講人酒に寝落ちたり

「夜鷹」と題する近詠十句より抽いた。二句目は美味しい日本酒の味がするような作品で大いに感銘した。今月は主宰の連載「旅と俳句」の他に、石原八束の「皆川盤水の俳句」鑑賞と、富田直治の皆川盤水著『旅』の鑑賞文とを主宰巻頭詠に続いて掲載している。

作品を先に掲載し文章を後にまとめ、文章は連載が多いが、今月の文章では山田春生の連載「俳壇時評」で「地方歳時記歓迎」を特に興味深く拝読した。

最後に、主宰選「耕人集」の主宰の「選後私感」鑑賞句から二句を抽く。

土いじり碁盤割して菊芽挿す　富岡伸子
青田風長持唄のあとにつく　難波次郎

（平成八年十一月号）

春郊《しゅんこう》

平成八年九月号

主宰　轡田　進
師系　富安風生・中村春逸
発行所　東京都杉並区
通巻四五〇号記念号
通巻四五〇号・一五二頁

昭和三十四年四月、中村春逸が創刊し、春逸他界の昭和四十九年に遠藤梧逸が選者として引き継ぎ、さらに昭和五十八年十二月に現主宰の轡田進に継承された。現主宰の体制になってからすでに約十三年、着々と体制は整備され四五〇号を迎えた。

創刊した中村春逸も現主宰の轡田進も、郵政畑の出身で富安風生に師事したが、「春郊」の表紙裏には風生の「わが俳句鑑賞」に取りあげられた轡田進作品と、その風生の鑑賞文を連載中で、師系を明示している。この記念号には次の句が掲載されている。

俗吏われ風邪がはやれば風邪をひき　　轡田　進

次の頁には「春郊綱領」を掲載しているが、創刊に当り春逸主宰が定めたもので、感動の純粋性・伝統尊重・人間性恢復をうたっているこの綱領を毎月掲載し、創刊の理念を堅持し継承していく方針を巻頭にしっかりと示している。

主宰は三代目になるが、この間一度の休刊も合併号もなく四五〇号を迎えた由である。同人・誌友に郵政関係者が多いように感ずるが、主宰継承も種々困難もありながらよくまとまり乗り越えてきたようで、綱領の下に三人の主宰の句を併記して四五〇号の目次へと続ける編集手法に、ベテラン編集者の腕の冴えを感じた。三師の句を記す。

老人の日は老人の顔をせむ　中村春逸
雑炊のごとく俳句を温かく　遠藤梧逸
わかち合ふ俳句の心春の雲　轡田　進

主宰の巻頭作品は、誕生日を祝して贈られた「芍薬」を題材に、

齢祝ぐ芍薬を壺に溢れしむ　轡田　進
芍薬を活けて病軀を慎みぬ

等十二句である。本年に入りやや健康を害された由であるが、一日も早いご回復を祈念致したい。

主宰作品につづく同人作品は「軌道集」であり、五句提出し主宰選と表示はないが、五句掲載は今月は六名、他は五十音順に二〜四句が掲載されている。同人作品をⅠとかⅡとか区分したりせず、五句組み以外は同人年次等にこだわらず、すっきりした扱いである。

記念号としては、同人作品の後に主宰と創刊主宰夫人の中村幸絵のご挨拶を掲載し、記念特別作品

の入選発表・年譜・巻頭作品集という構成である。

記念作品は主宰がすべて審査採点、同人・誌友の区別なく俳句の部に一〇六編、評論の部に十四編の応募との事であるが、古参の主要同人の積極的な応募も多く、新鋭とともに作品や文章を競っており活力が溢れている。また、俳句の部の特選五名の構成も戦後生れ一名、戦中生れ一名、昭和一桁二名、大正生れ一名であり会員層のバランスの良さが反映。特選五編のうち二編は海外詠であり、この点も国際化の時代に生きる俳誌として感覚がよい。評論の特選も年次構成は似ているが、論客も多いようで賑やかである。

主宰選の「春郊集」は五句投句で、同人の多くは同人作品とともにこちらにも投句し、主要同人の名も見られ誌友や新人と主宰選を競っている。主宰の選後評にあげられた作品より抽く。

母の忌や昔のままに柿の花　佐藤智子
いぢめつ子に似たる金魚の面構　猪野淡水
ひまはりの日焼顔して咲きにけり　野本虎之進

（平成八年十二月号）

笹

ささ
平成八年八月号

主宰　伊藤敬子
師系　加藤かけい
発行所　名古屋市
創刊二〇〇号記念特集号
通巻二〇〇号・二九二頁

昨年十五周年記念行事を実施しているが、月刊にして十五年との事であった。今回は年刊時代から通算して二〇〇号という事で、昨年に続く節目である。三〇〇頁に近い大冊の記念号であるが、特集は二〇〇号記念と主宰の新刊第九句集『存問』特集という二つである。

二〇〇号特集の方は、主宰の巻頭のご挨拶文の他は、歴代の結社各賞の受賞者の各十句の競詠と、二〇〇号記念応募作品の入選発表に絞られている。記念作品の応募は同人・誌友の区別なく二十句の競詠で、一二一編の応募作品を主宰が審査し、第一席から入選までをこの記念号に掲載している。

主宰句集『存問』の特集は、作家伊藤桂一の寄稿による鑑賞文が主宰の巻頭詠の次に掲載されている他は、「『存問』抄」として二十五句を抽出掲載、さらに社内各氏の一句または数句鑑賞が特集されている。「『存問』抄」二十五句から抽く。

本能寺あたり最後の鉾を曳く　伊藤敬子
凍鶴の啼きては天をさびしうす

特集以外の通常の編集部分では、表紙裏に主宰の評論「六〇〇字」は、今月は飯田蛇笏の作品を鑑賞、巻頭作品は「翠石集」と題して一二八回目、今月は九句を発表。

水つねに久遠へ流れ夏の菊　伊藤敬子
香木を焚き来てひとり夏越かな

同人作品は「朱竹集」が各六句、「竹林集」は各五句の自選作品を発表しているが、主宰は「竹林集の四句」と題して後日秀句鑑賞を記し、大竹欣哉も六月号「竹林集」の感銘句鑑賞を執筆している。また、「笹」の特徴の一つである英文俳句欄は今月も飯田龍太の作品五句を英訳したり、芭蕉の古池の句の翻訳についての考察を掲載したりして参考になる。

主宰選の「呉竹集」は五句投句で、同人も積極的に参加している。同人は、自選作品は同人欄に発表、後日主宰他内外の批評を受け、雑詠欄である「呉竹集」では一般誌友とともに師選を得、巻頭や上位入選を競っているのである。上位二席より抽く。

どこからも日輪の見え蝌蚪生まる　庵原典子
木道踏む音を慎しむ座禅草　富田範保

（平成八年十二月号）

平成九年

春野

はるの
平成八年十月号

主宰　黛　執
師系　安住　敦
発行所　神奈川県湯河原町
通巻三七号・七二頁

久し振りに「春野」をじっくりと味読して、内容の充実振りに大いに感銘した。主宰は表紙裏の「創刊満三周年を迎えて」のご挨拶の中で、

小誌は本号をもって満三周年となりました。さればといって、大々的な祝賀のイベント行事は一切行いません。ただ、日頃何かとご支援を賜っている鈴木真砂女、鈴木太郎、秋山巳之流の三先生から作品をご寄稿いただいて、ささやかながら自祝の特集を組むだけに止どめました。遼遠たる俳句の道のりにとって三周年は単なる通過点にすぎないと自覚するからです。

とはいっても、三周年が「春野」の歩みにとって一つの大きな節目であることもまた確かです。創刊以来、ただたどしい歩みながらも、「春野」が質量ともに着実な伸張を見せ、三年にして将来への明るい展望を持ち得たことは、何にも勝る慶びです。

と述べられているが、三周年としてはこのご挨拶と三人の招待作品だけである。三先生のうち「杉」の鈴木太郎は連載寄稿「俳句を読む鍵」を、「河」の秋山巳之流は「春野の表情」を担当して今月も健筆を振るっている。

「春野」の充実の一面である文章欄は、他にも石井茂の「俳諧寸描」、山下一海の「俳趣俳情」、寺村朋子の「季語の周辺」、望月明の「現代俳句展望」、萱嶋完彦の「陰暦忌日の陽暦換算」等、社外寄稿も加えて執筆陣・執筆内容ともにバラエティに富み、読んで参考になる点が多く「春野」の紙価を高めている。

創刊以来、俳誌の構成として文章欄に注力されてきた主宰のご努力はしっかりと根づいているようで、敬意を表したい点の一つである。作品欄は、主宰の巻頭作品は「井戸の水」十句、「坐臥偶感」と題する短文を添えている。

川音のにはかに高し昼寝覚　　黛　執
井戸の水汲みたくなつて帰省せり
ふらここに人の残り香夜の秋

同人Iは自選の「ひばり野集」十二氏であるが、うち二氏は特別作品十三句を別に発表している。自選欄作家が結社内の特別作品の選者等になって、自分では特別作品を発表していない結社もあるが、主宰の指導に応えた自選欄作家の健斗に結社の活力を感じる。

鳰潜ぎて蓮の花ひらく　桑原白帆
木斛の花の散り寄る敦の忌　ながさく清江
炎昼や鉄杭打てばにほひ立つ　豊長秋郊
山の影さしくるげんのしようこかな　喜多みき子

主宰選の同人Ⅱは「げんげ野集」。

胸の手の冷たく重し昼寝覚　髙木瓔子
帰省子に海鳴り高き夜のありぬ　西原ゑい子

主宰選の「春野集」は七句投句、六句入選は巻頭の一人だけであり、選後評の「春野逍遥」は十句を抽いて見事な鑑賞文である。

蟻呑んで砂蒼ざめし蟻地獄　山野陽子
人を呼ぶ声の大きく生身魂　渡辺梅汀
肩の血を蛭に吸はせて嫁いびり　彦井公雄
明易の夢の世に遭ふ母美しき　野本ゆかり
ひまわりは兄妹なのよお日様と　原田萌希（小三）

（平成九年一月号）

沖《おき》

平成八年十月号

主宰　能村登四郎
副主宰　林　翔
師系　水原秋櫻子
発行所　千葉県市川市
通巻三一三号・一三〇頁

明治生れの主宰は第十二句集『易水』を発刊。八月下旬には宮沢賢治百年祭に花巻へ行き、この十月号には「賢治百年」と題し十句と短文を発表され、地方句会にも「中央の句会に出て来られない人達が待っているから」と出席されているとのこと。高齢な主宰の強い責任感に敬意を表したい。

賢治の地今豊穣の稲はぜて
やや赤く樅の梢に夜鷹星
銀河鉄道疾走の後の星しぶき
能村登四郎

副主宰林翔も「天の瀬音」十句と短文「句集の名」を発表。

飢ゑし蚊に朝の血与ふ庭掃除
林　翔

銀河濃し瀬音は夢裡に聴けとこそ

編集長能村研三も「早池峰」七句を発表。

澄む町に賢治を包み尽くすかな

秋風が絶えて早池峰見ゆる位置　能村研三

今月の文章では「沖ナナメ読」と「俳句NOW時評」が面白かった。「沖ナナメ読」は毎月結社外からの辛口評であるが、今月の「木語」の石田郷子の文章は読みやすくてかつ内容がある。時評の方は中原道夫が「吟行会の落し穴」と題し、吟行ばやりの昨今の風潮に一筆刺激を与える文章である。吟行会だか観光旅行だかわからないような一団が、似たような句を乱作している会を時折見聞きするので大いに共鳴した。

他にも随筆「虹の中」は河口仁志が、フーテンの寅さんの俳句を紹介しながら面白い文章である。「沖」は流石に読み応えのある俳誌である。

作品欄は、有力作家の並ぶ「蒼茫集」と「潮鳴集」に同人作品は区分されている。今回は第二十六回コンクールの入選発表並びに入選作が掲載されており、入選一位は昭和七年生れの内山和江の「鱧落とし」二十句である。「鱧落とし」は冷やした鱧料理とのこと。

雨上がる夕鴨川の鱧落とし　内山和江

主宰選の「沖作品」は五句投句。選後評でも主宰は味わい深い健筆を振るわれている。選後評推薦句より抽く。

貝風鈴やや濁音と思ひけり　荒井千佐代
余生なほ旅を夢見る百日紅　大柿春野
胸中を見破られたる汗なりし　山本かず

最後に、五十歳未満の会員による「汀集」能村研三選より抽く。

秋天や小面の眸のがらんどう　高尾清子
突端は淋しき地点鯊を釣る　和田牧子

（平成九年一月号）

風樹

ふうじゅ

平成八年十一月号

主　宰　豊長みのる
師　系　山口草堂
発行所　大阪府豊中市
通巻一三一号・一〇〇頁

巻頭に主宰語録が掲載されている。

　俳句は、ものを通して心象を表現する。そのものとは、匂い、音、味をも含む、五感に伝わるすべてを指す。故に、詩人は、詩を賜るべく常にアンテナを、張り巡らせていなければならない。

と、平成八年九月の句会でのご発言の一節である。

「風樹」は豊長みのる主宰が創刊されて十年を越えるが、毎月の「風樹」の一頁一頁に主宰の俳句観が徹底して綴られ、主宰を頂点にしっかりとまとまった俳誌である。そして、一門の先頭に立つ主宰の活躍は作品に文章にまことに精力的であり、充実をしている。

　主宰の巻頭作品は毎月「風濤抄」と題しているが、今月も二十句の力作を発表。

流燈に月の潮路の遙かかな　豊長みのる
流燈や月が瀬の風吹きかはる
秋燕や沖空ふかく紺を張り
秋風の水散りしぶく禊滝

巻頭作品につづく「行人日記」も主宰の俳句に対する考えを口述筆録したもので、毎月いろんな観点から熱心に会員に語りかけられる、主宰の熱意が伝わってくる口述である。今回の口述の結びの二行は、「旅はひとりが良い。真の淋しさを覚えなければ詩は湧いてこないのです」であるが、共感を覚えるところである。

同人作品は「天籟集」と「星戀集」に区分されている。すべて主宰選を経て五句宛の発表であるが、主宰は全同人作品からさらに二十句を「風響抄」と題して推薦し、表紙裏に掲載している。「風樹」が目指す主宰の期待に応えた作品が揃っており、「風樹」作家が主宰の熱意に満ちた指導の下、着々と育っている事を痛感させられた。

「風響抄」二十句より五句を抽く。

炎天の日照雨は煮えて奔りけり　藤井亜矢三
落鮎の瀬音たばしる月の闇　細江白峰
熱き日や砂丘の蜥蜴腹持ち上げ　平田繭子
曼珠沙華墓山へ日は燃え移り　とよなが水木

旱天や三途の川の砂乾く　みぞうえ綾

主宰の息吹きはさらに筆録「新季語考」で晩夏の四季語について所感を記し、高弟平田繭子が「豊長みのる作品鑑賞」を連載、「風樹句会報」も主宰の「俳話と講評」を二頁にわたり記録して、会員に主宰の意図する方向の徹底を努め、まことにゆるぎがない。さらに今月は座談会のテーマも「豊長みのるの俳句・人間性に迫る」と題して、編集部のメンバーが活発に意見を述べている。

主宰は「山彦集」と題する課題句の選も自ら担当し、今月は「河」と「笛」の二題である。それぞれ巻頭句を抽く。

冬銀河夜潮は暗く流れをり　近藤しのぶ
祭笛風は雨粒こぼしけり　もとしげ波

課題句は主宰選でもあり、同人と会員がともに師選を競い内容も豊富である。最後に主宰選の会員作品「風樹集」より抽く。

虫篝果てて背山の星のかず　木下郁子
蛇穴に入りて八方風しづむ　麻生あかり
ふつふつと茶粥煮えをり今朝の秋　ふじわら香

（平成九年二月号）

たかんな

平成八年十一月号

主宰　藤木倶子
師系　小林康治
発行所　青森県八戸市
通巻四七号・八二頁

平成五年一月、「海嶺」と同時に創刊された俳誌である。「たかんな」は、「林」を主宰されていた小林康治が平成四年二月に亡くなり、六月には「林」も終刊となったが、主要同人の一人であった藤木倶子がその衣鉢を継いで八戸にて創刊した俳誌である。その後の主宰の並々ならぬご努力もあって、誌友も関東から四国・九州へひろがり着々と発展している。

師と刻を賜ひて仕ふ風鶴忌　　藤木倶子

今月号の表紙裏に佐藤信三が抽き解説しているが、主宰が小林康治師に五十句ほどをひっさげて直接指導を乞うた経緯等が紹介されていて、それとなく師系も解説した名文である。その主宰は巻頭詠として「秋の濤」十二句を発表、さらに「俳句」へ寄稿した「耳飾り」九句と「俳句研究」へ寄稿した「指先」九句も転載し、精力的に内外に活躍されている姿を会員にも知らせている。

淋代や荒地野菊の傍若に　藤木倶子
胸底の弦かきならす秋の濤
奔馬めく秋濤に刻忘じをり
花火果て一つ残りし耳飾り
銀漢の尾の指す方や父の郷

創刊以来編集を担当する上村忠郎が主宰に続き「秋の海」十二句を発表されているが、ご病気のご様子でありご加餐を祈りたい。

癒え待つ身起こせば険し秋の海　上村忠郎
病院にまた戻されて秋暑し

同人作品は「竹籟集Ⅰ」「竹籟集Ⅱ」「篁集」に区分されているが、主宰選の「篁集」はさらに二十五句を主宰が抄出し「光篁抄」として別掲している。その「光篁抄」より抽く。

盆市の動きだしたる朝の星　藤田千恵子
片隅の闇を引き寄せ走馬灯　岸野貞子
みちのくの闇ひらきゆく佞武多かな　野尻公丹江

文章欄も連載が多く充実しているが、今月はNHK「BS俳句王国」司会者の八木健も「山小屋三十年の俳句」を「俳壇交遊録」に寄稿し、健筆振りを示している。主宰選の雑詠欄は「たかんな俳句」と題しているが、やはり二十五句を主宰が抄出して「翠竹抄」として別掲している。

着こなしの自負ほのみえし薄ごろも　庄司敏子
天帝のまた立て直す雲の峰　末澤輝美
秋桜愛深ければ心揺れ　松橋佐恵子

（平成九年二月号）

蘭

らん
平成八年十一月号

主宰　きくちつねこ
師系　大野林火・野澤節子
発行所　東京都大田区
創刊二十五周年三〇〇号記念特集号
通巻三〇〇号・二七〇頁

昭和四十六年十二月に「蘭」を創刊された野澤節子は、平成七年四月九日永眠。その結社葬直後の主要同人会で、「蘭」の継続と、後継者として現主宰きくちつねこが決定した。今回の記念号は、創刊主宰野澤節子への弟子一同による鎮魂の結晶であると同時に、新主宰の最初の大事業として新主宰の下に結集した「蘭」のお披露目でもある、立派な大冊である。
主宰は巻頭のご挨拶につづき、作品「月の坂」十句を発表。

竹林のさやか朝日子差し込めば　　きくちつねこ
関跡の月の坂道水走り
たぐひなき良夜に集ひては別れ

記念号として、能村登四郎・桂信子・鷹羽狩行の各氏から祝吟の寄稿をいただき、矢島渚男・雲英末雄・金子篤子・今瀬剛一の各氏からは記念論文の寄稿をいただき、山下一海の連載と共に記念号らしい編集で大冊の前半を飾り、松崎鉄之介と主宰との内容の濃い対談でさらに華を添えている。

この外部寄稿等に対し、結社内企画は「蘭年譜」、主要同人の特別作品・記念競詠・随筆・論文・記念応募句の入選発表である。主要同人は「白寶集」と題する例月作品発表の場に各六句を発表されているが、この記念号にはさらに「記念特作」と題し、各十句と短文を十七氏全員が発表されている。新主宰を支え編集する「蘭」の意気込みが感じられる力詠揃いであった。

例月作品発表は他に、同人Ⅱ作家の「青風集」と主宰選の「蘭作品」であるが、主宰は「白寶集」「青風集」「蘭作品」のすべての中から「今月の秀句」として二十八句を抽出している。同人Ｉの作品からも主宰が抽出しているところに、「蘭」のまとまりのよさ、新主宰のもと新体制が強固になっている事を感得した。「今月の秀句」を参考に各集より適宜抽く。

五番街めぐりしあとの冷奴　岡野　等
帽子に手やるを辞儀とす晩夏光　朔多　恭
天竜の雨の濁りを鮎落つる　藤山八江
月上げて山のひくさや狭山路は　栗原憲司
肩に降る槐の花の樹下を過ぐ　高橋美登里
天の川二度聞く祖母に二度応ふ　門馬郁子
贅肉ををさめきつたる紺水着　木原寿美子

形代の袂をひらき瀬を越ゆる　押岡里香

四半世紀を経た結社らしく社内の執筆陣も豊富で、「俳人佐藤惣之助」の朔多恭、「節子の季語」の松浦加古、「節子探勝」はリレー連載、「俳句月評」「青風集作品批評」「新芽探訪」等に健筆を競っている。

その他では、誌上句会も三十五回を数える面白い企画。「句会だより」は記念号として写真入りの紹介で三十二句会が報告、その後に掲載の句会報などと共に「蘭」の裾野の充実振りを示している。この各地句会を支えに「蘭」の益々のご発展を祈りたい。

（平成九年三月号）

燕巣

平成八年十月号

主宰　羽田岳水
師系　水原秋櫻子・米沢吾亦紅
発行所　大阪府豊中市
創刊四十周年記念号
通巻四八五号・三四二頁

平成七年一月二十二日は「燕巣」が丁度満四十周年を迎える日であり、この日に祝賀大会を開催する予定であった。その数日前、一月十七日に阪神・淡路大震災が発生。この祝賀会は延期され、七月七日にホテルニューオータニ大阪で盛大に開催された。

この記念号はその祝賀大会の報告も兼ねた内容となり、当日のグラビア写真二十四葉、当日の祝辞、主宰の謝辞等を冒頭に掲載している。

「燕巣」は水原秋櫻子の命名により米沢吾亦紅が創刊、吾亦紅没後の昭和六十一年七月より現主宰羽田岳水が継ぎ、岳水主宰になってからもはや十年を越える「馬酔木」系の有力誌である。

主宰は「熊啄木鳥」十二句を発表。

火の山に熊啄木鳥叩く森ふかし　　羽田岳水

貸馬のまぎれ断くいわし雲
乳重く張りし牛鳴く霜の牧

主宰を支える顧問黒田桜の園も「女郎花」十三句で続く。

群なして丈をきそへり女郎花　　黒田桜の園
ゆく夏を片はづれして軒簾

主宰と顧問作品に続く各界の祝吟作品、文章の寄稿はともに十八氏バラエティに富むメンバーで、「馬酔木」系俳誌として刻んできた四十年の実績に基づく強固な地盤に只々驚くばかりで、内容の豊富な点にも圧倒される思いであった。私はそのなかで就中、黄霊芝の「台湾歳時記と台湾季語」を興味深く拝読した。台湾は主宰が戦前教鞭をとっておられたこともあり、誌友も多い由である。

「当月集」作家は九名、各五句を発表。「樟葉集」は同人が各十句を提出、主宰選により五句が掲載され、翌月さらに三十句が抽かれている。「九月抄」三十句より抽く。

饒舌の溶けるにまかす掻き氷　　陳　錫枢
冷房や野次の飛び交ふ議員席　　佐野トメ子
年金に支へられゐる夕端居　　山本民子

社内寄稿も論文・随想・紀行等多彩で結社内の層の厚さが感じとれるが、一方特別作品も今回は六氏が各十二句を、やはり文章を添えて発表し、作品に文章にまことに活発である。
主宰選の「燕巣集」は五句投句で、主宰は「選後に」に十句を抽き、含蓄に富む短評を付されている。この十句より抽く。

鳴かぬ夜の闇のふかさや虎つぐみ　浜田恵美子
炭風鈴吊つて市役所産業課　根岸文子
尖塔の時計動かぬ暑さかな　長谷川太郎
笛の音も都も遠し星月夜　原田静子
落し水鴉のこゑもかん高き　黒川　磊

（平成九年三月号）

河《かわ》

平成九年一月号

主　宰　角川照子
副主宰　角川春樹
師　系　角川源義
発行所　東京都杉並区
通巻四五八号・二〇四頁

主宰と副主宰を、同人会長吉田鴻司が主宰代行も兼ねてしっかりと支え、団結している「河」の雰囲気がひしひしと感じとれる俳誌である。

昨年十月に山形で開催した第三十八回全国大会の報告を掲載した新年号であるが、その他にも主宰・副主宰など四人の句集鑑賞や有力同人二名の追悼記もあり、作品欄・文章欄も充実しており、ベテラン編集長佐川広治の見事な編集振りには敬服させられる。

巻頭グラビアは源義の遺影の前の主宰・副主宰の写真をはじめ、懇親会の写真まで大小九枚の写真で当日の様子がよくわかる上手な取り合わせであり、写真の選び方にも編集の腕が感じとれる。

主宰の巻頭詠は「あらたま」十句。

波青き真砂女のくにや初暦　　角川照子

初座敷いつもの位置に眼鏡入れ

つづいて副主宰の作品「月と萩」五十句の力詠が健在振りを示す。

葛の葉に触れて冷たき沼空忌　角川春樹
名の月や僧の帰りし萩の中
月山に雲のしかかる良夜かな
茶の花に日の影しみて秋燕忌

主宰代行吉田鴻司が「頃日抄」十句でつづく。

舷を叩いてゐたる寒さかな　吉田鴻司
人なくてひとの気配の冬座敷

編集長も「稲穂波」七句を主宰代行に続いて掲載。

どこからも見ゆる月山稲穂波　佐川広治

会員作品欄は「一月集」に四十家が各六句を発表。適宜抽出。

新宿に枯野ありけり降誕祭　秋山巳之流
曼陀羅のくれなゐ冬に入りにけり　いさ桜子

夜神楽や漢は神のごとく飲む　福島　勲
葱育つ葉の切つ先に露ためて　本宮哲郎

主宰代行吉田鴻司が同人作品の「半獣神」と会員の「河作品」の選を担当し、そのなかから二十四句を「河作品抄」として抽出し、作品評も簡潔に記している。作品評掲載句より抽く。

秋燕忌とどのつまりの新走り　高田自然
虫の音のあふるる家へ帰りけり　谷口摩耶
蓑虫の垂れて鳴くとも鳴かぬとも　堀之内久子
筋書きのやうには飛ばず草の種　小瀬貴美子
森の精茸の仲間ふやしけり　佐々木裕子

他に、福島勲選の「潤泉集」が葉書による五句投句で巻末に掲載。

象の鼻わが管の鼻寒く見る　柴田光一
腕白も才のうちなり天高し　河野　薫

文章欄は連載企画が多彩であるが、今月はそのなかで秋山巳之流の「折々の鑑賞」に特に共鳴した。今回は「『歳時記』は誰れが編集するのか」と題し、かつての総合誌編集者としての体験が糧ともなって「歳時記」の問題点を指摘している。

最後に主宰が「青柿山房だより」を記し、物故同人を偲びつつ近況を報告。先師源義にも触れ、短文ながら心温まる文章であった。

（平成九年四月号）

百鳥

ももとり
平成九年一月号

主　宰　大串　章
師　系　大野林火・松崎鉄之介
発行所　千葉県船橋市
通巻三四号・八四頁

平成六年創刊の若々しい俳誌で三月には三周年となるが、特に行事等の企画は行わず充電に努める由である。しかし、誌面からはすでに火花が飛び散るような活力が体感され、主宰の意図が着々と会員のなかに滲透している事がわかる。一〇〇頁に達しない誌面ながら文章欄も豊富で、質も高いのが注目される。

主宰の「俳句の魅力」のほか、「作家・作品研究シリーズ」も二十五回目に入り、今回は中山世一が宇佐美魚目を担当。広く結社外或いは師系外の世界にも目を配り、そのエキスを採り入れて結社の活力の糧とする努力を怠らない。この点は、「河」の主要同人小島健に依頼した「百鳥作品管見」の筆致にも充分反映されており、感銘句を挙げる反面、不賛成句も必ず抽出し、その理由を明確に述べている。

その筆先は主宰以下全会員の作品に及ぶ。この意見に誌面を提供しているところに、主宰の度量の幅広さ、会員の真摯にして前向きな向上心がうかがえ、「百鳥」の大きな飛躍がひしひしと予感させられる。文章欄はその他にも、恩賀とみ子が「あふりか見聞記」を俳句入りで記す等、バラエティにも富んでいる。

作品欄は、主宰の巻頭作品は「冬霞」十二句。

綿虫に声かけて旅いそぎけり　　大串　章
一人病み一人句を断ち冬霞

同人作品は「鳳声集」で全員が五句宛掲載されているが、主宰は秀句として二十五句を抽出推薦している。その推薦句より抽く。

討死の武士の寄せ墓木の実降る　　甲斐遊糸
国分寺礎石を囲む霜柱　　竹田恵示
酒場ひらくまでを運河に鯊釣れり　　塚田幸生
稲架組んで青年月へのぼりゆく　　三浦のぼる
銀杏黄葉村の隅々まで晴れて　　山口啓介

特別作品として髙重京子が「阿波・さぬき」二十句を発表。若い結社、活力のある結社はこのような特別作品の発表も盛んならその作品批評も活発で、今回も昆ふさ子が丁寧な批評文を記している。

蓮掘へ近付く径の見当らず　高重京子

主宰選の「百鳥集」は七句投句で巻頭は五句、主宰は「百鳥の俳句」と題して選後評を記す。一人一人の作者に応じたあたたかい鑑賞文である。

燈火親し晩学にして正統派　田中清之
露の夜や子の書きかけのあいうえお　石川經子
鶏頭の赤の一点より枯るる　吉村たけを
月の湯を出でて白狐となりにけり　菊地登紀子

（平成九年四月号）

草の花

くさのはな
平成九年新年号

主宰　藤田あけ烏
師系　石田波郷
発行所　東京都杉並区
通巻六三号・八四頁

平成五年三月、石田波郷を師系に東京都杉並区にて藤田あけ烏が創刊主宰し、今月で通巻六三号になる。八四頁の誌面を読み終えて、隅々まで主宰の息吹きがかかり、主宰と会員とが一頁一頁協力して作り上げている、手づくりの味がする俳誌である。

表紙裏に「草の花信条の紐」四ヶ条を掲げ、一頁には会員所蔵の俳句菩薩の写真、二頁にはやはり会員の描いた主宰のスケッチ画という編集で始まる誌面は、目次に続いて主宰の巻頭文と巻頭作品が掲げられる。巻頭文は「皆さんへの初便り」と題し四頁にわたる。会員作品の選に際しての主宰の考えが淡々と記され味がある。

その主宰の巻頭作品は「金目鯛」十二句である。

安達太良の山はむらさき白秋忌　　藤田あけ烏

切通し抜けて田に出る冬日和
顔彩の赤溶いて金目鯛の赤
重ねおく毛布の耳の日差かな

作品欄は肌理こまかく区分され次の通りになる。

「草の実抄」…主宰選の同人と会員の作品集で、当月の「草の花」俳句を代表する秀句欄
「草日集」……主宰選の同人作品の十傑
「草紅集」……主宰選の同人の作品集
「草韻集」……主宰選の会員作品の十傑
「草花集」……主宰選の会員の作品集
「当月集」……主宰無鑑査同人の作品集
「若葉集」……初心者投句欄、無鑑査同人が選評
「欄外句」……前年同月の「草の実抄」作品を各頁欄外に一句ずつ記す

各頁の欄外余白まで活用し、まさに隅々まで配慮が行き届いている。主宰が心血を注ぎ選び抜いた「草の実抄」の作品を大切にして、前年同月作を全頁の欄外に記している例は、各誌を展望拝読してきて初めての試みで、「草の実抄」にそれだけ力を入れていることがわかる。この新年号の「草の実抄」は一〇七句であり、主宰の巻頭作品に続いて掲載されている。この一〇七句の珠玉より抽く。

登高のこころの鐘をつきにけり　鈴木五鈴
色鳥や公園横の帽子店　福島壺春
生涯に指輪は一つ干大根　江沢美知子
床上げの妻の髪切る秋障子　鈴木ひろ志
真中に月のありたる野分かな　鈴木美智子
国道を睨み放しの案山子かな　海上隆一郎
屠らるる牛のかほだす秋の風　高橋利之
茶の花や雲の近づく峠口　桑嶋竹子
楽焼の絵柄をえらぶ秋日和　館山めぐみ
菩提樹の実の舞ひ下りて黙しけり　平野くみ

主宰作品の次には無鑑査同人の作品を掲載する俳誌が多いが、「草の花」の場合は「草の実抄」と同人作品の鑑賞文を三人の同人が分担して記した後に、「一月集」として四人の作品が掲載される。今月は文章欄のなかに、主宰が昨年六月「俳句朝日」の飛驒高山大会で行った講演をテープ起しして掲載し、会員に紹介している点が特に目立っている。

（平成九年五月号）

かびれ

平成九年一月号

主宰　小松崎爽青
師系　矢田挿雲・大竹孤悠
発行所　茨城県日立市
通巻七八三号・八八頁

歴史の古い結社の俳誌として落ち着いた安定感のある編集内容である。主宰の巻頭作品「天香抄」が表紙裏に掲載されている。十一句であるが活字も大きくなく、俳誌の一般的スタイルに慣れているとー寸驚くが、作品で勝負と力詠揃いである。

静かなる疎林猟銃音はじけ　　小松崎爽青
豆はざに戻りそめぬ山の家
鬼灯の袋網なし冬に入る
柊の花冷えびえと月夜ざし

さらに第一頁に謹賀新年として「歳旦三つ物」を掲載。

成木責め吾れ八十の童児たり　爽青
　門松とれて晴れる加毘禮嶺
未来まだ残る思ひに気が張りて

この主宰の作品に続いて、主宰選の「かびれ俳句」から主宰は「白紋集」と題し、二十四句を推薦作品として掲載している。適宜抽く。

父の辺に少し長居や澄める秋　飯泉葉子
好日や小布施に食べる栗御強　小出民子
ひと日また無為に昏れたる酔芙蓉　塚本武史
十六夜の起居静かな京舞妓　五味亜木
敬老には触れず講演す敬老日　瀬谷竹南

歴史のある結社として同人も多く、その区分も名誉同人・無鑑査同人・光音集同人等の区分の他、A同人・B同人・C同人等にも区分され、外部からよくわからない点もあるが、主宰選の「かびれ俳句」には「光音集」とか「碧雲像」に作品発表した人達も投句して、雑詠欄である「かびれ俳句」で師選を競い、主宰も推薦作品はすべて「かびれ俳句」欄から選んでいる。
文章欄も無鑑査同人・光音集同人達が分担し健筆を振るい、上田渓水の「奥の細道ちどり足」、伊藤延子の「現代の秀句」、大竹多可志の「俳誌逍遥」等連載も多く、主要同人が主宰を支えて健斗している。
新年号としての特別作品として、「嶽麓紀行」と題し八人で各十九句の競詠が老舗結社の活力を示す内容となっているが、掲載欄も「白紋集」の次に置いて、編集も力詠に応える取り扱いになっている。また、裏表紙にも「信濃惜秋」と題し竹入和恵の二十二句の力作が発表されており、読み応えある内容である。各作品より適宜抽く。

稜線に残照恍と暮るる秋　竹入和恵
暮色湧く野辺や震へる黄釣舟　水野公子
振り返ること多き日の曼珠沙華　大竹多可志
水切の石走りたる鵙の声　福田安子

（平成九年五月号）

運河《うんが》

平成九年三月号

主宰　茨木和生
師系　松瀬青々・山口誓子・右城暮石
発行所　京都市
通巻五二四号・八〇頁

茨木和生主宰の『西の季語物語』が平成八年度第十一回俳人協会評論賞を受賞、この速報と祝賀会のご案内が主宰の巻頭詠に続いて掲載され、結社としての雀躍たる喜びが伝わってくる。『西の季語物語』は俳句総合誌「俳句」に連載されていたものを中心にまとめられたもので、単に関西地方の季語を発掘したに止まらず、その季語の時代背景並びに生活にも踏み込んだ好著で、関西生活も度々経験した筆者も連載中から大変興味深く拝読した。あらためて受賞のお慶びを申し上げる次第である。「運河」を創刊され、名誉主宰として健吟振りを発揮してこられた右城暮石先生も昨年帰天されたが、天上でこの慶事にさぞお喜びの事であろう。

主宰の巻頭作品は「包井《つつみゐ》」十句。

懸　鳥　の　鴨　を　真　菰　に　包　み　来　る　　　茨木和生

ほだわらを正月さんに干しゐたり
素謡をして包井に立ちゐたり
湖の波は小刻み手毬唄

主要同人山中麦邨は一頁組み、「天水集」の自選同人は一頁二段組みで六名が主宰詠につづく。適宜抽出。

母に来し賀状供へて畏る　山中麦邨
寝不足の目にふらふらと冬の蝶　水谷仁志子
田仕舞の棚引く煙雲を呼ぶ　木村緑枝

編集振りは文章欄を適切に配し、企画物も狙いが明確。「師系の一句」の連載は主宰が執筆され、今月は誓子の〈洗面器金魚掬ひてさ丹づらふ〉を採り上げ初学時を回想。同じく連載で「右城暮石「天狼」発表全句」を掲載中であり、師系に学ぶ姿勢をしっかりと示している。「天水集」同人の木村緑枝の連載も「芭蕉・その風狂的生涯」で二回目、今後の展開が期待される内容である。また、「現代俳句月評」の上島清子も、「俳句」二月号の特集「辞世の句に学ぶ」を採り上げて興味深い論評を加えている。主宰の評論賞受賞に応えて、結社内の執筆陣もなかなか層が厚そうである。
作品欄は同人が「深耕集」と「浮標集」に区分され、ともに主宰の選を経ているが、会員雑詠の主宰選「運河集」と投句用紙は全く同じで、投句は二十句まで出来るのである。同人や会員はこの用紙で何句投句しているのであろうか、全員が毎月二十句投句したらなかなか選も大変とも思うが、あまり他誌には見られない投句ルールである。主宰選はこの投句のなかから同人作品は全員五句宛採り、「運河集」は上位三人が五句入選である。

主宰は「真味求心」と題し「運河集」入選上位作品に選評を記すが、流石に季語に対する造詣の深さを示す鑑賞文である。「真味求心」の選評作品より抽く。

にはとりの足跡のつく土俵かな　水野露草

蝮酒一生忘れ得ぬ味す　武田和子

途中から綿入を着る舟遊　上南明江

懸鳥の伸びに伸びたる雉の頸　畑　道子

猿丸しお多福風邪の子も丸し　井上律子

（平成九年六月号）

若竹

わかたけ

平成九年三月号

主　宰　加古宗也
名誉主宰　富田潮児
師　系　村上鬼城
発行所　愛知県西尾市
通巻七七九号・一〇八頁

題字は鬼城筆、第一頁に鬼城遺墨を掲げて師系を示す。戦争末期から戦後にかけての休刊時代があるが、昭和三年創刊の歴史の古い俳誌である。明治生れの前主宰が名誉主宰となり、戦後生れの現主宰にバトンタッチして体制も益々安定、落ち着いた内容の俳誌で作品欄が特に充実している。

主宰の巻頭作品は「流水抄」と題して一一一回を数える。同人の叙勲や句集上梓の祝吟も加えた二十二句の力作を揃えている。

菊の香の高きも祝ぎの心にて　　加古宗也
神旅にあり句碑の面の乾ききる
抜け道の獣みちとも寒蕨
山城や落葉にひそむ石車

名誉主宰も「夢窓庵随唱」と題し一〇六回を数え、二十二句を発表。

前もって文あり二月礼者より　富田潮児
筏来て木場の忙しさ四温光
あかだしの熱し下仁田葱白し
健康に留意と寒の菊枕

両主宰につづき主要六氏が近詠各五句を発表。さらに同人は自選三句を「翠竹集Ⅰ」並びに「翠竹集Ⅱ」に区分され発表しているが、主宰選は「真珠抄」に絞り、主要同人・「翠竹集」同人もこの五句投句の「真珠抄」で主宰選を競っており清々しい。

主宰はその「真珠抄」から「珠玉三十句」を抽き推薦し、同人自選作品の前頁に一段組みで大きく掲載して「若竹」俳句の目指す方向を内外に示している。三十句より抽く。

寒ぬくし吉野土産の曲げ輪っぱ　山崎和枝
町の変遷寒柝を打ちつつ聞く　東浦津也子
成人の日の風上を歩きけり　岩月星火
半身を寒満月にからまれて　二村典子
ブーツ履く途端に風の子となりぬ　服部くらら

主宰は「真珠抄」の「選後余滴」を記し、「珠玉三十句」で推薦した句だけでなくその他の句も採り上げ鑑賞文を記し、最近の受贈句集からも句を抽いて含蓄ある鑑賞をしている。

文章欄は「杉田久女研究ノート」の連載を湯本明子が執筆、また「口訳芭蕉全俳句」の連載寄稿を復本一郎から受け、その他「とりごよみ」「たぬきのつぶやき」等の随筆も連載中で、それぞれ紙価を高める読み物になっている。

その他では「若竹新春俳句大会」の内容が特集され、盛況振りを報告している。高点句より抽く。

独楽うつて土の匂ひをとばしけり　荻野杏子
夫といふ止り木のあり女正月　浜島君江

（平成九年六月号）

風土《ふうど》

平成九年四月号

主　宰　神蔵　器
師　系　神山杏雨・石川桂郎
発行所　東京都杉並区
通巻四五三号・一〇四頁

　創刊主宰神山杏雨・編集石川桂郎、二代目は平本くららが継ぎ、現主宰は三代目に当る。作品については「自分の顔を持った俳句」を目指しているが、文章欄にもかなり力を入れており、文筆家でもあった石川桂郎の衣鉢を継ぎ読ませる内容の文章が多い。投句用紙裏面も「十行随筆」の原稿用紙になっており、投稿も活発なようで、今回も十二名の随筆が掲載されている。短い文章はそれなりに山の設定やまとめが難しいものであるが、それぞれ上手にまとめられて、結社内の文章力の水準の高さを示している。

　連載文では、小林清之介の「映画つれづれ草」も一三六回、「湯河原文学切絵図」も「志賀直哉の巻」が高橋銀次により四回目を数え、随筆の連載もある。

　作品欄について主宰の巻頭作品を拝見すると、昨年暮に奥様を亡くされた由で、傷心の作品が胸を打つ。

蕗味噌や亡き妻いまも一つ上　神蔵　器
死後の妻ほめられてをり亀鳴けり
山茱萸や一足西に妻の待つ

主宰作品について、今月は「泉」主宰の綾部仁喜が鑑賞記事を寄稿しているが、二月号の主宰作品から、

なきがらの聖樹にふれて退院す　神蔵　器
妻死なすわが白息を深く吸ひ
妻のゐるやうに音たて葱きざむ

等を抽き切々たる文章である。

主要同人作品は「竹間集」と題した三十四氏が七句を発表、「竹間集」作家である二本松輝久が「風土月評」として「竹間集」より印象句の鑑賞文を記す。また、同じく「竹間集」作家の蓮尾あきらが「連載二十句」を発表している。編集後記を読むと、主要同人が交代で「連載二十句」を発表しているようである。

最近の俳誌では、どこも主要同人若干名が自選句を発表されている形式が多いが、相互に批評欄を設け、かつこのような連載特別作品を発表する例は多くない。老舗ながら結社の活力を一層向上させるためには適切な企画であろうし、主宰の強い統率力・指導力を反映してのことと拝察する。

主宰選の同人作品は「山河集」であるが、表紙裏に「鳥啼抄」と題して十句を掲出している。「鳥啼抄」より適宜抽く。

初夢や長江に大き鯉放つ　鈴木ふくじ
出初式農の銀座を行進す　石井悦子
雪吊の風を呼ぶ縄呼ばぬ縄　関根洋子

主宰選の一般作品は「風土集」で七句投句、巻頭は五句入選で、表紙裏に「行人抄」と題してやはり十句を推している。「行人抄」より適宜抽く。

寒星やコンピューターに画く設計図　鈴木至典
雪踏んで一番湯より結願湯　鈴木庸子
片付けし机上にたまふ初明り　浜口恵以子

主宰は「山河集」と「風土集」から五句を採り上げて「風土独語」と題し、懇切にして味わい深い鑑賞を記しており大いに参考になった。

（平成九年七月号）

門

もん

平成九年四月号

主　宰　鈴木鷹夫
師　系　石田波郷・能村登四郎
発行所　東京都足立区
通巻一二四号・七四頁

能村登四郎の「沖」の子雑誌として鈴木鷹夫が創刊し、十周年をこの一月に迎えた。創刊以来の努力が着々と成果をあげ、十年を経た自信と落ち着きが誌面に溢れ読み易い編集である。表紙絵も描く多才な主宰は、作品は「無門抄」十二句、さらに巻頭文も「片言自在録」と題して一〇四回の連載と、結社一門の先頭に立つ活躍振りである。

山からも浦からも来て賀状かな　　鈴木鷹夫
牡蠣鍋に飯投げ入れてもう一合
鰭酒に温まりゆく情緒かな
老いたるか老いまいか花の種蒔く
探梅の一夫一婦に日当れる

同人作品は「門燈集」と「北門集」に区分されているが、今月は「門燈集」同人の鈴木節子の特集を組み、同じ「門燈集」同人の森山夕樹が鑑賞文を記している。鑑賞文に抽かれている句は流石に皆面白いが、特に印象に残った句を記す。

かりそめの小町となりて月を待つ
一生のまだまだあるぞ薺粥
この手足頑張れよ冬来つつあり

鈴木節子

今月はこの特集の他に「兼題賞」を発表している。兼題句を募集し主要同人が選を担当している俳誌は多いが、その年間成績により「兼題賞」を設けている例は珍しいし成程と思った。

また、ユニークな企画としてもう一つは「一句合評」というシリーズで、今月は「門燈集」作家の成田清子の〈いま掛けし巣箱の中で眠りたし〉を、四人の同人がかなり長い内容のある鑑賞文を競っている。いろいろと調べて勉強しなければ書けない文章で、結社内の切磋琢磨振りがわかるし、主宰の日常の行き届いたご指導を窺い知ることが出来る。

俳誌の看板としての主宰選「門俳句」は七句投句で、巻頭は五句である。主宰は「門俳句」入選作から二十三句を「門標抄」として別掲し、さらに「門の秀句」と題する選後鑑賞では「門標抄」に掲げなかった同一作家の句にも触れつつ、気迫のある文章を記して感銘深いものがある。「門標抄」から印象句を抽く。

トンネルの貫通知らず山眠る　篠原栄月
聖樹に吊る大きな靴と小さき家　鈴木啓子
妃殿下の白息わづかこぼされし　田中洋子
三つ目はやや投げやりのくさめかな　北島宏吉
ほどほどにする合意あり煤払　小松やすひこ
古里のあのポストより来し賀状　田中武彦

（平成九年七月号）

遠嶺《とおね》

平成九年五月号

主　宰　小澤克己
師　系　能村登四郎
発行所　埼玉県川越市
創刊五周年記念号
通巻六一号・二九六頁

四十代の若々しい主宰が創刊された俳誌の五周年記念号である。世は急速に高齢化社会となり、活況を呈する俳壇もまた高齢化は著しい。一誌を主宰する方々の年齢も自ずと高くなるなか、四十代前半で一誌を起こし、活力に満ちた結社運営で堂々たる五周年を迎えられた。数々の記念企画を推進し、その一つとして三〇〇頁にも及ばんとする充実した記念号を世に問われた事に、先ず敬意と賞賛の拍手を贈りたい。

青き踏む遠嶺の光まとひつつ　　小澤克己

記念号の表誌裏に掲げられた主宰の自祝の一句である。「青き踏む」がまさに若々しい主宰の心意気を表し清々しい。主宰筆の「ことばのサンルーム」も創刊から記し続けて六十一回になるが、今月は「星座物語」と題して男のロマンを感じさせる文章である。

長き夜の子と読む星座物語　小澤克己
嬰生まるはるか銀河の端蹴って

お子様も「遠嶺」とともに成長されている事であろう。主宰の巻頭作品は「遠嶺光」三十七句の力作である。

踏青や断乎ひとりの影はこぶ　小澤克己
楽しうて土筆野に児を数へをり
いろいろな顔して雪解道とほる
菜の花の沖に夕日の膨れゆく
壺焼や不撓と太く書かれあり
さへづりの野辺の光を進みゆく
覗かれて蝌蚪には蝌蚪の連帯感

「遠嶺」の躍進については、やはり「沖」の存在を忘れることができない。「沖」からは「遠嶺」の他にも独立した俳誌があるが、「沖」の大きな傘の下にあってうらやましいばかりの良好な関係のなか、相互に切磋琢磨しつつ「沖」の裾野を豊潤にしている。俳壇や文壇から五十九氏が祝吟や文章を寄稿されているが、「沖」主宰並びに副主宰の祝言も心温まる内容である。お二人の祝句を記す。

かがやける遠嶺の雪に春信ず　能村登四郎
遠嶺見えまた遠嶺見え淑気の歩　林　翔

記念号の内容で一読に価しこの紙価を高めているものに、主宰の五周年記念講演「私の芭蕉・私の蕪村」の転載がある。記念行事の一つとして三月に川越で行った講演であるが、実作者の立場から芭蕉と蕪村を語り、内容の濃いスピーチである。しかし、作家として評論家として、そしてまたこのように演壇に立ってよしとの主宰の精力的なご活躍には、若々しいとはいえ、敬意とともに切にご自愛を祈りたくなるところである。

また、五周年を機に第一回の各結社賞が発表されている。「遠嶺賞」「新人賞」など受賞者五氏の作品から各一句を抽く。

児のボールどこへ飛んでも鰯雲　伊東みのり
白南風や身の透くまでを浜歩き　稲辺文子
切つ先で雨足はじく花芒　玉川　悠
稲妻に記憶の糸のつながりし　諏訪洋子
風鈴の変はらぬ音を弔しけり　阿部昭子

かつて虚子が「ホトトギス」を通して、また主宰の師能村登四郎が「沖」の誌上を通して、幾多の個性ある作家を育て世に送り出した如く、小澤主宰の素晴しいご指導のなか、「遠嶺」の人達のなかから注目すべき作家が続々と誕生する事を期待したい、第一回受賞者の方々であった。

作家を育てるにはやはり或る程度の歳月が必要である。まだ四十代であり、五年で「遠嶺」をここまで創り上げた小澤主宰には充分な時間と実力がある。益々のご健闘をお祈り致したい。

（平成九年八月号）

扉

とびら
平成九年五月号

主宰　土生重次
師系　野澤節子
発行所　横浜市
通巻七三号・九四頁

創刊以来ほぼ六年を経過し、体制も整備されて安定感のある編集振りで、活字も大きく読み易い。主宰の巻頭作品は創刊以来「刻々集」と題し、今月は十五句を発表。

腕組みの思案のきしむ皮コート　土生重次
点打つて鶯餅の眼を開く
春の灯や祝儀袋に仮名ののし
紙風船つく手ごころを加へつつ
涅槃図を巻き慟哭を封じけり

この「刻々集」については、「一扉集」同人の小泉容子が「句趣彩彩」と題して毎月鑑賞文を執筆しているが、この鑑賞を含め連載の文章が多くバラエティにも富んでいるのが「扉」の一つの特徴である。「やきもの遊学」の藤沢寿郎は骨董品ブームについて。今回はテレビの人気番組「開運！　なんでも鑑定団」にも触れて、肩の凝らない筆の運びで連載も三十五回に達している。田仲義弘の「虫たちの季節」は虫の歳時記というような企画で、今月は「ハナグモ」を採り上げ大変参考になった。喜多杜子の「息継ぎもせで」は「ふたたび猫を」と今回は題しているが、やはり十七回を数える連載である。

その他作品や俳誌の鑑賞も多いが、一年程度で交代して執筆させているようであり、主宰が文章力や俳句鑑賞の指導にもかなり注力しておられ、成果もあがって内容の濃い鑑賞文が続いている。

作品欄は「一扉集」「敲扉集」「扉集」に区分されるが、主宰はその全作品中から四十四句を抽き、主宰の巻頭作品の次に「開扉集」と題して推薦し、さらに「選後一滴」と題し、七句についてねんごろな鑑賞文を記して心温まるものがある。「開扉集」より適宜抽く。

巫女の掃く通力失せし追儺豆　　小泉容子
路地ほどの坂に名のつき落椿　　森　利孟
空さぐる連凧風のある限り　　中沢道子
春寒し揉手で繋ぐ売言葉　　岡部深雪
春愁や人疑はぬ自動ドア　　川島清子

（平成九年八月号）

橘

たちばな
平成九年六月号

主　宰　松本　旭
師　系　角川源義
発行所　埼玉県上尾市
通巻二三四号・一二六頁

創刊主宰松本旭が昭和五十三年一月、「橘句会報」として第一号を発行してから今年は二十周年となる。この二十年、一門の先頭に立って活躍してきた主宰は益々健在で、記念大会での講演に合わせて今月から研究評論「詩歌にあらわれたる人間像」の連載をスタート、話してよし、書いてまた良し、益々のご活躍振りである。

その主宰の今月の巻頭作品は「恋孔雀」十二句である。

リラ冷えの山羊の交みの短かさよ　　松本　旭
橋越えて都は朝の霞かな
翅ひらくほど花冷えの恋孔雀
鳥交る雑木林のその奥も

飼葉桶斜めに置かれ花曇

主宰詠につづき松本翠も「誰も薄暑」十句を発表。

つくだ煮の鮴《ごり》盛り上げて誰も薄暑　松本　翠
長屋門の奥のその奥今年竹

主宰は研究評論とは別に「新・俳句のやさしいつくり方」を連載執筆中で、今回は「吟行会での作句法」についてわかり易く記している。

この主宰の指導に応えて、二十年の歴史のなかに育った「青龍集」同人四十五家が各五句を個性豊かに発表し、なかなか賑やかである。適宜印象句を抽く。

白梅の汚れやすきは男に似て　丸山一夫
引鴨の先達首を高く上げ　針ケ谷隆一
かたかごの花見し夜は香をたく　横山冷子
残り鴨尾羽立てて意地張り通す　尾野恵美
隔靴掻痒三月の山なだらかに　佐怒賀直美

主宰選の「潮笛集」は七句投句で、各五句が選ばれている。

涅槃西風籠の小鳥の今日啼かず　飯田アイ

啓蟄の匂ひ袋をかへて出る　細田あきら
踏青や来し方悔むことばかり　田中悦子
決断はつかず田楽串刺しに　中村美枝子
青饅や母の忌近きことなども　松尾紘子

文章欄で面白かったのは、中田雅敏の連載「芥川龍之介と飯田蛇笏」であった。一寸意外な組み合わせながら、よく調査の行き届いた内容である。
主宰選の「橘作品集」も七句投句、入選は四句から一句まであるが、四句入選の上位は活字を大きくする配慮をした編集である。上位入選者の句より抽く。

乾きたる喉を潤す朝ざくら　田口井泉村
鱒汁のほてりの酒に酔ひにけり　新関惟士
天神太鼓少女が打てば梅白し　大垣満子
春疾風一日瞼重たくて　宮澤　光

（平成九年九月号）

浮野

うきの
平成九年六月号

主　宰　落合水尾
師　系　長谷川かな女・長谷川秋子
発行所　埼玉県加須市
通巻二二三六号・九〇頁

昭和五十二年に落合水尾が創刊し、二十年の歴史を着々と埼玉に築き上げてきた落ち着きのある俳誌である。

「浮野」とは発行所のある加須市の北篠崎にある低湿地の由で、利根川の洪水でしばしば水没を繰り返している間に地形や植物相が変化して、洪水がきてもその地区が浮いたようになって変わらず、いつしか「浮野」と呼ばれるようになった地名の由。その郷土の特色ある地名を誌名にしたところにも主宰の郷土愛を感じ、同じ県民として先ず親近感を抱いた。

たまたま本号では島田桃太が「浮野周辺と利根川の植物考」という文章を記しており、私もこの地名に理解を深める事が出来たが、地元の事ではあるが丁寧に調べ上げた執筆内容である。

主宰は巻頭作品として「水韻集」十句と巻頭文「水のほとり」を発表されている。作品・文章ともに淡々として滋味が濃い。

おぼろ夜の松もひとりとなりにけり　落合水尾
雪解水岩を越えては落ちて炎え
石段を夏蝶降りて来て谷へ
緑蔭に毛針を煌と打ちやまず

同人作品「青遠集」は四家各三句を発表、各一句を抽く。

地酒あり斯くて筍飯のあり　梅澤よ志子
着水と見えて滑走春かもめ　中村千絵
幹叩く鳥の仔細や五月来ぬ　相澤加津江
花堤言問ひだんご昔より　中田豊助

高橋三柿楼が「青遠集管見」と題し寸評を記すが、主宰・同人作品にも鋭い鑑賞を記し心地よい。「浮野の作家紹介」という連載がある。作品二十句と文章で二頁を使っているが、同人仲間の相互理解には役立ちそうな企画である。

同人作品「谷川集」は（一）と（二）に区分されているが、各三句の発表である。適宜抽出。

花浴びて杉村春子にもなれず　坂本和加子
寅さんの彼岸にかすむ渡しかな　中里二庵

窓うらら一年生の通りけり　鈴木貫一
側室の間へ通されて花の寺　内藤さき
葱坊主敬称略の順不同　山水まさ

主宰選の「浮野集」は五句投句、巻頭は四句。主宰は懇切なる鑑賞文を選後に記し、さらに「谷川集」と「浮野集」を通し八十一句を「浮野の珠玉抄」と題して抽出し、「浮野」の目指す作品を示している。「浮野集」より適宜抽出し紹介を終わる。

ものの芽や風よりあがる人の声　早川和男
たんぽぽやわれには叙勲など要らぬ　相沢量子
ふるさとの顔の出て来る山笑ふ　沢　路傍
飛鳥路や大佛の座のおぼろなる　腰塚増枝

（平成九年九月号）

麻

あさ
平成九年七月号

主宰　嶋田麻紀
師系　渡辺水巴・菊池麻風
発行所　茨城県つくば市
通巻三五五号・八〇頁

平成九年十一月に三十周年記念大会を予定している。この歴史のなかから築き上げた練達の編集で、見事に八〇頁を構成している。
表紙の題字下に目次を配し、主宰の巻頭詠は表紙裏からの見開き二頁、作品下段には「薪能」と題する短文を記し、発行所に近いのだろうか、茨城県明野町に育ちつつある郷土芸能を紹介している。そして作品も、その「薪能」を詠んだ十七句の力作である。つくば市に本拠を置き地元の風土を詠む。まことに見事なものである。

桜蕊降る場内の夕明り　　嶋田麻紀
桜蕊降らす風また能舞台
薪足して焦がす大空薪能

ゆるゆると巡りさうらへ薪能
焚き埃髪にいただく薪能
薪能果てて戻りの古き闇

同人作品「あかね集」が主宰詠につづき、各五句を二十二家が発表。主宰は「あかね集抄」として十句を抽出される。主宰抽出句より適宜抽く。

野遊びの息を大きく川に吐く　須藤　平
はらからの手足大きく麦の秋　飯田綾子

この「あかね集」同人の松浦敬親が「現代俳句月評」と題して、俳壇諸家の近作十三句の鑑賞を記しているのをはじめ、句集鑑賞・俳誌紹介・社内作品鑑賞・論文随筆等、文章欄も豊富であり、社内執筆陣も充実している。今回の文章では、「関東俳句散歩」の《兜町より甘酒横町》、「関西ぶらりある記」の《女人高野室生寺》、「どきどき九州」の《一村一文化、大分県》、「つくば季語探訪」の《腰の痛い田植》等バラエティに富み、内容もそれぞれ面白かった。
「あさのみ集」は「あかね集」の作家も出句している同人欄で三句宛掲載されているが、主宰はやはり「あさのみ集抄」として十五句を抽いている。主宰抽出句より抽く。

東司へと続く箒目青嵐　増山　登
慶弔の同じ靴履く花曇り　山県幸枝

主宰選の「あさ集」は七句投句で巻頭は五句。主宰は「選後に」と題し十九句を抽き、懇切にして味のある鑑賞文を記される。主宰の鑑賞句より適宜抽く。

鈴蘭や子の初めてのイヤリング　林みち子
箱の子猫捨てられたるをまだ知らず　増山　登
きのふ逢ひけふも落ちあふ若葉時　山田京子
たたみたる葉の香りけり柏餅　箕輪ミサヲ
フラスコへ朱の薔薇句敵恋敵　長山順子

（平成九年十月号）

港《みなと》

平成九年七月号

主　宰　大牧　広
師　系　能村登四郎
発行所　東京都大田区
創刊一〇〇号記念号
通巻一〇〇号・一六〇頁

「平成」と年号が改まり来年は十年。昭和は遠く、昭和一桁の世代も定年を迎えた。平成元年四月創刊の「港」も、この号で一〇〇号に達した。平成元年に、主宰は多年勤められた職を退かれる前に「港」を創刊されたが、その自祝の一句、

春の海まつすぐ行けば見える筈　　大牧　広

はまだ記憶に新しい。そして一筋に進んで迎えた一〇〇号に師能村登四郎は、

入り船の相次ぐ港梅雨上る　　能村登四郎

など三句の祝吟を寄せている。この「港」をはじめ「沖」から巣立った俳誌は多く、かつ個性ある活躍をしている。

主宰はこの一〇〇号を記念し、巻頭作品は「遠郭公」と題する五十句の大作を発表して、「港」の先頭に立ち一門を率いる気概を示す。五十句から十句を抽かせていただく。

大牧　広

ナイターの最下位争ひなれど見る
白玉やまさかと思ふこと言はれ
香水がすべてとなりし不憫な齢
葛ざくら自分に甘き食養生
採らされし俳句ありけり日雷
六十路はやとぼとぼ歩き夏蓬
つきすぎとして鎌倉の蟬しぐれ
閉鎖せし分校へなほ夏燕
この先も切り貼り暮らし遠郭公

五十句の最後は、「「港」一〇〇号自祝」と前書して、

雲の峰一〇一号へとりかかる

であり、「一〇〇号に思うこと」と題した巻頭文はこの自祝の句を先ず掲げて、「港」人へのメッセージを二頁にわたり記す。
一〇〇周年記念特集の一つに「支部長座談会」がある。七周年の時は「円卓・編集部放談」、五周

年の時は「主宰と新人賞作家の五時間」であった。そして、創刊以来「青年作家競詠」を繰り返してきたが、今回は「「港」のうねり」と題して二十七名が十句を競っている。座談会のテーマも成長に応じた企画であり、青年作家は益々育っている。主宰の運営の妙である。若手が多いだけに誌面に活気があり、それがまた良い方へ良い方へお互いに刺激し合って伸びているのであろう。

作品欄は「暁光集」「未明集」「港集」に区分されているが、各集とも主宰が推薦句を抽出して「港」の目指す俳句を示されている。主宰の抽出句より適宜抽く。

解散地来て盛り上がるメーデー歌　　折原あきの
ががんぼや妻小うるさく有難く　　河久保喜秋
遺跡にも貧富はありし菫咲く　　飯寺　玄
成田まで北京の蠅のついて来し　　平瀬據英

（平成九年十月号）

対岸《たいがん》

平成九年八月号

主　宰　今瀬剛一
師　系　能村登四郎
発行所　茨城県常北町
通巻一三二号・九〇頁

主宰は昭和十一年生れの気鋭の士で、能村登四郎の「沖」に学び、この「対岸」を創刊主宰して十年を越えた。この間に、平成元年から三年間は毎号一〇〇句を巻頭作品として発表する等、一門の先頭に立って気力充実した指導を重ねてきた。

この八月号は「第十回全国大会特集」号である。全国大会を五月に潮来で開催し、一〇〇名を超える参加があり、さらに西日本大会も今年で五回目、この十月には小倉で準備中で、昨年は岩国で開催し一〇〇名近い参加があった由。結社運営も十年の実績の積み上げで強固に安定してきている。

主宰はこの号でも作品に評論に益々のご活躍振りである。巻頭作品は「男梅雨」と題し、二十句の充実した力詠を示される。

上げ潮が朝の燕をはね返す　　今瀬剛一

身の痛きまでに水着のしたたれる
台風に力を得たる男梅雨
瀧落つる岩に濃淡ありにけり
青空を引きずつて瀧落ち始め
ひたむきに追ふ逃げ水の思ふ壺

主宰の評論文は「芭蕉体験」と「現代俳句の二十章」と題し、それぞれ連載文である。古きをたずね、また新しきを吸収し、ペンの冴えも練達、読み終えて大変参考になった。「現代俳句の二十章」のなかで師能村登四郎の作品、

春ひとり槍投げて槍に歩みよる　能村登四郎

を採り上げているが、登四郎門下ならではの解説で特に興味深いものがあった。

全国大会特集としては、特別企画「著者胸襟を開く」が興味あるユニークな企画で面白く読まされた。句集上梓の四名に種々質問をする企画であるが、型にはまった出版祝賀会でお祝いを述べたりしているより、部外者が読んでも質疑内容に面白味もあり参考にもなる。企画や工夫の仕方で形式的にならずに、上手に盛り上げる方法がいろいろとあるものだと思った。

作品欄は、同人作品が「晴天集」と「高音集」の二つ、主宰選の「対岸集」を加えて三つに区分されている。主宰の眼が届き、表紙裏には「明窓十句」として今月の十句を主宰が推し、また「さきが

け三十」と題して秀作を主宰が抽出し、さらに「対岸集の十句」と題して主宰が懇切な鑑賞文も記している。

作品発表の場としては「ロングラン競詠」を四氏が十五句の作品を寄せる等、相互の切瑳琢磨も活発である。主宰が推されている「明窓十句」「さきがけ三十」より適宜抽出する。

流行るものに飛びつく黴のありにけり　成井　侃
湯上りの色してゐたりさくらんぼ　井川伸子
メロン食ふがつぷり四つに組んでをり　植野康二
熊蜂麗しき尻ありにけり　平野　貴
ひめぢよをん長方形の官舎跡　雨海幸子

（平成九年十一月号）

岳《たけ》

平成九年八月号

主　宰　宮坂静生
師　系　富安風生・藤田湘子
発行所　長野県松本市
通巻二一六号・一三六頁

平成十年二月には二十周年を迎える歴史のある俳誌で、今回は特集として「十九周年俳句大会」の記録を八頁でまとめている。しかし、他の一二〇頁は作品中心にじっくりと編集し、充実した内容である。

主宰の巻頭作品は「柱」十五句。独特の作風を門下に示す。

舞鶴港螢袋の白さかな　　宮坂静生
椎若葉湧き立ちナホトカは遠し
にんげんを柱と数ふゆきのした
水灼けの家の奥まで伊根舟屋
節操といふ滴りのごときもの

今月から「白桃」主宰伊藤通明の「自句自注」の寄稿を依頼、主宰作品に続く頁に掲載している。二十年の歴史を経ると、やはり一つの「岳」調のような傾向が生じるかも知れない。必ずしも悪い事ではないが、また結社の一つの型にはまりマンネリ化も懸念される。他誌主宰のこのような寄稿を得る事はよい刺激にもなり、結社作品の活性化によい影響を与えることであろう。

その寄稿の次の頁は「岳八月」と題して、主宰が推薦する今月の三十句が同人作品の「雪嶺集」「前山集Ⅰ」「前山集Ⅱ」、一般誌友の「岳集」から抽出して掲載されている。

あぶらなの莢ぱんぱんに諏訪の神　小林貴子
川音のはじめは若葉萌ゆる音　一志貴美子
白南風や炎にかざす琴の木地　宮崎りょう
滝壺と言ふ地の神の掌　小林洸人
人一人愛しきれずに青嵐　神澤久美子
六月や森の匂ひの新刊書　鷲見明子

三十句中六句を抽いたが、作風もバラエティに富み、主宰が各作家の個性を伸ばす指導振りが着々と成果をあげ、結社内の層の厚みが感じとれる。

主宰はさらに「筑摩野折々」と題する俳論を連載中で、今月は「俳句とことば」について論じている。連載途中であるが続いて拝読したくなる問題提起であり、門下にとっても大いに参考になる事であろう。

また、同人作品評の寄稿を「白露」同人の瀧澤和治に依頼しているが、先に触れた「白桃」主宰の寄稿とはまた違った角度から同人作品の活性化に役立っている事であろう。結社内だけの、とかく褒め合いになりがちな批評とは違った刺激が期待され、開かれた意慾的な編集企画が随所に見られる。主宰の「岳秀句」の鑑賞は四頁にわたり四十二句を採り上げ、滋味に富んだ内容で、特に動詞の用い方について触れられた「今日の俳人は動詞の語彙が少ない」との指摘には共鳴した。

（平成九年十一月号）

さざなみ

平成九年八月号

主宰　笠原古畦
師系　石川桂郎
発行所　川崎市
通巻四〇〇号記念特集号
通巻四〇〇号・一六四頁

通巻四〇〇号の記念特集号である。この記念号を拝読して、発行所を置く地元に根をはり育ってきた俳誌の、大変暖かみのあるまとまりのよさを痛感した。

記念号としての編集もしっかり地元に根ざし、結社内の自祝中心に編まれている。先ず、「四〇〇号のあゆみ」を、表紙裏から七頁にわたる二十四枚の写真でたどり、巻頭文は地元川崎市麻生区の文化協会長の寄稿である。そしてその寄稿の文章も、

四〇〇号おめでとうございます。郷土に育った文化が郷土を基盤とし漣の拡がるように全国に拡がる、これこそほんとうの文化であると私は常に思っています。郷土に生れながら郷土を捨て有名になるというケースはいくらでもありましょうが「さざなみ」のように郷土に育ち郷土を育みながら拡ってゆく姿こそ真の文化といえるのではないでしょうか。文学はその風土、歴史を無視

してはなりたたないでしょう。

と始まっている。「さざなみ」の来し方と現在をしっかり理解している地元の方の祝辞らしく、感銘深く読ませて頂いた。

外部寄稿もこの一編に絞り、ついで主宰の巻頭文「四〇〇号を迎えて」以下、名誉会長や同人各氏の文章が掲載されているが、いずれも地元に根ざし、そして拡がっていった「さざなみ」の姿に理解を深める内容であった。巻末には同人名簿が記念号として掲載されているが、二〇〇名を超える同人のなかで一〇〇名以上が川崎市在住の方々であり、まさに風土に育った構成である。

この数々の文章についで、主宰作品「お庭草」十五句が掲げられる。

土手の百合地名を支へ開きけり　　笠原古畦

が第一句である。発行所は川崎市麻生区百合丘にあり、そこに育った「さざなみ」四〇〇号の主宰作品巻頭句にまことにふさわしい作品である。

夏衣や名士気取りの山住居　　笠原古畦
昼の蚊をしたたか打ちてバス待てり
お庭草へくそかずらを持余す
海の日や田畦に唸る草刈機

主宰詠に続き、名誉会長の「手打ち蕎麦」十句を掲載している。

青柚子を添へて届きぬ手打ち蕎麦　笠原湖舟
崖土のなだるる径や草いきれ

四〇〇号特集としては、文章の他は年譜を掲載しているだけで、あとは作品中心に通常の編集である。作品欄は同人作品が「崎集」「巌集」「礁集」に区分され、同人も投句している主宰選は「渚集」として五句出句。別に「漣集」は一句投句し三句選の、誌上互選の方法をとっている。「渚集」と誌上互選の「漣集」の投句と、選が同一用紙で出来るようになっている。

主宰は「さざなみ作品抄」と題し、前月号の「渚集」から四十八句を抽出して、名誉会長の作品に続いて掲載し「さざなみ」の指針を示している。「さざなみ作品抄」より適宜抽出。

燕の子孵る駅長だけの駅　須藤桜翠
今年竹さらりと風を捉へけり　皆川七江
車椅子にのる身ともなり青嵐　松田いこう
いつもより帯きつくせし更衣　岸本美代子

（平成九年十二月号）

屋根《やね》

平成九年九月号

主宰　斎藤夏風
師系　山口青邨
発行所　東京都練馬区
通巻九七号・一〇二頁

「ホトトギス」同人会長であった山口青邨が主宰していた「夏草」を源に持つ俳誌の一つである。山口青邨の「夏草」は、没後一年を経た平成三年に終刊となった。山口青邨は「ホトトギス」の文章会である「山会」の有力メンバーであり、「ホトトギス」講演会で「四S時代」の名称を引き出したことでも知られる。

「屋根」も青邨の流れを継ぎ、文章欄を大きな柱として「三艸文集」と題し、今月も八家が短文ながら「山会」の血を引く文章で「山」のある作品を競っている他、随筆・随想にも健筆を振るう誌友がいて、文章欄はなかなかの充実振りである。

作品欄でも「夏草」の同人仲間で虚子の直弟子でもある深見けん二の寄稿があり、「句集を読む」でも岸本尚毅が『高浜虚子全集』から紹介したりと、師系を示す内容が多い。

主宰の巻頭作品は「梅雨の頃」十七句。

ががんぼを流して後の湯浴みかな　斎藤夏風
山吹のゆるび撓みや谷明り
銀蠅の来て仏壇に入りけり
湯上りの扇子使つて閤の寝屋
畳屋の針と刃物と梅雨夕焼

同人作品は「四季諷吟」と「同人作品集」に区分され、主宰は「同人作品集」より五句を抽いて鑑賞評を記す。主宰鑑賞句より抽く。

御開帳夢見山指す鷺一羽　桐谷るり子
芋菓子売るうすき化粧も夏はじめ　谷津盞瓶
青邨祭更衣して杖ついて　熊谷かづ子

主宰選の「香日集」は五句投句。同人も投句して作品を競い、主宰はやはり五句を抽いてねんごろな鑑賞を記されている。主宰抽出の五句を記す。

葭簀あむ音のをりをり瓜の花　野上けいじ
掃立ての毛蚕に日の透く春障子　千田春扇
集めては音なく積る茶摘籠　吉井まさ江

入　海　の　雨　を　庇　に　鱧　の　椀　　梅村きよ子

杉菜の根深しと義母のつぶやきぬ　　我妻庸行

珍しい企画でかつ成程と思ったのは、句会の幹事であろうか、句会報を作成した方の作品を七句、句会代表作品として掲載している。句会指導や世話役の労に報いる、よい企画と思った。

（平成九年十二月号）

平成十年

畦

あぜ

平成九年九月号

主宰　上田五千石
師系　秋元不死男
発行所　東京都世田谷区
通巻二八六号・一八二頁

万緑や死は一弾を以て足る　上田五千石

主宰の上田五千石氏が九月二日急逝された。直前までテレビ・新聞・雑誌に活躍され、年齢も六十三歳であり、誰もが驚いた訃報であった。急病との事ではあったが、この句を想起した人も少なくない。私もその一人である。

三年前の平成六年九月号は二五〇号の記念号であり、私もこの「平成俳誌展望」の十二月号に採り上げさせていただいたが、四〇〇頁を超える大冊に圧倒される想いで誌評を記したのを覚えている。

存問の減りゆく硯洗ひけり　上田五千石

巻頭作品としてその時発表された「成城集」十六句の中の一句で、私の記憶に残っている作品である。氏は巻頭作品を、ご自宅のある世田谷区成城に因み、「成城集」と題されていた。
急逝の報を聞いてあらためて手にした平成九年九月号の「成城集」もやはり十六句が発表され、新潟に広島に東奔西走されての活躍のなかに作られた旅吟も含まれているが、次の四句に何か暗示めいたものを感じた。

吾呼ばひ誰かこゑ振る露の秋　上田五千石
そこばくのつかれも快楽盆の果
うたた寝のうたた冷え得し送り盆
ひともしてけふの古りゆくふくべかな

主宰連載文は「俳句・しぐさからの展景」で「病む」と題して、松本たかしや石田波郷、さらに川端茅舎の句を鑑賞している。採り上げている三人の作家は、共に長い闘病生活のなか病床吟を多く遺した人々である。その作品鑑賞を、急逝された後に読むと切々たるものがある。ふと「昭和一桁はもろい」とかいう俗説が頭の中をよぎったが、五千石氏は昭和八年生れであった。
「沼声」という沼津の地元誌への寄稿文の転載である「冬苺」を読んでもっと驚いた。五千石氏はこの文章のなかで、冨士霊園に墓所を定め、水上勉氏作陶の「骨壺」を得た事を記しておられる。

「永眠の壺」をかたへに冬ごもり　上田五千石

俳句を始められた時を回想するところから始まるこの文章は、しみじみと来し方を振り返り、最後の一行で墓や骨壺の事を記されているが、五千石氏からの告別の辞の如くである。
最後に五千石作品集より十句を抽き、謹んで哀悼の意を捧げる。

上田五千石

もがり笛風の又三郎やあーい
寒昴死後に詩名を顕すも
青胡桃しなのの空のかたさかな
秋の雲立志伝みな家を捨つ
これ以上澄みなば水の傷つかむ
爽やかに生き冷まじく死なばよし
麦秋やあとかたもなき志
初蝶を見し目に何も加へざる
老残のことは思はず花に酔ふ
重ねたる旅寝も夢か霜の声

（平成十年一月号）

欅

けやき
平成九年九月号

代表　大井戸　辿
師系　石田波郷・岸田稚魚
発行所　茨城県取手市
創刊一〇〇号記念号
通巻一〇〇号・一二〇頁

一〇〇号記念と題しているが、その関連記事は佐渡に遠征して開催した一〇〇号記念全国大会の報告記と、「創刊の頃」と題した会員諸氏の短文集である。この短文集を読むと、部外者の私にも創刊の経緯が次第に理解されてくる。

岸田稚魚没後、「琅玕」の継続は決まったが、大井戸辿を中心にこの「欅」が波郷・稚魚両師の韻文精神を継承し、上下関係のない、ひらかれた円坐の心を旨として創刊された由である。そのような経緯もあってか主宰は置かず、大井戸辿も代表としてこの一〇〇号を迎えた。編集後記に、

「欅」には主宰はいない。仲間たちが発表する作品は同じ活字で統一して、牛の〇〇にも段々という体裁をとらない。但しすべてが平等主義ではない。良き句も悪い句も無差別に活字にしてはそれこそ悪しき平等主義というもの。たとえできていても類句と思われるものや、いまだしの句

は泣いて没にする。選者というのはほんとうに悲しい業であると、つくづく思い知らされるのである。優れた作者が登場し、「欅」を高める為ならば、私はいつでも代表の座を譲ってもよいと思う。

と大井戸辿は記しているが、「欅」創刊以来、この号までの雰囲気が要約されたような文章でありよくわかった。

編集手法も、先ず表紙裏に「季節の窓」と題して、

冷し馬貌くらくしてゆき違ふ　岸田稚魚

の句を掲げ師系を示し、巻頭詠は「円坐集」と題し、辿代表他九家が各七句を発表している。代表の作品より三句を抽く。

朝凪や礼いんぎんに島訛　大井戸　辿
御陵を守りておたまじやくしかな
連衆と一つ心に明易し

この「円坐集」の面々が「俳句月評」その他文章欄でも活躍し誌面を構成しているが、辿代表は七句投句の「欅集」の選を担当し、感銘二十句を「樹下集」と題して抽出し、さらに「樹下一滴」と題して二十句の総てに鑑賞を記している。この二十句より適宜抽く。

五月雨に旬日早き最上川　高野キミヨ
熊本は九州の臍油照　横山欣司
菖蒲酒やしかも備前の古徳利　秋田良比古
紫陽花の毬をつきたし双手もて　竹中良之実
羽抜鶏隠し所を憚らず　海老原　實
高々と蛍火青き三河かな　石川しづ子
絹ずれに似て青柳廓跡　杉田猩々
さくらんぼみんな双子でありしかな　海老原いそ
雨の中力尽きたる牡丹かな　金子テル

（平成十年一月号）

小熊座

こぐまざ

平成九年十一月号

主　宰　佐藤鬼房
師　系　西東三鬼・山口誓子
発行所　宮城県塩竈市
一五〇号記念特集号Ⅲ
通巻一五〇号・九八頁

通巻一五〇号記念特集号であるが、特集を何回かに分割して編集しており、今回が第三弾と編集後記にあり、この号は第十三巻の十一号である。従って、特集企画も今回は合同句集のみである。

俳誌の記念企画として合同句集を作成する例は多いが、記念誌上にまとめている例は少ない。記念号を分割して発行する手法と共に一つのアイデアであり、数百頁の大冊の記念号も記念としては良く記録上もよいかも知れないが、じっくり読んで鑑賞しようと思うと一〇〇頁弱の記念号は読み易く、「小熊座」を理解するのには充分に充実した内容であった。

この誌上合同句集には一一四名が参加し、主宰を含む全員が各十句に二〇〇字の短文を添えている。この短文がなかなかバラエティに富み、結社内の相互理解にも役立つ事であろう。合同句集には同人以外も参加しているようで、好ましく参考になる企画であった。

特集以外では表紙裏面に「当月佳作抄」と題し、主宰の推薦二十句を主宰作品より前に掲載している。主宰の会員指導の心意気が感じとれる配慮である。

作品欄は同人作品が「極星集」六十四家、「射手座集」二十八家、そして主宰選の五句投句の「小熊座集」に区分されており、「小熊座集」は同人も投句しているが、巻頭でも三句と主宰の作品の質への追求は迫力がある。

この三つの作品欄から、さらに主宰が今月の珠玉として推薦された二十句である。「小熊座」の目指す俳句、主宰が期待する作品中の作品なのであろう。主宰は全会員に目配りし、「小熊座集」の二句入選の人の中からもこの「当月佳作抄」二十句を抽出している。大いに感銘した点である。二十句のなかから十句を抽く。

死後の世や桶も鼬もいそいそと　栗林千津
足だけが帰つて行つた月の坂　長山　茜
手すさびの折紙の山小鳥来る　澤口和子
天敵を水辺に誘ふ満月よ　郡山やゑ子
潮入りの川ゆるやかに鰯雲　三国矢恵子
御詠歌は地蔵流しの風の声　吉本みよ子
烏瓜みちのくに棲み子沢山　八島岳洋
帰化植物帰化昆虫の十六夜よ　須崎敏之
流星の彼方を風の又三郎　百島伸子

バスは牛ビブラートの山羊牧の秋　　高橋昭子

作品はバラエティに富み、各々の個性を引き出し伸ばしてゆこうとする主宰の方針がこの推薦二十句にも示されている。

また、文章欄も社内だけでなく片山由美子他の外部寄稿も得て、主宰が指導に力を入れている事がわかる。合同句集の全員の短文の質の高さもその成果なのであろう。

俳誌紹介として主宰作品に最後に触れるのは異例であるが、主宰の文章「泉洞雑記」も一五〇回を記録、今回の「片葉の芒」も練達の内容である。主宰作品は「父の木」八句、適宜抽く。

いつよりか冥府通信茗荷の子　　佐藤鬼房
ソレントは夢のまた夢沙羅残花
これは父の木還らぬ夏を揺らし見よ
飢ゑはわがこころの寄るべ天高し

選は幅広く主宰作品も個性豊かである。投句規定に「かなづかいは新旧いずれかに統一のこと」とあり、新仮名も容認している。これも幅広きうちであろうし、時代の流れとして賛成したい。

（平成十年二月号）

冬草

ふゆくさ

平成九年十一月号

主　宰　高橋謙次郎
師　系　富安風生・加倉井秋を
発行所　千葉県柏市
通巻五〇七号・一〇二頁

「若葉」の加倉井秋をが創刊した「冬草」も、現主宰に引き継がれて五〇〇号を超える誌齢を重ね、安定した内容である。平成八年七月号からは現代仮名遣いも容認、これもすっかり定着したようであり、今月の雑詠巻頭も現代仮名遣いの作家である。現代仮名遣いの方が伸び伸びと作句出来るという人が多くなりつつある状況下、二十一世紀に向けた俳誌の姿勢であろう。
主宰の巻頭作品は「夕日の海」と題し、長崎から平戸への旅吟十二句である。適宜抽く。

教会の段々畑枇杷も熟れ　　高橋謙次郎
溶岩積んで棚田段畑植ゑ急ぐ
棚田植ゑ終りて隠れ耶蘇の島
草笛吹く夕日の海となりきるまで

追憶の重さ薊の花も褪せ
青柿の青さつぶらに旅の果て

作品の下欄に文章を記されているが、先年に奥様を亡くされ、夕食の買物から手料理作りまで近況を記されている。ご主人を亡くされた女流主宰の活躍も目立つこの頃だが、奥様を亡くされた主宰の健闘に拍手を贈りたい。

主宰詠に続く同人作品は「胡桃集」であるが、その「胡桃集」の森川美枝子が特別作品「盆帰省」十五句を発表。古参作家の頑張りに感銘した。

病臭の物脱ぎすてて盆帰省　森川美枝子

平成九年度の特別作品と随筆の入選発表もされているが、主宰の選評は大いに共鳴した。入選二名の各十五句より抽く。

枇杷熟れて島は誰もが顔みしり　飯干久子
垣結はぬ暮しに戻る柿の里　岩永充三

同人作品「冬草集」と「雑詠」は主宰選。主宰は「冬草集」より十五句を「十一月抄」として推薦し、「雑詠」は「選後雑感」として選評を記す。適宜抽く。

黙読の子へみんみんの鳴きはじむ　小田切文子

かたひじを張って息づく古団扇　櫻井千月

嘘いくつ許して風のねこじやらし　永谷智寿子

（平成十年二月号）

氷室《ひむろ》

平成九年十二月号

主宰　金久美智子
師系　石田波郷・小林康治
発行所　京都市
創刊五周年記念特集号
通巻六一号・一一〇頁
（別冊「五周年年譜」一二頁）

「五周年記念特集号」と表紙に記しているが、内容としては、記録としての年譜を別冊に取りまとめ、本体の方はほぼ通常の編集を行っている。特集号の編み方、内容も数多くの結社でいろいろとあるが、年譜を別冊としておくのも一つの方法である。平成四年十一月に金久美智子現主宰が、故郷の流れをくむ俳誌として、先師小林康治の遺言「京都で始めよ」の一語によって創刊を決意し、その後の五年間の歩みがよく理解出来た。なかなか上手な編集で、読む側の気持をよく考え、年譜を利用する結社内外の人の事をよく考えた別冊であった。

本体の方は表紙裏に、芭蕉・蕪村・秋櫻子・波郷・康治の十二月の一句を紹介して師系の流れを明示し、目次につづいて主宰の巻頭作品が掲載されている。主宰作品は「呉竹抄」と題して六十回目、十二句。

振袖に伽羅炷き籠めて年用意　金久美智子
立待月や狐が下駄を盗りに来る
枯るる音聞えて山の豆畑
結ひたれば萩は窃《ひそ》かに実をこぼす
狐などゐさうな芒ひかりをり
巻き収む遺筆となりし露の文

「氷室」の特徴の一つであろうか、文章欄が充実し、かつ長期連載の多いことがあげられる。連載は「わたしの俳枕」三十三回、田川江道。「京都の地球科学」四十四回、尾池和夫。「京の町かどから」四十三回、富井康夫。等を始め、内容もよく調べよく歩いて「氷室」の紙価を高める力作ばかりである。主宰の指導の柱の一つが文章力の向上、幅広い知識の吸収に置かれている事がわかる文章欄であった。

作品は「霞袂集」が七句、「氷凌集」が六句、各同人の競詠が主宰作品に続いて掲載されているが、さらに「氷壺集」「氷室集」と作品欄が区分されている。この二つの作品欄については、主宰は選後その中から「氷華集」と題し三十八句を抽出推挙している。この「氷華集」より適宜八句抽出。

みづうみのあけくれ見えて椿の実　中道佐知子
今朝秋やバッグの中で鳴る電話　森田喜美子
霧が霧押しゆく美濃の谷深し　貝瀬久代

図書館に小鳥来てゐる休館日　有岡巧生
声近き国際電話星月夜　前田攝子
城跡に伏して匂へり葛の花　市川誠子
囚人の墓は土盛り草の花　樋口邦枝
あかときの夢に入りきぬ鉦叩　矢田きみこ

また、平成九年度の作品コンクールの受賞作品・選考経過が発表されているが、俳句作品受賞者の一位並びに二位の方が昭和二十七年生れ、昭和十九年生れという若々しさに驚いた。各一句を抽く。

時雨るるや角すり減りし琴の爪　前田攝子
旅の夜を惜しみて遠き烏賊釣火　今井　幸

評論入賞の「金久美智子小論」は、主宰を知るに大変便利な行き届いた文章であった。そのなかに描かれた主宰作品より一句を抽いて、「氷室」鑑賞の結びとしたい。

やはらかく抜けてふり向く踊の輪　金久美智子

（平成十年三月号）

好日

こうじつ

平成九年十二月号

主　宰　小出秋光
師　系　道部臥牛・阿部筲人
発行所　千葉県八街市
通巻五四九号・八四頁

昭和二十七年阿部筲人が創刊。星島野風が二代目、現主宰が三代目になる通巻五四九号という歴史のある俳誌で、今月は八四頁の編集である。
主宰巻頭詠は「歳晩」八句、共鳴特に強い四句を抽く。

連れを待つつもりもなくて枯れ急ぐ　　小出秋光
頼らぬと決めしばかりや北風に向き
歳晩の月の細身とわが太身
行く年のどうと言ふことあり過ぎる

主宰作品に続く同人作品は「白雲集」と「晴陰集」に区分されているが、主宰は両作品集から各十句を抽出し推薦されている。主宰の推薦句より抽出する。

残る虫誰とも会はず声上げず　樋口津ぐ
擂粉木に妻の手の癖とろろ汁　小林松風
おでん酒一本足して霧笛きく　庄司とほる
里芋や味噌と醬油で足るくらし　落合寿美女
冷やかやバリュウム腹を満たしをり　酒井美知子
故郷へ芒がくれにつづく径　布施宗子
蟷螂に片袖引かれをりにけり　三上芙美子
天高し身軽になりて歩きたし　鷲尾なを

この「白雲集」と「晴陰集」の間に、文章欄として「現代俳句月評」「新著紹介」「俳誌月評」「同人作品評」等が掲載されている。特に「新著紹介」の欄は三人で十五冊を採り上げているが、丁寧な文章でしっかりとした紹介振りである。

今月の特集は「晴陰集」同人の藤崎幸恵の句集『華甲』を採り上げているが、主宰自ら筆をとり先ず鑑賞文を執筆、社中の三十名近い方が鑑賞記を寄せ、あたたかい雰囲気を感じた。

主宰選の雑詠欄は「好日集」と題し六句投句、主宰の選後評は「選後余滴」と題し、作品欄の前に先ず掲載されている。また、推薦二十五句も作品欄の前に「好日抄」として、活字を大きく一段組みで掲げる等、よい作品、「好日」の目指す作品への配慮は行き届いている。主宰の推薦された二十五句中より抽く。

柴栗を誰も食はぬと己が食ふ　名井ひろし

虫眼鏡どこへ行きしか夜の長き　佐々木リサ

はぐれ雀蛤となる日暮かな　関澄ちとせ

十六夜のくぐり戸に音ありにけり　中村節子

（平成十年三月号）

地平

ちへい
平成十年一月号

主　宰　兒玉南草
師　系　野見山朱鳥
発行所　北九州市
通巻三九八号・九二頁

昭和三十九年十二月、兒玉南草が北九州市で「海音」を創刊し、昭和四十四年一月に誌名を「地平」に改め主宰した。南草主宰一代で三十年余、着々と積み上げて四〇〇号も目前である。主宰の考えも、これだけの歳月を重ねると一誌の隅々まで充分に徹底して、作品と文章のバランスもとれて落ち着いた雰囲気を一読して感じた。

第一頁に理念として、「純粋俳句、それはつよさでありゆたかさである」を掲示し、二〜三頁が目次、四〜五頁にかけ主宰の作品が発表されている。

今月は「風雲」と題し十二句、印象句を六句抽く。

断崖に踏む濤音も冬近し
風雲の群れて冬待つ岬山

兒玉南草

海荒れてゐる子別れの鴉かな
なほ己が細身をたのみ芒枯る
何もなき海見て帰る秋の暮
海山の闇を一つに露の冷

文章欄は作品評や随筆等の他、片山白城の『おくのほそ道』覚え帳」の連載が今月からスタートした。しかし外部寄稿の連載であろうか、フリージャーナリスト・日本文藝家協会会員の秋山敬の「文化時評」は大変面白く、共鳴するところが多かった。今月は「一茶の正月吟と「地平」の慶事」と題して正月吟について触れているが、

専門総合誌の立場にありながら、新春の句会や吟行会もないままに、さもその年の正月吟であるかのような古い作品や、想像の世界での言葉遊びで作った句や歌を、その出版時季に合わせて載せるというのは、読者を冒瀆するものだし、売らんかな主義の販売競争の具（愚）にしかならないと思う。

との辛口評は、昨今の俳句ブームの悪しき一面を突いている。しかし、各総合誌の依頼に応じ季節先取りで原稿を催促されている人達も気の毒である。一番旬な季節に詠めないのではなかろうか、上田五千石がその矛盾を衝いた文章を紹介しているが、その五千石が六十三歳の若さで急逝されたのも、何か注文に追われて仕事をしている、否、させられている人達の悲劇を感じる。「地平」の紙価を高

めるような、よい「文化時評」であった。
作品欄は主要同人の「春秋集」が各七句の競詠、その「春秋集」作家の一人、竹添静が特別作品「初時雨」二十句を発表している。

浮雲のはじけんばかり林檎の朱　竹添　静
山鳴りの瞬間よりの初時雨

主要同人の位置に安住せぬ特別作品への挑戦は「地平」の活力であり、主宰のよき指導の一例であろう。
その主宰は、主宰選の同人作品「流域集」と会員作品「地平集」から三十句を抽き「秀句集」と題し、さらに「選後に」として十三句に鑑賞を味わい深く記される。主宰鑑賞句より抽く。

少し飛び一気に翔びし草の絮　末次世志子
秋惜しむ季節外れのもの食べて　富松ひふみ
風が火となるまで揺るる彼岸花　笠　桂翠
母の忌や茶の花日和賑やかに　上原勇策

（平成十年四月号）

たかんな

平成十年一月号

主宰　藤木倶子
師系　小林康治
発行所　青森県八戸市
創刊五周年記念号
通巻六一号・二〇八頁

「林」を主宰されていた小林康治氏が平成四年二月に亡くなり、同年六月号で「林」は終刊となった。氏の衣鉢を継ぎ、主要同人の一人であった藤木倶子が平成五年一月に「たかんな」を八戸にて創刊された。歳月の経過は早いもので、その「たかんな」も今回が「五周年記念号」として二〇〇頁を超える大冊をまとめられ、益々の発展振りである。

記念号として俳壇関係から祝辞・祝吟が寄せられているが、特徴は主宰の人脈・活躍を反映し、中国の方々からの祝辞や寄稿である。目次に続き掲載され、日本関係の草間時彦の特別寄稿「鎌倉の正月」、さらに鷹羽狩行以下各氏の祝吟が中国関係者に続いて掲載され、短文の祝辞も添えて記念号らしい雰囲気の広がる編集である。

主宰作品は祝吟に続き「とこしなへ」十三句、うち十二句が「武漢より重慶への旅」の作品である。

三鎮や高西風渡る黄鶴楼　藤木倶子
とこしなへ濁る長江鳥渡る
豚市の小豚の悲鳴秋暑し
暮早し白帝城を遠仰ぎ

十三句目は、「「たかんな」五周年を迎ふ」と前書した自祝の一句。

篁に百のこゑ聴く初明り

上村忠郎が「鬨挙げよ」十二句でつづく。

寝疲れの汗拭き酒を恋ふ日かな　上村忠郎
鬨挙げよ草の千本槍賜ふ

昨年、新聞コラム集『千本槍・花筏』を上梓されたが、キク科の多年草に「千本槍」の品種があるとのこと。たかんな叢書もこのコラム集などすでに十一編に達し、着々と地盤を固め広げてゆく「たかんな」の勢いがこの出版状況にも感じとれる。
さらに同人層も充実してきた様子で、主要同人「竹籟集」もⅠ・Ⅱと二区分に構成され、この記念号に同人会長以下が二十句の競詠を発表されている。主要同人の位置に安住せず活発な作品研鑽に敬意を表し、主宰のご指導に熱い拍手を贈りたい。

文章欄でも、佐藤信三同人会長自ら「現代俳壇逍遥」を執筆、総合誌六誌を取り上げ筆致にゆるぎなく、吉岡桂六の「現代俳句私解」もすべて総合誌より作品を抽き鑑賞している。特集は、主宰の自註句集と四周年記念鍛練会を採り上げて記念号を飾り、編集もしっかり地についたものがある。

同人も参加する主宰選「たかんな俳句」より主宰は「翠竹抄」五十五句を抽き、うち十五句に鑑賞記を懇切に記されている。今月の巻頭は、

泣いてゐし子の母の背のしぐれけり　富桝哲郎

（平成十年四月号）

天佰

てんぱく
平成十年一月号

主　宰　松井利彦
師　系　山口誓子
発行所　岐阜県岐阜市
通巻四〇号・一五〇頁

山口誓子の主宰した「天狼」の後継誌である。平成六年八月に創刊し、後継誌としての地歩を着々と固めている。通巻四〇号と歴史は浅いが、今月も一五〇頁の充実した内容で、「天狼」の気息がしっかり受け継がれ備わっている。

表紙裏には「俳句と共に文章を学ぶ俳誌」と明記し、さらに「日本の天然美を探る」「自在な感動」「即物表現」と大書し方針を明示している。なお、「天佰」の「佰」は道のことを言う、と但し書も添えてあった。

「天狼」の後継誌ではあるが、主宰はその地元岐阜で発行しているだけに、自らの作品は「郷土の風物」を詠み続けられ、近々第二句集『鵜飼川』を刊行のご予定の由、因みに第一句集も『美濃の国』と題されている。この一月号も、目次の次に「鵜飼川」と題し十二句の風土色豊かな力詠を発表。

新筵家内匂はせ餅延べる
餅延べて祝ぎ唄の母若かりし
朝の日に未踏の雪嶺ま輝く
鉄鍋を吊る大年の大木鈎
寝正月鵜川鵜匠も鳥屋の鵜も

松井利彦

「俳句と共に文章を学ぶ俳誌」の主宰として文章面の活躍は実に精力的で、一門の先頭に立ち内容の濃い貴重な資料が多い。「著書一覧」を裏表紙に記しているが、編集書も含め六十五点の多きに達する。『正岡子規の研究』『高浜虚子研究』『山口誓子俳句十二か月』等師系につながる物の他に、『近代俳論史』『昭和俳壇史』等もあり、近著にも『大正の俳人たち』『森鷗外『うた日記』の俳句』等があり、現在も総合誌「俳句四季」には「昭和俳句史」を連載中である。主宰誌「天佰」でも「明治俳壇史」や「俳句入門」を連載中であるから、それぞれ完結後は一本にまとめ刊行されるご予定なのであろう。

この主宰に指導・刺激もされて、連載を含む文章欄での門下の活躍も多彩で、「子規十話」の小林高寿、「農民一茶俳諧攷」の藤田真木子等の連載は今後の展開が楽しみである。

「天狼」を継ぎ人材も豊富なのであろうか、社内の一句鑑賞や特別作品鑑賞等も執筆者も多く、筆致も軽妙あり、鋭さありとバラエティに富む。

文章欄と同じく俳句作品欄も豊富で特別作品も毎号発表され、かつその作品評も複数の会員により行われている。今月の特別作品も四氏が十四句または十五句を寄せており、「俳句と文章」を共に学ぶ活発な雰囲気が溢れている。例月作品欄は同人が「流域集」で各五句を発表、主宰選の雑詠「天佰集」は五句投句であるが、巻頭以下十六名が四句入選、そのうち上位十名は一段の編集で取り扱い、主宰はこの十名の各一句を抽いて選評を記す。
一五〇頁ながら、作品に文章に練達の見事な編集内容にも「天狼」の資質が受け継がれているのかと思い深く感銘した。主宰選評の上位三名の句を記し、結びとしたい。

台風圏避難袋にミルク入れ　坂井田健二
近寄れば皆案山子なる千枚田　宇井えつ
麦藁帽かぶせて案山子出来上る　武内重司

（平成十年五月号）

風の道

かぜのみち
平成十年二月号

主　宰　松本澄江
師　系　高浜虚子・富安風生・遠藤梧逸
発行所　東京都渋谷区
通巻一五二号・八〇頁

題字は遠藤梧逸。今月の寄稿は松井利彦の「虚子の空想趣味」、子規の言を先ず抽き、虚子と碧梧桐を対比しつつ説き明かす筆致は冴えわたる。このような外部寄稿を例月、俳壇各界から得られる事も、「風の道」の風通しの良さと、主宰の人脈の幅広さの反映であろうか。

その主宰は編集後記に、「二月といえば二十二日に長逝された富安風生先生を必ず憶う」との書き出しで、今年二十年祭を迎える風生師を偲んでおられる。師系の三人の師が今月もいろんな形で誌面にさりげなく登場されているが、見事な編集の隠し味と思った。

春時雨やがて激しき通夜の門　　松本澄江

は、主宰が風生先生通夜の日に詠まれた句であるが、

師風生梧逸極楽椿寿の忌

と三人の師を詠みこんだ句を作られた事もあった。

その主宰の今月の巻頭詠は「笹鳴」十三句、袋田の滝（別名四度の滝）の吟行句である。この滝のほとりの遊歩道に、

後ずさりして秋瀑をほしいまま　松本澄江

の主宰の句碑が建立されている由で、同人吟行会の折の作品である。

西行のつけし滝の名木の葉舞ふ　松本澄江
冬天と滝壺の蒼響き合ふ
句碑訪へば約束のごと雪ばんば
鏡なす句碑と邂逅冬うらら
既にして笹鳴のゐし句碑ほとり

主宰は作品の他に巻頭エッセイも連載中で、今月は「去年今年」と題し年末年始の過ごし方の移り変わりと近況を記され、やわらかい筆の運びにつられて読ませていただいた。エッセイらしい文章であった。

主宰のこのようなエッセイに刺激を受けてか、主宰のご指導の成果もあってか、文章欄も「芝居の

こと」と題する古賀宏一の連載をはじめ、作品鑑賞等に同人各氏が健筆を競っている。
作品欄は、同人作品が「南風集」と「風の道集」に区分され、各五句を掲載。主宰選の「雑詠」は五句投句であるが主要同人も雑詠にも投句し、師選を競い充実した内容である。主宰は「雑詠拝見」と題し選後評を懇切に記される。紙数の許す限り適宜抽く。

ひとり来て冬木の黙に対峙せり　屋代孤月
うつせ貝拾ひ砂丘に秋惜しむ　森田虚逸
大根引く諸手でぎゅっと首摑み　羽鳥つねを
初時雨銀座は歩道から濡れる　室生緋紗夫
石垣は見附跡とや石蕗の花　早水昭三

（平成十年五月号）

かなえ

平成十年一月号

主宰　本宮鼎三
師系　秋元不死男・上田五千石
発行所　静岡市
創刊号・九二頁

昨年九月二日、「畦」を創刊主宰され、通巻二八〇号を超える立派な俳誌に育てられた上田五千石氏が急逝された。
直前までテレビの画面でも活躍する姿を見せ、俳句総合誌の座談会にも数多く登場しておられたし、何よりもまだ六十三歳の若さであったから、驚いた俳人も多かった。まして「畦」に所属していた人々にとっては痛哭の極みであった事と思われる。

老残のことは思はず花に酔ふ　　上田五千石

「畦」はどうなるのだろうか。五千石急逝の報を聞き、俳人の間ですぐ話題になったのも、世の成り行きとして致し方ない事であった。「畦」は結局平成九年末で終刊と決定し、代わって幾つかの新しい俳誌の誕生が話題として聞こえてきた。

「畦」の編集長であった本宮鼎三の弔句は、

秋の日に照る直覚の広き額

であったが、この本宮鼎三が創刊したのが「かなえ」である。鼎三はこの創刊号の編集後記に、

みなさまのお蔭で「かなえ」を、ここに創刊することができて、心から感謝しています。創刊までの陣痛というものは、かなりのものがありました。しかし、その道が厳しければ厳しいほど、それに対応してゆく柔軟な心が養われるということも学ぶことができました。

と書き出しておられる。
陣痛がかなり厳しく難産であったらしい「かなえ」の出発のことばは、創刊号の表紙裏に掲げられている、全文を抽く。

つぎの三脚で「かなえ」は発足します。必ず前途には有楽の新天地が開かれると信じ、この歩みを、この「かなえ」に集った、同志とともに、一歩、一歩、伸ばしてゆきたいと思います。

一、秋元不死男の「もの」と「姿」、上田五千石の「眼前直覚」と「いま、われ、ここ」、両師の俳句精神を尊重、これを継承して作句していきます。

一、自然美、つまり山川草木、禽獣虫魚。或は人生の哀歓など、その出会の刹那刹那をいきいきと、また大切にして十七音季節詩を詠い続けます。これが「俳句は刹那の詩」というこ

とであります。

一、「かなえ」の同志は「年齢・性別」不問。「和の輪」をこの三脚で支え、「めぐり会い」を貴いものとして、実作に励み、めいめい己れを磨いていきます。

出発の言葉は以上であるが、長い歳月、上田五千石氏を援けつつ「畦」の編集長として培った人脈は、創刊号に寄せられた寄稿や作品の顔触れに見られるように多彩であり、編集も「畦」時代を踏まえ手慣れたものである。

この外部寄稿に続き、主宰の文章「刹那の詩・俳句」が掲載されている。「出発のことば」で掲げた三脚の第一脚は師系を示し、第三脚は和を説いていたが、第二脚がこの「刹那の詩」であった。主宰はこの「かなえ」の旗の下に集った同志に示されているが、ご自分の作品の前にこの文章を掲載されたところに主宰の目指す俳句、「かなえ」創刊の意味が充分に理解される。主宰はこの文章で、受贈誌のなかから「刹那」を大切に詠った作品十六句を抽出されているが、そこに、

菊花展入口にして香を放ち　畠山譲二

という「海嶺」十二月号掲載句も挙げておられる。

主宰の作品は「青玉集」と題し十八句。

後の月足許までは照らさざる　本宮鼎三

言の葉を失ふわれに秋のこゑ

積みし書の崖なす書斎神の留守
入念に筆洗ひして暮易し
鼎士とし後続信じ枯野ゆく
「かなえ」の健やかな成長を祈念したい。

（平成十年六月号）

摩耶

まや
平成十年一月号

主宰　伊藤虚舟
師系　五十嵐播水
発行所　大阪府豊中市
通巻一七号・四〇頁

平成八年九月に創刊、一年間は同人誌の形をとっていたが、代表の伊藤虚舟が主宰となり、平成九年十月から結社誌となって新春を迎えた新しい俳誌である。

同人誌時代には「特定の俳句観や作句法を強要せず、各自が自由に己の句を投じ、自己批判の中から俳句の骨法を会得せしめることを目指している」を方針としてきたが、初心者・ベテラン等次第に会員も増加し、この方針を若干修正しつつ、個性ある作家を一人一人育ててゆく意慾が誌面の節々に感じられる。僧籍にある主宰の指導の下、バラエティに富んだ会員によりユニークな俳誌として今後の発展が期待される。

主宰は新年挨拶に続き「老僧の眉毛」と題する十五句を発表。

山 明 る く て 団 栗 の 智 恵 く ら べ　　伊藤虚舟

凩やふいと出でゆく寺の犬

老僧の眉毛に憩ふ小六月

仏母摩耶しぐれ明りに慈眼かな

しぐるるや往くも復るも与謝をぬけ

主宰に続き、顧問山陰石楠、副主宰・編集長三木星童が各十句を発表。さらに各地区支部長の作品七句が続き、同人作品も「行雲集」「流水集」に区分されているが、各七句の自選作品であり同人誌時代の雰囲気は残っている。「流水集」作家の慈幸杉雨の文章「仏都高野山の四季」は、寺院の内情をよく知る人の筆致として興味深い内容である。

主宰選の「摩耶集」より、主宰鑑賞句から二句を抽く。

霧深くぬつと始発の電車来る　西部江雨

逢瀬来とポインセチアの珈琲館　市場範子

（平成十年六月号）

さいかち

平成十年三月号

主宰　田中水桜
師系　高浜虚子
発行所　東京都港区
通巻八一五号・九〇頁

昭和三年六月、松野自得が創刊以来七十年、歴史の古い俳誌である。松野自得の詩精神を継承しつつ、現代に生きる俳句を目指し、新人の育成に力を注いでいる。主宰は作品に文章に、歴史の古く人材の層の厚い結社の先頭に立ち活躍をされる。巻頭作品も「曲り家」と題し十五句の吟行作品を発表、「遠野」と題する文章を添え、作句背景を解説される。虚子を師系に自得の師風を継ぎ、平明な作品が並ぶ。

曲り家の奥に春灯人棲める
曲り家の端の通ひ路雪残る
ふきのたう遠野へ三里馬で越す
斑雪嶺へ銀河のごとき橋かかる

田中水桜

白鳥の声の氾濫歩を速む

各俳誌とも受贈句集や俳誌のなかから毎月紹介記事を掲載している例は多いが、「句集逍遙」は主宰が自ら執筆、渡辺恭子の『涼しさだけを』と、俳人協会自註シリーズの『奈良文夫集』を採り上げて、主宰ならではの執筆振りである。
その他、総合誌「俳句四季」に主宰が執筆された季題解説「紙風船」を転載されているが、社中の作品を多く引用してあるので参考にもなる事であろう。文章も「紙風船」を描いて見事な味のある内容である。

紙風船吹くときをとめ真顔なる　田中水桜

会員の作品発表は、高岡すみ子・長谷川十四三の両氏が主宰に次いで七句を発表。同人作品も「四天集」「銀漢集」「木の芽集Ⅰ」並びに「木の芽集Ⅱ」と区分され、さらに同人も出句している主宰選の「雑詠」となるが、主宰はこのすべての作品から「さいかち秀句抄」として三十六句を掲げておられる。同人の場合、同人作品と雑詠の両方に出句していると、両方で主宰推薦句に選ばれるチャンスがあり、秀句抄三十六句といっても一人で二句の推薦を得ている方もあり、同人の旺盛な作句活動が目立っている。推薦句より抽く。

四方はらふ淀殿ちらしの歌屏風　柴田南海子
十二月神も鴉も陽を背負ふ　山本春穂

神事てふほらふき競べ里神楽　小川澄子
菊に謝す来し方己が名に恥ぢず　三浦斗牛
海晴れて宴はぢまる実万両　高岡すみ子
ふるさとの小さき駅や去ぬ燕　須永麗洋
溜飲を下げし勝ち碁やおでん酒　根岸響子

主宰は「雑詠評」と題し懇切丁寧な選後評を記されている。同人の方々も雑詠で師選を競い、主宰も全会員の作品を雑詠道場で厳しく検証し、「さいかち」の年次にこだわらぬ作品本位の雰囲気が伝わってくる。

「さいかち」の目指すもう一つの柱、新人発掘の努力については「平成九年新人賞」の選考経過と発表が掲載されている。応募三十八篇の由で、受賞者は息子の大学入学と共に俳句を始めて三年余という阿部栄子の「深川八幡」である。入選作より二句を抽いて「さいかち」鑑賞の結びとしたい。

下町や脳の髄まで蟬時雨　阿部栄子
昴りの前の静けさ大神輿

（平成十年七月号）

耀
かがやき
平成十年三月号

主宰　火村卓造
師系　野澤節子
発行所　栃木県栃木市
通巻一八号・五二頁

野澤節子の没後、火村卓造が平成八年十月に創刊した若々しい俳誌である。節子の凜冽な気魄と壮麗な抒情精神を継承せんと発足された由で、「節子忌・桜の忌」の作品を、平成九年を第一回に、今年も第二回を募集し、節子の功業顕彰にも努力している。
主宰巻頭作品は「胸裡の汚穢」と題し十八句、独特の作風にて迫ってくるものがあるが、主宰の胸裡の汚穢とは何であろうか。

討ち入りの日に揃はざる義士めんこ　　火村卓造
討ち入り日女のすする素のうどん
冬いとど跳んで遁げ得ぬ靴の中
吾が老いの影には濃ゆく雪積り

雪無限胸裡の汚穢を貫けり

俳誌発足にあたり主宰を支えた方々であろうか、「百耀集」と題し五名の方々が各十句を、主宰に続いて発表されている。各一句を抽く。

霧ごうごう山野の霜を拭ひ去り　川島千枝
玄室より冬の蚊ひとつあらはるる　田村一翠
牡丹焚けばどつと湧きたつ恋ごころ　すずき波浪
枯れ園の目つぶし萩の金色は　岸野千鶴子
鍬始去年の壌《つち》より鮮らしき　野沢秋水

同人作品は「一耀集」と題し二十名の方々が各七句を発表しているが、主宰は編集後記で最低十句の投稿を同人に要請されている。同人の発表した作品から主宰は各一句を抽き、「かぎろひ抄」として表紙裏に掲出されている。「かぎろひ抄」より抽く。

吹雪く夜のあるはずもなき野の一灯　谷　悦子
擂粉木に眼あつまるとろろ汁　渡辺たかし
高張提灯に火が入り秩父祭なりし　三井しずい
窯出しの土鈴振りては年逝かす　中村　操

主宰選の「耀集」は七句投句、主宰は「耀集秀句評」と題し三十句を掲げて選後評を懇切に記され、新しい俳誌の目指す作品について力説をされている。秀句評作品より抽き「耀」の発展を祈りたい。

冬紅葉且つ散る少女の日々が散る　藤田満里子
山茶花の夕日は遠き恋のいろ　中村多喜子
茶の花や口止めチャックゆるびさう　砂山節子
煮凝のぷるんと朝の飯純白　山本澄江
一枚となりし暦の冬景色　大久保孝子

（平成十年七月号）

河《かわ》

平成十年五月号

主　宰　角川照子
副主宰　角川春樹
師　系　角川源義
発行所　東京都杉並区
通巻四七四号・一七二頁

昭和三十三年に角川源義が創刊した俳誌「河」は源義没後、角川照子がその志を継ぎ二代目主宰となり、角川春樹を副主宰に迎えて体制を整え現在に至っている。照子主宰になってからもすでに約二十年の歳月が流れた。

角川源義はすでに角川書店より俳句総合誌として「俳句」を創刊していたが、「実作をもって俳句の抒情を示す」べく、別に結社誌の発刊に踏み切ったと伝え聞く。その志を継ぐ「河」は多くの個性豊かな作家を育てたが、源義の抒情精神をふまえながら自由に伸び伸びとした作品を誌上に競いつつ、さらに発展を続けている。

表紙裏と開巻第一頁に源義俳句を掲げ先師を偲ぶ編集振りは、支部だよりで滑川に源義句碑を建立したレポート、巻末の主宰の「青柿山房だより」でも先師の事に触れられる等、ともに「河」一門が源義俳句に心酔し慕っている雰囲気がよくわかりあたたかい。「青柿山房だより」で今年のお彼岸に

主宰が「小平へ墓参」と記されているが、角川家の墓地があり、墓前には源義の代表句の一つ、

花あれば西行の日とおもふべし

の句碑が建てられているのである。

主宰の巻頭詠は「初桜」と題し、景のなかに情を平易なる表現で詠みあげる。

水仙の頷きあへる風の墓　　角川照子

かの年は花遅かりし三鬼の忌

初花や見返りさくら命永

一方、副主宰は毎月大作を発表されている。今月も「山笑ふ」と題し三十八句、毎月のように数多くの作品を示されるのは、やはり一門に対し数多くの刺激を与える事であろう。

ひとりゆく道ははるかなり西行忌　　角川春樹

花あれば詩と死に寄するこころあり

には、先師の代表句をふまえつつ心情が詠まれ、

浅春や囚徒の手形壁にあり

には、かつて詠まれた獄中句を想起される。四月、花の吉野に吟遊された由で、

童《わらはべ》のごとく笑むなり吉野山
神天降《あも》り大いに山の笑ふなり
山笑ふ伊勢に来てゐる猿田彦
山笑ふ天の岩戸の開きたれば

等から今回の表題をとられたのであろう。
主宰・副主宰を補佐する吉田鴻司も作品の選を担当しつつ「頃日抄」十句を発表。

花びらを浮かべて川の急がざる　　吉田鴻司
子の振つてゐる花種を選みたり
春眠のかもめにさらはれゐたりけり

編集長の佐川広治は「禰宜の装束」七句を発表。

あたらしき禰宜の装束山笑ふ　　佐川広治
雛の間に脱ぎ捨てられし野良着かな

同人自選作品「五月集」は多彩な顔触れの三十七名である。

おのづから梅見の地酒買ひ足せり　　小島　健

源義の眼鏡の奥の山笑ふ　福島　勲
天人のいくたり花の西行忌　秋山巳之流
一山の険しさ越え来牡丹の芽　斎藤一骨

文章欄も句集評・作品評・俳壇評等豊富で内容も濃く、論客数多く層の厚い執筆陣の切磋琢磨振りが誌面に溢れていた。

同人作品の「半獣神」、一般雑詠の「河作品」とも吉田鴻司選であり、その両作品から二十四句を抽いて「河作品抄」と題して別に一段組みで掲げ、鴻司が懇切にして含蓄に富む作品評を記している。

蟻穴を出て色白でありにけり　山口奉子
梅林の風や刺客の来るごとし　渡部志登美
足音の集まつてくる蝌蚪の水　一柳輝彦
餌台にゐて囀に加はらず　多久島重遠

（平成十年八月号）

海《うみ》

平成十年四月号

主宰　高橋悦男
師系　野澤節子
発行所　東京都目黒区
通巻一七八号・一一〇頁

平成十年七月に創刊十五周年を迎える。海の記念日に記念大会を企画。特集号、記念吟行会等とともに『海の俳句歳時記』も発行とのことで、主宰を中心によく纏まり活発な結社の雰囲気が誌面に溢れている。

昭和九年生れの主宰が若くして創刊した当時は、一〇〇人足らずの同志が集ってのスタートと伝え聞くが、「和を大切に、つねに新しいものを目ざして進む」という「海」の活力は、若々しいメンバーを加えて千人を超える結社となった。

主宰の巻頭詠は「初詣」十二句。無理な表現をせず余韻に富む。

初夢の父大き荷を負ひて行く　　高橋悦男
右に富士左に海を初詣

松過ぎの厨に戻る水の音
一期一会一句一会に寒卵

主宰詠に続く同人作品は「潮光集」として各五句を発表しているが、主宰はそのなかから「潮光抄」として三十八句を抽出される。

注連縄のはちきれさうに綯られけり　羽吹利夫
四日はや蜑の軒先魚干す　中村和子
臨時バス満員で着く野水仙　名高栄美子

主宰選の雑詠「海作品集」も「今月の秀句」として二十二句を抽いておられる。十五周年の盛会を祈りつつ、秀句より三句を抽く。

雪明り厨に立てば手許まで　村川きぬ江
買初や婚の支度の少しづつ　田村貴久子
大寒や鉄のごとくに肩の凝り　相澤真智子

（平成十年八月号）

岳《たけ》

平成十年五月号

主　宰　宮坂静生
師　系　富安風生・藤田湘子
発行所　長野県松本市
創刊二十周年記念号
通巻二二五号・三一六頁

「岳」は信州松本から発行されているが、今年創刊二十周年を迎え、この五月号が二十周年記念号である。

「岳」を時折拝読する機会に感銘を深くする事の一つに、結社の枠に閉じこもらず、積極的に結社外の声を誌面に反映させている点があった。俳誌にも結社にもそれぞれいろんな考え方があり、何が良くて何が悪いとは敢えていわないが、二十年の歴史を経ると結果が見えてくる。東京や大阪を遠く離れた松本に結社の本拠を置き、誌友の多くは地元信州の人でありながら積極的に外部の空気を結社内に吸入し、その雰囲気のなか主宰の指導は視野の広い俳人を育て上げてきた。

毎月主宰は同人並びに誌友の当月作品から推薦作を抽き、解説・鑑賞を記しつつ主宰の所信も述べられているが、二十周年記念号の今月は「岳珠玉　五月」と題する選後鑑賞の冒頭に、次のように記されている。

俳句作品はみずみずしく、しかも鋭い。こぼれ地に咲く花菜にも泪する純真さをもつ。しかし、人柄はおおらかで大河のように清濁を呑み込みながら、悠々と大海を目指す。これは理想には違いないが、そんな俳人になりたいものと思い、さらに、小誌からそのような俳人を輩出したいものと願ってきた。わたくし自身の夢は、前途程遠い。が、「岳」誌の俳人は珠のひかりを持った方々が揃ってきた。やはり二十年の歳月は尊い。

現俳壇を「群雄割拠」と評する人もいるが、群雄かどうかは疑問だが俳誌乱立、まさに割拠には違いない。俳壇の協会も四つの団体が存在している。この創刊二十周年記念号には四協会の首脳である、稲畑汀子・金子兜太・鷹羽狩行・有馬朗人の各氏が祝吟を寄せ、歌壇からも佐佐木幸綱の寄稿を得ている。

この記念号でも、同人作品評は「沖」同人の正木ゆう子が担当、四月号から抽出した「岳十句」も能村研三など結社外の声を取り入れ、特別企画では「小熊座」の佐藤鬼房に宮坂静生が対談で戦後俳句等について聞き、かつ主宰が「佐藤鬼房五十句」を抽出し二頁にわたり掲載している。「第十二回S氏賞」の発表と審査結果も掲載されているが、福田甲子雄・鍵和田秞子等、他誌主宰等の協力を得ている。応募四十篇から主宰が二十三篇を予選し、主宰を含む七氏で本選をするが、その時には外部の声も入れるわけで、結社内だけでしか通用しないような俳人は育てない。大きく育てようとの主宰の指導の工夫と苦労の跡が見える。もう一つの柱は、加藤楸邨を取り上げて主宰が楸邨の一〇〇句を抽くとともに、四氏が楸邨俳句の解明に文章を寄せられている。

そして、外部寄稿者の紹介を小林貴子が「五月号を三倍楽しむ読書案内」と題し、寄稿者の主な著書を紹介している。

門戸を大きく開き、明るく活発なのである。だから「若手座談会、俳句を始めて」を読んでも生き生き伸び伸びした座談会になっている。主宰の、各作家の個性を尊重し長所を伸ばし、結社外の大海に泳ぎ出ても充分に通用する俳人を育てる、そんな雰囲気のなか、若手は思いっきり話し合っているのである。

そんな俳人を育てつつある主宰の巻頭詠「花いくたび」三十句から五句を抽いて、二十周年記念号拝読の「岳」誌評の結びとしたい。

筑摩書房発祥の地よ花こぶし　宮坂静生
御柱建つと雪代囃しをり
月光に癒されてをり花あしび
紅梅を映し黒幹貫けり
こぼさじと夜ざくら締りゐたりけり

（平成十年九月号）

風樹

平成十年六月号 ふうじゅ

主宰　豊長みのる
師系　山口草堂
発行所　大阪府豊中市
創刊一五〇号記念号
通巻一五〇号・二〇〇頁

主宰を中心にがっちりとまとまった結社、と拝読する度に痛感するのが「風樹」である。かつて超党派の勉強句会で「風樹」の方々と切磋琢磨の機会を数回持った事があるが、小気味よい雰囲気の方々であった。

一五〇号を迎えた記念号も、表紙に「天地寂然のなかに一掬の詩を求む」と記し、巻頭には主宰語録「作者が四季の移り変わりの中に感じたことを描き切ること。そこに人生のふかい意味があり、意義がある」を記し、主宰連載の「行人日記」でも主宰が折に触れ熱っぽく語られた俳句観を筆録して誌友全員に伝えている。

そして主宰は「「風樹」創刊百五十号に寄せて」で、創刊の時を回想し唱導された「一期一会の俳句」を改めて説きおこし、説き継がれている。この主宰の所信に続く俳壇各氏の寄稿のなかには、「海嶺」主宰の痛切なる「亡妻のこゑ」五句がある。一句を記す。

妻の墓地広めに決めし暮春かな　畠山譲二

主宰豊長みのるは毎月「風濤抄」と題し、巻頭作品を門下に示しておられるが、今月はさらに俳壇各氏の寄稿に続き、創刊一五〇号記念特別作品三十二句を発表されている。

先ず「風濤抄」八句より抽く。

鳥雲に渚をゆけば砂の鳴る　豊長みのる
砂丘春愁わが足跡を砂が消す

特別作品三十二句「みちのく旅吟」より抽く。

雁供養汐木は焚けど燃えしぶり　豊長みのる
行き違ふをみな匂へり春の闇
人訪はぬ春を火の無き大囲炉裏
野にひとりむなしく居れば帰雁また

主宰の「選後随感」は毎号読み応えのある内容である。抽出された「風樹」珠玉の作品から五句を抽き、鑑賞を締め括る事としたい。

くづれてはまた春愁に砂紋立つ　平田繭子

花の蜜唇よりこぼれ春の禽　麻生あかり

湧水の音がしみらに座禅草　とよなが水木

白日や人の影ゆく花の山　辻野紀子

沖合の船は動かず菜種梅雨　松﨑孝子

（平成十年九月号）

かびれ

平成十年六月号

主　宰　小松崎爽青
師　系　矢田挿雲・大竹孤悠
発行所　茨城県日立市
通巻八〇〇号記念特集号
通巻八〇〇号・二〇〇頁

八〇〇号記念特集号であるが、表紙を見ただけではわからない。小さく「通巻第八〇〇号」と記されているだけであり、鴨が一羽静かに泳いでいる絵が印象的である。しかし、頁を開くと結社内部総力を挙げた記念号の企画が次々と盛り込まれている。

社外からの記念寄稿は一切受けず、内容も自祝というよりも、この機会に歩んできた過去を振り返り、作品を再検証し今後への飛躍につなげてゆこうとの姿勢が汲み取れる。結社誌の記念号は常に通過点であり、そこで終わるわけではないから当然の事ではあるが、爽快な読後感であった。

特集の一つの柱は師系の確認である。そして師の句に学ぶ姿勢である。「かびれ」は『常陸国風土記』に「賀毘禮之高峯」とある霊山賀毘禮嶺から誌名を戴き、昭和六年三月一日、矢田挿雲を師とする大竹孤悠により日立にて創刊され、孤悠没後の昭和五十五年に、編集を担当していた小松崎爽青が継承し今日に至っている。

その二人の師に関する特集であるが、作品については各句集からの抄出であり、座談会も二つ「孤悠先生の優しさ」と「爽青先生のお人柄」が司会を含めメンバーも変えて行われている。文章も「孤悠先生追慕」と題し園部鷹雄が随想を記せば、一方、田川節代が「爽青語録」と題し句会での師の講評記録を整理しまとめている。この「爽青語録」は貴重な記録であり参考にもなり、刺激を受ける事も多かった。その他では飯泉葉子も「那須憂愁」と題し爽青俳句の魅力を追求している。

「孤悠百句」「爽青百句」より各三句を抽く。

流燈の沖へ出でしは淋しけれ
真間の娘のうなじ美し花まつり
酒飲まずなりて幾日ぞ雁渡る
大竹孤悠

栗の花白湯にも味のある母郷
松飾焚き悲しみの昭和果つ
海見たく来て初燕仰ぎけり
小松崎爽青

以前に「かびれ」を拝読した折、長い歴史のある結社として同人が多く、名誉同人・無鑑査同人・光音集同人・同人A・同人B等に区分されていたが、今回は「代表作家自選十句」として五十一家の方々が自選句を競っておられる。

主宰は巻末の「爽青だより」のなかで、

もっと自選を厳しくして、これならかびれ俳句に匹敵する作品だと、自信がもてる俳句を投稿する習慣をつけてほしいものです。特に光音集同人は自選の厳しさに勝って下さい。

と記し、最後に「八百号の歴史を誇れる俳人として闊歩出来ることを希っております」と結んでおられる。記念号を機会に次への飛躍を期す主宰の、「かびれ代表作家」へかける期待が切々と伝わってくる。現主宰も大正四年生れの高齢なれば、八〇〇号を祝うよりも次への布石をしっかり打っておきたいお気持であろうか。

主宰の巻頭作品は「残年抄」と題し八句である。

わが老を労る友よ万朶の花　　小松崎爽青
山桜残年の吾を飾る句碑

また、「かびれと私」と題して「八百号に懐う」文章を寄せておられるが、戦中戦後の発行や編集の苦労が記され興味深いものがあった。さらに「初学者のための俳句鑑賞」と題して十句を評しておられる。代表作家たる同人には奮起を促した主宰は、ここでは初学者に俳句の基本を諄々と説いておられる。

主宰は心配しておられるようだが、代表作家について感銘した点がある。「八百号記念作品」に代表作家たる主要同人が積極的に応募して、特別作品三十句を競っている。他結社だと、応募するのでなく選者になるような人達である。この切磋琢磨が次代の「かびれ」を力強いものにする事であろう。

主要同人の入選作品から三句を抽き、鑑賞を終わりたい。

冬萌や微かに動く象の鼻　佐々木とほる

笹鳴や笑みおほどかに観世音　新井佳津子

軒燈に滲む源氏名花柊　飯泉葉子

（平成十年十月号）

くるみ

平成十年七月号

主宰　保坂リエ
師系　高浜虚子
発行所　東京都世田谷区
月刊化三周年記念号
通巻七九号・一一四頁

従来は季刊であったが、月刊にして三周年という記念号である。通巻七九号は季刊時代からであり、創刊は昭和六十年一月、投句者一一八名でスタートした。十年を経過した平成七年七月に月刊に切り替えたのである。表紙裏に「「くるみ」月刊化三周年を迎えて」の主宰の祝吟、

つくろはぬことが身上春迎ふ　　保坂リエ

を掲げ、創刊以来の折に触れての写真が掲載されている。

季刊時代十年通巻四二号の経験、そして体制を一歩一歩築いてきた成果により、遅刊などもなく順調に発展してこられたのであろう。主宰の巻頭作品は「薫風」十二句、「七百三十日」と題する短文が添えられている。七百三十日とは一周年記念号からの二年間の日数である。季刊と月刊では編集発行の負担が大いに違う。たんに三倍になるだけでない。一日一日の努力の積み重ねが大切である。

「七百三十日」という題名はそんな気持が反映している。

陰日向素直に見せて春の水　　保坂リエ
暖かしおかめうどんに麩が浮いて
春眠に縋られて振りきれずゐる
三面鏡閉ぢて夏めく日をしまふ

「くるみ」月刊化三周年・自祝

風薫る何千葉に日当れり

月刊化三周年特集としては会員の祝吟と文章であるが、会員の喜びがこぼるるばかりで微笑ましい。主宰の人柄を慕い集った絆の強さと、のびやかな主宰の指導振りが感じられる気特のよい句が多い。

大南風順風満帆三周年　　富谷季代女
花胡桃ホップステップしてジャンプ　　安藤まこと
月刊化三年の風の薫るなり　　小澤英子
風光る恋人めけるくるみ会　　田中幸吉

（平成十年十月号）

風《かぜ》

平成十年八月号

主　宰　沢木欣一
師　系　加藤楸邨
発行所　東京都武蔵野市
創刊六〇〇号記念号
通巻六〇〇号・二七〇頁

六〇〇号記念号である。昭和二十一年五月創刊、終戦からまだ一年も経たない時であった。以来五十二年、大結社に育てあげた主宰の苦労も大変なものがあったであろうが、その主宰を支えてきた夫人の細見綾子が平成九年九月六日に亡くなった。

この六〇〇号は先ず「細見綾子追悼」の特集で始まる。

内容はまず、俳壇の各方面から多彩な顔触れの三十三名の追悼記が寄稿されている。ついで、主宰であり夫でもある沢木欣一が細見綾子一〇〇〇句を選び、「句集管見」を門下各氏一冊ずつ担当し、さらに「著書一覧」と「句碑一覧」を記録、最後に「細見綾子年譜」を纏めた六〇頁に近い構成である。編集兼発行人がまだ細見綾子になっているこの記念号で、追悼特集を編むことになったスタッフの悲しみは計り知れないものがあるが、追悼特集は寄稿も多く要領良く纏められており、年輪を経た結社の実力を感ずる。

ご冥福をお祈りし、主宰が選ばれた一〇〇句より愛誦五句を記す。

細見綾子

野の花にまじるさびしさ吾亦紅
ふだん着でふだんの心桃の花
昨日より今日新しき薺花
昼は晴れ夜は月が出て年の暮
今は散るのみの紅葉に来り会ふ

六〇〇号記念特集は四本の柱がある。

その一つは「正岡子規と写生の研究」と題して林徹・杉橋陽一・飛高隆夫・栗田やすしの四氏が内容の濃い評論を掲載している。主宰は「写生の尊重、俳句が韻文であること」を強調されているが、写生とは何かを常に追求し、この記念号にもこの評論を企画されたのであろう。

二本目は、主宰と林徹を編集部が囲んで「現代俳句の行方と「風」」と題した座談会である。自由にいろんな話題が取り上げられており、「俳句はどうなるか」「大衆化と高齢化」「写生を深めるには」というテーマの部分は特に興味深く読ませて戴いた。

三本目の柱は作品である。主宰の近詠「朝顔」四句に続き、主要同人十二氏が特別作品十二句の競詠を披露している。主要同人の各氏は「風」から巣立ち、現俳壇でも活躍中の方々である。本家の記念号に力作を競っておられる点は、それだけでも「風」の歴史と厚みを感じさせてくれる。主宰の四句を記す。

待ちこがれたる朝顔の届きたり　　沢木欣一
世紀末今年の牡丹花小さし
夏草のおほひ尽くせり牡丹苗
仏前に蚊帳吊草を供へけり

四本目の柱は「六百号記念賞」の発表である。俳句の部の受賞は、大坪景章・山田春生の二氏、三十句の力詠から各一句を抽く。

平成十年怒れる虎の賀状来る　　大坪景章
雷鳴の加はるラマの仮面劇　　山田春生

文章の部の受賞は、「深層のリアリズム――句集『白鳥』を読んで」と題した小林愛子の評論である。蛇笏賞を受賞した師の第十句集を採りあげ、良く調べ上げた内容で、さすがに受賞作の感ひとしおである。

以上が記念号特集部分であるが、例月の編集部分では連載三回目である山田春生の「激動の現代俳句史」を興味深く拝読した。

主宰選の「風作品」は五句投句であり巻頭は四句、一句入選だけでも三五頁になるが、主宰が選後に記す「風作品の佳句」はすべて一句入選欄から八句を抽いておられる。数より質、作品本位の姿勢が清々しい。うち四句を抽き鑑賞の結びとしたい。

雪折れの枝持ち上げて蕗の薹　岩谷好子
紅花の一片うけり雛の酒　中川喜代
花散りて白鳥の湖大きかり　重野行甫
掘りたての筍の先竹の色　小林　照

（平成十年十一月号）

ろんど

平成十年七月号

主宰　鳥居おさむ
師系　角川源義
発行所　東京都杉並区
通巻七九号・五〇頁

久しぶりに「ろんど」を拝読した。従来の型、既成の考え方にとらわれない方針は着々と成果を上げておられるようだ。
主宰の作品は巻末に配し、目次に続く巻頭記事は「ろんど抄」である。主宰選の「ろんど集」の1・2から四十六句を抽出し、主宰がそのうちの二十四句に鑑賞を記しておられる。主宰に選んで戴き鑑賞までして戴くのは頁のどこでも嬉しいかも知れないが、巻頭記事ともなれば一段と励みにもなる事であろう。「ろんど抄」に上げられた作品より適宜抽出する。

ひらがなでなみと書きたし春の波　中島宏枝
石けりの石残さるる余花の昼　すずき巴里
蝶はねて畝のモーグル越えて来し　吉田克美

風よりも雨の落花のいとおしく　佐藤順子
のどけしや願かけぞうり山と積む　段木喜代子
ほどほどに江の電揺らし風光る　竹田ひろ子

この「ろんど抄」の次に「ろんど集1」が掲載されるが、これも一般会員の作品で、同人の作品「ろんど集2」並びに「ろんど集3」は後になっている。その次に主宰が「ろんど第三楽章讃」として「ろんど集3」の同人の自選作品の七月号から一句を抽いて、一行評を付している。これも型破りの一つであろう。

主宰は巻末の作品「杖の旅」十二句のほか、特別作品「夢幻のひびき」八句と「情炎の舞」十句も発表され、一門を率い作品活動は精力的である。ご発展を祈りつつ適宜抽出させて戴く。

入魂のギターの燃ゆる皐月かな　鳥居おさむ
摺り足に情炎を秘め舞涼し
養花天葦や柳も養ひぬ
落花かけ合ふ遊びせむ恋をせむ
杏花雨の奥や余生の闇見ゆる

（平成十年十一月号）

あざみ

平成十年八月号

主　宰　河野多希女
師　系　大須賀乙字・吉田冬葉
発行所　横浜市
創刊六〇〇号記念号
通巻六〇〇号・二六六頁

南畦忌花の吉野に抱かれむ　河野南畦

自らの忌を詠み込んだ句を遺した河野南畦により、昭和二十一年三月に創刊された「あざみ」は六〇〇号を迎えた。

現主宰は平成五年に引き継いだ夫人の多希女である。六〇〇号記念の特集号は、この師系を再確認する数々の企画により先ず構成されており、結社誌らしい落ち着きのある編集ぶりで清々しい。

草間時彦・復本一郎の記念寄稿に続いて、編集部抄出の「師系遡行」が掲載されている。南畦の師、大須賀乙字・吉田冬葉の作品から五句を抽き、南畦の五句と共に掲げているのである。まさに師系遡行である。創刊主宰の句だけでなく、その師系をたどったこの企画に先ず好感を覚えた。

奥牧の広さはかれず天の川　大須賀乙字
ふるさとや添水かけたる道の端　吉田冬葉
夕虹や湯壺に妻の唱聴え　河野南畦

南畦は平成七年に亡くなったが、冒頭にご紹介した絶句のように吉野に熱い視線を送っていた。その吉野山の花の盛りに、今年は錬成大会を開催された。「師系遡行」に続く主宰作品は「瞑想」と題して、この吉野山錬成大会での力詠十二句である。

西行が南畦が入る花の門　河野多希女
法螺貝にむかしが戻る渓ざくら
渓ざくら瞑想に聴く法の聲
逝の字の責めぐ五体に花吹雪く
俤の櫻とだぶる別れ哉

六〇〇号の年に適う好企画を立てたものと感心するが、日頃から師系を大切にして、常に先師と共にあるからであろう。主宰作品十二句はすべて景に情がほどよく反映して、好企画に応える力作揃いである。

さらに、河野南畦が昭和二十二年一月号に記した「俳壇一新」を再録している。その内容を読むと、二十一世紀を目前にして六〇〇号の次を目指した狙いがこの再録にあるように感じた。また、小野元夫が「南畦俳句」と題して各句集から作品を抽き解説をしており、連載も七回目である。

特集によくある座談会も「南畦先生ゆかりの雪後の横浜港をバックに大いに語ろう」と「日本丸から春の光浴びて」である。特集号の座談会は、読むと案外結社の素顔がかいま見えて面白いが、題材が若々しい活気ある座談会である。メンバーが主宰を囲むとか主要同人がいるとかそんな形でなく、男女同数全国各地からの参加者を選び、おおむね自由討論にしたのが良かったのであろう。

その他の特集企画では「あざみ支部風土記」がある。記念号企画として各支部の紹介はよくあるが、「風土記」とあるように内容が風土色に富み、編集部が「あとがき」や「補遺」でうまくフォローしており、編集部のレベルの高さを感じた。

最後に「あざみ雑詠」より主宰が佳句として抽出選評をされている句から四句を記し、六〇〇号特集の鑑賞を結びたい。

浮寝鳥われも浮寝のこころかな　尾崎恵美子
春の月遠しと想ふ逢ひしあと　船水ゆき
啓蟄や一鍬土の声に合ふ　原田千代子
スニーカー春の足音弾みけり　算用子百合

（平成十年十二月号）

春耕《しゅんこう》

平成十年九月号

主宰　皆川盤水
師系　沢木欣一
発行所　東京都中野区
通巻二三〇号・一一八頁

裏表紙に『新編月別季寄せ』の一頁広告が掲載されているが、主宰が三年の歳月をかけて昨年「春耕三十周年記念事業」の一つとして完成された季寄せである。昭和四十一年八月に現主宰が創刊し、三十年の歴史を越えた「春耕」を繙いてみた。

巻頭のグラビアには、今年八月栃木に鮎簗吟行に行かれた時の写真が掲載され、同行一門の中央に皆川盤水主宰がお元気な笑顔で写っておられる。大正七年生れの主宰は一誌を率い、作品に文章に益々ご活躍である。今回の巻頭作品は「草市」十句で、的確な写生に措辞の格調も高くゆるぎがない。

沖膾海女は濡れ髪手絞りに　　皆川盤水
浅草の灯の明るさの草の市
鬢付を匂はす女草市に

きはやかに濡れし鬼灯盆の市

巻頭作品の次に「澪」同人松林尚志の寄稿「其角と蕪村」を掲載し、その後に主宰の文章「彼岸花」が掲載され、彼岸花に関する子規の小説や茂吉の短歌に筆を運び、曼珠沙華の盛りに亡くなられた父のことにも触れられた味わい深い内容である。

父の墓とりまいてゐる曼珠沙華　　皆川盤水

この主宰の長年のご指導の成果であろうか。作品だけでなく文章欄も多彩で、各作品集の鑑賞記は勿論のこと、「水郷歳時記」「肥後歳時記」「伊予俳句風土記」「下北歳時記」「俳句・食べ物歳時記」や「北京好日」等の連載に同人・誌友が健筆を競っている。その内容もバラエティに富み、一門のなかに閉じこもらず開放的である。

作品欄は、特別作品を主宰文章の次に配する編集に成程と思わせるものがあり、同人作品は「晴耕集」と「雨読集」に区分され、主宰選の雑詠「耕人集」は七句投句、巻頭入選は四句であった。主宰は丁寧にしてまた厳しい面もある、味の効いた「選後私感」を記される。

主宰の採り上げられた句より紙数の許す限り適宜抽き、「春耕」鑑賞の結びと致したい。

藤棚に引き入れてあり乳母車　　久保木千代子
潟べりに魚網の乾ぶ蛇いちご　　佐久間洋子
もぎたての青梅あふる土間の籠　　鈴木　洌

大鯰ひげの一本欠けてをり　根本孝子

大南風や烏賊船岸にきしみゐる　木村てる代

（平成十年十二月号）

平成十一年

狩《かり》

平成十年十月号

主　宰　鷹羽狩行
師　系　山口誓子・秋元不死男
発行所　横浜市
創刊二十周年記念号
通巻二四一号・二八〇頁

巻末の編集後記を主宰が書いておられる。短いが二十周年に真にふさわしい内容である。二つに絞って記されている。一つは大いに共鳴したので全文を抽かせていただく。

二十年間、いわゆる〝俳句ブーム〟のまっただ中を歩いて来たように思う。しかし、考えてみると、俳句をブームと呼ぶのは、どんなものだろうか。ブームということばには、にわか流行――もてはやされたものがすぐにかえりみられなくなるというニュアンスがあるからだ。すでに、四十年もつづいていることからすれば、俳句は国民的教養文化の一つ、それも重要な一部門といってよいのではないか。ブームといった軽薄なものではない。

もうひとつは二十年間に輩出した人材について触れ、「三十周年に向けてさらに励みたい」と締めくくられている。

「狩」が育てた人材で注目されるのが、評論などが書ける作家を育てたことである。毎年評論を募集し研鑽を積ませておられ、今年の受賞作が紹介されている。受賞者は二名で戦後生れである。いや、昭和三十九年生れは「もはや戦後ではない」世代である。若い。三十周年へ向け着々と人材を育てつつある。

「狩の二十年」と題して、主宰を囲み四人で座談会をしておられる。とても面白い。二〇頁ほどになるが、その場で傍聴させて頂いているように一気に読み終えた。「狩」を紹介する時には師系、山口誓子・秋元不死男、と書くが主宰が誓子に惚れ込んだあり様が語られ、秋元不死男没後、主宰誌「氷海」をそのまま継承せずに終刊して新結社になった経緯など。さらに「作品本位」の運営の状況など。過労からかしばらく体調を崩されたころのことなどが語られている。

類句を排しつつ「新鮮な俳句」を目指し、「評論」で磨きをかける活力のある「狩」の姿がよく理解できる。主宰の他の三人は、この二十年に「狩」で育ち俳壇でも活躍中の山口速・遠藤若狭男・片山由美子である。入門のころが語られているが、育ちゆく過程がわかる。

座談会では、毎月文壇の方に巻頭エッセイを依頼していることも触れられていた。二十年の歴史を経て、その執筆陣は昭和・平成文壇史の断面図ともいえる由である。今回の記念号の巻頭エッセイは、歌人で熊本在住の安永蕗子。家の近くの江津湖周辺を描写しておられる。

今回は二十周年特別寄稿として井本農一・髙橋治・中西進の文章を得ており、「狩」の紙価を高めている。就中、井本農一は主宰との交流の折節に触れ「狩」発展の現状を諾い、最後に「余命乏しい中で駄文を草し、お祝とする。慶祝」と結んでおられる。

その他、俳壇各氏からの充実した寄稿も多く、大結社「狩」らしい記念号である。「作品本位」「誰も作らなかった俳句」を目指す「狩」の二十周年記念号の主宰巻頭作品は「十三星　10」と題して、

一本の道つけて来し雁のこゑ　　鷹羽狩行

に始まり、「「狩」創刊二十周年」と前書した、

もみぢ・きのこと決めかねて狩ごころ

に終わる二十七句である。多忙のなか三地区の旅吟から各一句を抽く。

ちちははの国に寝惜しみ星月夜　（「山形三句」より）
男嫌ひのこむらちらりと阿波踊　（「徳島十六句」より）
鈴の鳴る杖を力に夏遍路　（「焼山寺五句」より）

俳人協会の理事長としてもご活躍中の主宰である。ご健勝にて益々の「狩」の隆盛を祈り、鑑賞を結びたい。

（平成十一年一月号）

扉

とびら

平成十年九月号

主宰　土生重次
師系　野澤節子
発行所　横浜市
通巻八九号・一一八頁

平成生れの俳誌では古参の方で通巻一〇〇号も近い。若々しい俳誌で活字も大きく、誌面に詰め込み過ぎず、ゆとりのある明るい編集振りである。主宰の巻頭作品は創刊以来「刻々集」と題し、今回は十三句である。

火の消えて草くさくなる螢籠　　土生重次
叩くほど同じに聞こえ大西瓜
買はれたる同士角立て甲虫
両爪を胸にかかへて蟹走る

連載の文章欄が充実している点を特徴の一つと感じた。一年程度で交代して書かせ、競争して研鑽を積ませる主宰の指導方針のようである。連載だけで七つあるが、その中で長期連載の田中義弘の

「虫たちの季節」はすでに二十五回を数え、今回は「ハンミョウ」を採り上げて内容の濃い、かつ読みやすい筆の運びである。
また、六月の石神井公園吟行会の記録が掲載されている。主宰は不参加ながら、句会の清記をすぐファックスで主宰へ送信し、主宰の選やご意見・添削がただちに電話で返されてくる方式であった。ご多忙な主宰に、成程こんな方法もあるなと感心した。
作品欄は「一扉集」「敲扉集」に分かれる同人作品と、雑詠にあたる「扉集」に区分されている。主宰はこの全部の作品欄から推薦作品を抽出し、主宰の巻頭作品の次に「開扉集」の欄を設け、五十三句を一段組みの編集で掲載しておられる。同人・誌友ともにこの欄に推薦されることを目標にしていることであろう。「開扉集」より適宜抽く。

歩むたび影を引きずる蟇　堀川草芳
風鈴をはなれゆく風音が追ふ　沢幡千枝
鶏のつつきて潜る茅の輪かな　佐藤久江
草刈りて測量杭の現はれし　川窪美千

主宰は「開扉集」に推薦された句のなかから十五句を選び、「選後一滴」と題して簡にして要を得た鑑賞を記されており、味わい深いものがある。新しい結社として明るい雰囲気が誌面に溢れ、主宰の指導が隅々まで行き届いたものが感じられた。

（平成十一年一月号）

獺祭《だっさい》

平成十年十月号

主　宰　西岡正保
師　系　大須賀乙字・吉田冬葉
発行所　川崎市
創刊八〇〇号記念特集号
通巻八〇〇号・一九二頁
（別に創刊号の復刻版八六頁）

本体一九二頁のあとに、創刊号の復刻版八六頁を付している。復刻版はこれ自体が記念特集ともなっている。作品や文章に時代の変遷を感じるだけでなく、広告や奥付なども興味深い。

八〇〇号記念の本体は、社外からの祝辞・祝吟などの寄稿は受けず、一読して印象的なのは、歴史ある結社のゆるぎない見識のようなものを感じたことである。この記念号を機会に創刊号を再読すると、来し方を顧みつつ今後への奮起を社内で確認しようという一点に集中して編集されているように感じた。

主宰は巻頭に「獺祭創刊八百号を迎えるに当って」という文章を記し、その中で、

冬葉師は「悠久限りない日本の風土の中で、限りある人生の哀惜感が俳句である」と解釈したのであり、それを概ね踏襲して現在も獺祭の準拠する理念としているのである。それに私の補助説

明として存在感の文字を加え、獺祭の標榜を「悠久の間に、限りある人生の存在感と生活の哀歓をうたう」という形で掲げている。

とされている。

その文章に続き、歴代主宰の作品各十六句を掲載し遺徳を偲んでいる。

さらに、今も色褪せぬ「大須賀乙字語録」を宇都木水晶花編集長が抜粋して掲げ、師系をしっかりと確認しており、清々しい編集ぶりに大いに感銘した。そして、年表がその次に掲載されている。記念号に年表を掲載するのは各誌ほぼ共通しているが、巻末近くに編集する事例がむしろ一般的で、このように冒頭に纏められているケースは少ない。

その後に主宰の作品「劫火」十二句が掲載されている。

向日葵の種ぎっしりと朝日吸ふ　西岡正保

炎昼を閉ざす基地前一杯屋

夾竹桃めぐり入口なほ遠し

毛虫焼き劫火といふをうつつ見る

電車ドアー開きたる間の虫の声

八〇〇号企画としては「各支部紹介」を写真入りで編集し、巻頭句一覧を纏め、さらに過去の記事から創刊当時の思い出を再録している。地味ではあるが大地に足のついた行き方である。

また、獺祭賞と新人賞の発表も八〇〇号記念と題している。獺祭賞は昭和二十四年生れの赤木ふみを氏、新人賞が大正十三年生れの南波牛歩氏である。各三十句の作品から一句を抽く。

打ち手待つ春闇深し大太鼓　赤木ふみを

牛の艶日毎増す野に五月来る　南波牛歩

例月の作品欄は同人の「霜声集」と、同人も投句して全会員が主宰選を競う「獺祭俳句」欄に区分されている。主宰は「青歳集」と題して「獺祭俳句」から二十句を抽いて別に掲載し、その二十句全てについて「選後小感」という鑑賞文を記し、秀句の推奨と「獺祭」の目指す俳句を一門に示されている。鑑賞されている句より適宜抽く。

少年に漢の匂ひ夏帽子　梅村半醒

エプロンのいつも清潔夏料理　土井視砂子

単調な生きざまに来る灯取虫　坂井春青

素裸にまとふ野良着の塩を吹く　佐々木一楼

縄文の暑さに会へり遺跡掘り　佐々木公子

麦秋に浮かぶ古城の孤愁かな　勝見　純

（平成十一年二月号）

忍冬《にんどう》

平成十年十一月号

主宰　増田斗志
師系　加藤楸邨・森澄雄
発行所　川崎市
通巻八三号・四八頁

平成四年、松本雨生が創刊主宰された歴史の新しい俳誌である。雨生は加藤楸邨の「寒雷」、森澄雄の「杉」に学んだ。「忍冬」創刊にあたり題字は楸邨が贈った。しかし、雨生は「忍冬」の五周年を目前に平成八年十二月逝去。若い俳誌としては存続に関わる大事であったと思われるが、増田斗志が継いで体制を整え、十周年に向け飛躍を期しているところである。

表紙裏に創刊主宰の一句を掲げ、編集長長田喜代子が解説を付し創刊者を偲んでいる。

秋惜しむ息の中なる薬の香　松本雨生

晩年健康を害した雨生の痛恨の気持がうかがえる作品である。

増田斗志新主宰の巻頭作品は「萩の花」七句である。

父よりの手ほどきなりし茄子の馬　増田斗志
考へ込んでゐる鶏頭の前に佇つ
萩の花父のゐさうな日暮かな

創刊主宰没後の体制は、新主宰を同人会長と編集長が支え、誌面上も三人の分担した活躍ぶりが伝わって来る。同人作品は「摩崖抄」と「富貴抄」に区分されているが、「諷詠余滴」と題して土橋石楠花同人会長が同人の全作品から二十句を抽出している。二十句より抽く。

紋つきの大きな紋や夏芝居　雨宮彌紅
新刊にひらき癖つけ夜の秋　川津ひな子
母のせしごと盆僧を煽ぎけり　富山千穂子
ほろにがき目刺に齢うつしけり　前澤美佐子

同人会長と編集長の作品から各一句を抽く。

女貞《ねずみもち》長生き詫びておはしけり　土橋石楠花
麦飯の唇がさびしき夏の月　長田喜代子

文章欄も編集に工夫をこらしバラエティに富む。「俳句月評」のほか社内作品の鑑賞文も多く、「雅号の由来」などの企画やエッセイ欄もあり、読みやすい誌面作成の努力も見られる。また、新同人に特別作品をシリーズで発表させ、その批評欄もあり、若々しい俳誌らしく意欲充実している。

主宰選の「にんどう集」は「秀句について」と題した主宰の懇切な鑑賞がなされている。主宰鑑賞句より抽く。

無花果の供へてありぬ流人墓　柴田信子

字の名が姓の旧家や蓮の花　杉山う起江

香絶えて久しき墓や蟬しぐれ　小山成子

風鈴の余りし風をもらひをり　杉本　守

（平成十一年二月号）

萩

はぎ

平成十年十二月号

主宰　村田　脩
師系　中村汀女
発行所　東京都狛江市
通巻一〇七号・五二頁

平成の世も十年を過ぎ、平成生れの俳誌も多い。「萩」は平成二年一月に村田脩が創刊した、平成生れのなかでは古参。昨年創刊一〇〇号を迎え記念大会を開催している。

主宰は昭和三年生れで中村汀女の「風花」で学び、編集を担当していた。句集に『野川』『破魔矢』等があり、昭和一桁世代を代表する作家の一人である。

小鳥来て浅間嶺出づる水あふれ　（『野川』より）
春光に確かめて道あやまたず　（『破魔矢』より）

『破魔矢』は「萩」を創刊された翌年に上梓されている。

「萩」を拝読し、作品とともに文章欄が充実しており、編集もやたら詰めこまず手際よく、読み易い点が印象に残った。作品も「平明にして高貴な文芸としての俳句」を目指しつつ各人の個性ある詠いぶり、題材の豊富さに大いに共鳴した。主宰のご指導の成果なのであろうが、手づくりの肌理こまかく、暖かいご指導振りが感じられる。
汀女ゆずりなのであろうか、ふと晩年の汀女先生の風貌が想起された。その主宰の巻頭詠は「稲雀」と題し九句である。

閑けさや音して雨の木の実踏む
夕映えてなほ稲雀追はれたつ
落花生記憶寄せ合つてもわづか
金木犀透きとほるまで夕晴れて
生き甲斐の高きなるかと登りけり
村田　脩

巻末近くに主宰の文章「巨人」が掲載されている。巨人といっても野球の話ではない。

年を以て巨人としたり歩み去る
高浜虚子

の句を抽き、一頁ながら内容の濃い文章である。中村汀女に学びつつ、その師であった虚子についても深く研究されている事がわかる。この文章は「山口新聞」へ寄稿されたものの転載のようであるが、主宰は旧制山口高校のご出身と聞く。
主宰以外の文章は、連載が四つ、随想等が四つ、題材も「インド紀行」「ガーナ便り」「長寿向学」等の連載に対し、「鰈の話」「ケンポナシ」「雁追橋」等の随想でバラエティに富み、執筆陣も厚いようである。作品欄は同人作品「鹿鳴抄」「鹿鳴集」が主宰作品に続いている。「鹿鳴集」同人である權守勝一が前月号の「鹿鳴集」より六句を抽き鑑賞を行っているが、その鑑賞記より三句を抽く。

体当り来し甲虫テロを憎む　大山かげもと
石蕗の花インターホンよりエホバ説く　松浦一枝
炎天を忘れて祈るバンザイクリフ　山下京子

主宰選の「萩集」は五句投句、巻頭入選は四句、主宰選後評は二頁にわたり十句を抽き、鑑賞並びに添削例を示す。鑑賞句より抽く。

栗を剝く昼餉の出会ひ楽しみに　諏澤昭子
長き夜に夫在る夢の短かくて　塚原国子
白萩や両手をひろげて月を待つ　冨谷美佐保

（平成十一年三月号）

阿吽《あうん》

平成十年十一月号

主宰　肥田埜勝美
師系　石田波郷
発行所　埼玉県所沢市
通巻一二六号・七六頁

昨年十周年を祝われた。昭和六十三年六月というから、昭和も残り一年を切った時に所沢市から肥田埜勝美が創刊、平成の歳月と共に育ってきた俳誌である。

主宰の師は石田波郷。主宰は表紙裏に「季節の秀句」の連載を担当、十一月は波郷の亡くなった月でもあり、

遺書未だ寸伸ばしきて花八つ手　　石田波郷

を抽き解説かつ追慕されている。波郷は、この句を作られて間もない昭和四十四年十一月二十一日早朝永眠された。主宰の句に、

植替へし一樹根づきぬ惜命忌　　肥田埜勝美

かの頃も下戸悲しみき風鶴忌

等があり、波郷忌は他に忍冬忌とも詠まれ、深大寺の墓所には「鶴」一門以外の俳人でも訪ねる人が多い。

「下戸悲しみき」と詠まれた主宰の今回の巻頭詠は、「古酒新酒」と題した十句である。

運動会の花火聞きつつ座業継ぐ　肥田埜勝美
枯菖蒲くわゐ頭に結はれけり
枯菖蒲たぶさ束ねといふ姿
購ひて柿派藷派と径の左右
幸夫人にも乾杯の古酒新酒

最後の句は同人新井秋郎の句集『寄居』上梓祝賀会の作である。『寄居』については九氏が鑑賞記を寄せているが、寄居は作者が住む埼玉の地名で、確か蜜柑北限の産地と思った。『寄居』はご子息が新発見された惑星の名にもなっている由で、ロマンチストな父と子の交流はうらやましい。主宰はそのことも踏まえて、句集名を『寄居』にするようにアドバイスされたのであろう。

彼奴に似てわが飼猫の恋敵　新井秋郎
田を植ゑしその夜の妻の旺んなる
農衣干し五月わが家の旗となす

子の妻となりに春嶺越え来たる

諸氏の抽かれた句から四句を記したが、面白そうな句集である。
主宰夫人肥田埜恵子も発行編集と主宰を補佐し、作品「星月夜」七句を発表されている。

小劇団女役者や穂紫蘇摘む　肥田埜恵子
秋分の日が日本の旗の中
ひらきたる「寄居」一巻星月夜

作品欄は「巻雲集」「飛雲集」「阿吽集Ⅰ」「阿吽集Ⅱ」に区分され、その全作品から主宰は推薦句を抽き「阿吽俳句の諸作」を記される。

幽閉のさまの秘佛や秋灯　石井みつぐ
十人も出てをられけり案山子翁　塩川京子
木の実落つ市ヶ谷砂土原鰻坂　三浦　恭

（平成十一年三月号）

若竹

わかたけ
平成十年十二月号

主宰　加古宗也
名誉主宰　富田潮児
師系　村上鬼城
発行所　愛知県西尾市
創刊八〇〇号記念特集号
通巻八〇〇号・二五八頁

通巻八〇〇号の記念特集号として二五八頁の大冊である。昭和三年の創刊で七十周年でもある。明治生れの前主宰富田潮児が名誉主宰となり、現主宰に引き継いだのが平成二年九月で、七〇〇号を終えたところだった由である。新主宰になってから一〇〇号を数えた事にもなる。

この八〇〇号では、俳壇諸家から祝吟など近詠の寄稿を数多く得ている他は、記念特集として「加古宗也研究」を編んでいる。この特集にも、結社内の人による座談会や作品鑑賞の他に結社外の多くの方から鑑賞等の寄稿を得て、バラエティに富み内容の濃い特集である。表紙裏には、

俳諧の帳面閉ぢよ除夜の鐘　村上鬼城

と遺墨を掲げ師系を示しているが、題字も鬼城筆。高崎市で毎年村上鬼城賞を募集しているが、その発表を行う鬼城顕彰俳句大会に合わせた吟行会の記録も掲載されている。

主宰は「八〇〇号発刊にあたって」の巻頭文でこの歴史ある結社の歩みを回顧し、「心の俳句、生きている証しとしての俳句」を目指す心境を述べられている。
その主宰の巻頭詠は「流水抄」と題して毎月発表されているが、今回は一部の句が総合誌へ発表の句と重複と断っているものの、八十句の大作である。八〇〇号記念として揃えられたのであろうが、老舗結社を継いだ気鋭の主宰の心意気を感ずる。

けさ秋や足裏になじむ畳廊　　加古宗也
かなかなや随神門に忘れ傘
篠笛を吹くや宮城野萩こぼれ
すすき穂に出て源流のせせらげる
山気身に入む風倒の杉木立
桔梗や駆込寺にさざれ石
番い鳩紅葉の海を漂へる

格調高く詠みあげられている力作から適宜抽いたが、難解な句はなく余韻深く感銘した。
さらに、高齢の名誉主宰が「夢窓庵随唱」と題して今月も二十三句を発表されている。ご健吟振りに敬服する。

番い鴛鴦来て朝寒の緩みそむ　　富田潮児

稽田の風にも稲の香りあり
神有も神無も有無一如かな
煮かえせば大根いよよ老の味

注目した記事は「若竹俳句賞」の選評と経過報告であった。圧倒的な評価を得て正賞当確という方が急逝され、正賞なしとして特別賞にされているが、「「若竹俳句賞」という賞の性格を、作者の顕彰におくだけでなく、今後、若竹誌上において牽引車の役割を担っていただくことを期待する賞」と考えての取り扱い、と主宰が触れておられた。結社賞の在り方として感銘する点が多かった。

その「若竹」誌上の作品は同人欄もあるが、主宰選の「真珠抄」に、同人も自選作品の他に積極的に投句して主宰選を競っており、まさに若竹道場の感がある。主宰はその道場の選後「珠玉三十句」を抽出して掲載し、「若竹」俳句の目指す作品を示し、「選後余滴」と題する鑑賞はこの三十句以外からも抽き、味わい深い文章を記されており大いに参考になった。

「選後余滴」より三句を記し、「若竹」鑑賞の結びと致したい。

黄落や壁にもたれしまま透けて　二村典子
冷えつのるピカソの青に佇ちてより　石川美佐子
逆光に佇ちて芒の穂となりぬ　工藤弘子

（平成十一年四月号）

春野

はるの
平成十年十二月号

主宰　黛　執
師系　安住　敦
発行所　神奈川県湯河原町
通巻六三号・七八頁

「春野」はいつ拝読しても、詩情に満ちた内容の濃い俳誌だと感銘してきた。今回の「春野」もまたその印象をより強く深めたが、主宰の「坐臥偶感」と題する巻頭文を読んで成程と思った。一誌友の質問に答える文章であるが、共鳴する点なので紹介したい。

　俳句は詩である。したがって十七音に投入されることばは、すべて詩語として機能することが望ましい。ところが概して初心の人の句には、単にそこで見たからという消息や、一句の成立事情の説明としてだけに固有名詞が使われることが多い。鎌倉に行ったから鎌倉、京都でみたから京都というのなら、それは単なる私ごとの報告であって、詩からはほど遠い。どころかポエジーを稀薄化してしまう。例えば飯田龍太の次の一句を見ていただきたい。

　貝こきと噛めば朧の安房の国

ここでは安房という地名が、単に場所を示すだけでなく、「朧の安房」と詠うことによって、O音四つA音二つの絶妙な韻き合いが一句の情趣を盛り上げている。安房は伊豆にも志摩にも替えられないのである。つまり詩語として完璧な機能を果しているからである。

やはり、この主宰あってこそ詩情に満ちた「春野」が毎月発行されるのであろう。また、内容の濃さは作品だけでなく文章欄の質・量ともに充実である。外部からの連載寄稿も、山下一海・石井茂・鈴木太郎・秋山巳之流の四氏、社内文章は主要同人・一般誌友が健筆を競い、一寸辛口の文章もありつい読み耽ってしまうところがある。

作品欄も、自選欄作家が「ひばり野集」として十二氏。特別作品は一般誌友とともに作品を発表し競詠している。この雰囲気が結社の活力を高め、作品の質を詩情に満ちたものにしているのであろう。

この主宰の巻頭詠は「わらべ地蔵」十句である。五句を抽く。

露けしや焚口に薪積み上げて　黛執
霜降や畝を真直ぐに葱畑
おんころころ薬師の森の木の実かな
暮れきつてよりの明るさ刈田道
木の実独楽手向けむわらべ地蔵には

（平成十一年四月号）

草林

そうりん
平成十一年一月号

主宰　雨宮抱星
師系　犬塚楚江・河野南畦
発行所　群馬県妙義町
通巻一〇〇号記念特集号
通巻一〇〇号・一四六頁

通巻一〇〇号の記念特集号である。拝読してその風土性豊かな内容に心打たれ、共鳴して採りあげた。群馬県は甘楽郡妙義の峻険の麓に雨宮抱星が昭和四十二年に創刊し、

「俳句は生きる歓びの生活文学である。俳句は静かなる誠の文学である」

を旗印に一歩一歩地道に歩み、一〇〇号の大台に到達された喜びが誌面に滲んでいる記念号である。最初は季刊でスタートし、平成八年四月号から月刊に移行されている。従って三十周年を平成九年に迎えた、歴史のある俳誌である。

この地道な歴史の積み重ねの一〇〇号に、「あざみ」主宰河野多希女を初め関係各氏から祝吟を戴き、表紙裏を含む巻頭に掲載されている。その表紙は「妙義神社奉納の刀」の写真である。筆太な「大願成就」の文字が記念号らしく、また風土性ある俳誌の新年号に相応しい。

祝吟に続き、主宰文章「二十一世紀への準備」は向日性に富む内容で一門に呼び掛けておられる。その主宰作品は「淬礪《さいれい》抄」十二句である。

藁塚の崩れレンガの町役場　　雨宮抱星
福耳の羅漢五百に散る銀杏
落葉急く谿や光を揺らしつつ

風土に根ざした作品が続いている。この作品のなかに、

始めての妻亡き屠蘇の苦みかな

があった。巻末近くの年賀挨拶のなかにあらためてこの句を掲げ、喪中のご挨拶が掲載されていたので事情が首肯されたが、一〇〇号を控え、苦楽を共にして来られたであろう伴侶を失われた主宰のご心境を拝察し、「苦みかな」の句を味わいたい。

作品の最後の一句は「草林一〇〇号自祝」と前書して、

空っ風生まれ遥かへ神馬馳す

である。「空っ風」という季題の扱いに上州の風土に根ざした俳味を読み、「神馬馳す」に主宰の新世紀を目指す心意気を感得する。

主宰作品に続いて「山頂作品」と題し主宰選の「自鳴抄作品」から二十句を抽出して、一段に組み

推薦しておられる。「山頂作品」というのも妙義の麓の俳誌めくが、主宰作品の次に掲載されている点にも、主宰が「自鳴抄」の作家にかけられている期待が感じとれる。

「山頂作品」欄より抽く。

たっぷりと光も籠に秋茄子　横尾ひで子
山萩や風の意のまま彩零す　佐藤まろや
女色男色着て捨て案山子　佐藤実里
朝顔に抱きしめられし桑の枝　大塚希知
神杉を吹き抜く風の秋となる　田村かつ江

主宰は「山頂作品」のすべてについて「いのちの韻、自鳴抄との対話」と題して選後鑑賞を記して、「草林」俳句の目指す方向を説いておられる。

一〇〇号記念号として何か特集を組むという内容ではないが、作品にまた文章に多くの人が参加して出来上がっている内容に派手さはないものの、地道な日頃の研鑽振りがわかる。文章欄のなかで「季語を詠う」と題した企画に九名の方が自句自解を執筆しておられるが、俳句とは季節を詠む、季題を効かすという原点に立った文章が揃い、会員の水準の高さを示していた。

三十周年を経たといえ、昭和生れの主宰のさらなるご健闘を祈り、鑑賞記を結びたい。


（平成十一年五月号）

初蝶《はつちょう》

平成十一年一月号

主宰　小笠原和男
師系　石田波郷
発行所　千葉市
通巻一七一号・一〇八頁

昭和五十九年十一月、細川加賀が創刊。加賀没後、平成元年から現主宰が継承されて、ほぼ十年を経たところである。昨年十月、京都で開いた全国大会の特集を編集した新年号である。ただ、特集としては巻頭のグラビアの他は大会の記録と参加者手記、当日作品の入選句などに絞り、記録性に徹している。その他は通常の編集振りである。

主宰の巻頭作品は「菊焚いて来て」十二句である。

初鴨や法然さまへ燭提げて
勤行の始まつてゐる障子かな
蓮の実がとんで佛の恋しき日
水枕抱へて長き夜の始まる

小笠原和男

菊焚いて来て分別の手紙書く

淡々として自在に身辺を詠み継がれて、俳味が濃い句が揃っている。
主宰詠の次に「立羽集」の作家十四名が各七句の自選作品を掲げられる。

寒禽に面映ゆくゐて波郷の日　阿戸敏明
加賀の忌や秋の鴉がまた鳴いて　早立栄司

「立羽集」作家の田部谷紫が特別作品十八句を別に出句されているのも、活発な結社の雰囲気を窺わせる内容であった。

この水の月日いくばく浮寝鳥　田部谷　紫

主宰は「俳句拈華」と題する文章を連載中で、今回で一三七回の長期連載になっているが、今回この「俳句拈華」の文章などを取り纏められた新著『即刻の文芸』についても触れられていて、拝読したい一冊である。
主宰は主宰選の「初蝶集」から四十四句を抽き「初蝶抄」として一段組みで掲示、さらにそのなかから十六句を「初蝶秀句」として選後鑑賞を記されている。その「初蝶秀句」より抽く。

実山椒嚙んで念佛ままならず　林なつを
秋の虹立てばすぐ出る小物市　厚見青芽

足のせて机のかたき九月かな　中島喜守

好きだから当り散らして青みかん　伊藤敏子

かりがねや夫の遺せし墓の文字　農口みどり

息子らは街に居るよと芋茎干す　小木曾道寛

（平成十一年五月号）

対岸《たいがん》

平成十一年二月号

主　宰　今瀬剛一
師　系　能村登四郎
発行所　茨城県常北町
創刊一五〇号記念特集号
通巻一五〇号・一七六頁

能村登四郎の「沖」に学ばれた今瀬剛一が創刊主宰された「対岸」の、一五〇号記念特集号である。併せて、「対岸賞」「高音賞」並びに「対岸新人賞」で構成する「対岸三賞」の特集を組み、大冊の記念号である。

主宰は「創刊百五十号を迎えて」と題する簡潔な巻頭文を寄せ、来し方行方を語られているが、遅刊欠号なくここに至られたことを編集スタッフに謝され、また祝賀会などは企画せず、自祝の会として今後の「対岸」のあるべき姿を考える節目とされる由が記されている。「対岸」の真摯な姿勢がこれだけで充分に理解される巻頭挨拶であり、共感するところ多いものがあった。

この文章に続き、主宰巻頭詠は「杉丸太」二十句に短文を添えられている。短文は能村登四郎と林翔、二人の先生を訪ねた年始挨拶の経緯であるが、一五〇号の記念号に相応しい、師系を一門に再確認させる心温まる短文であった。

父の声聞かぬつもりの冬帽子
枯野傷つけ引き出だす杉丸太
綿虫を追うては道を踏み外す
雪催ひ綿虫催ひとも思ふ
雪の夜薬缶は人の声出して

今瀬剛一

主宰は「芭蕉体験」と「現代俳句の二十章」の二つの連載を続けておられる。総合誌等にも作品や文章を依頼され、多忙のなか主宰誌に芭蕉の古きを再考し、現代俳句に新しきを探る健筆ぶりに感銘しつつ読み終えた。

創刊一五〇号記念特集は作品に文章に多彩な企画であるが、就中「風土競詠」と題する作品に感銘するところが多かった。

昨年の「対岸」の年間テーマが「風土を探る」であり、平成九年の十一周年記念号でも「わが風土」と題する随筆を企画されている由であるが、それぞれの作家がその生活する地元の風土を詠みかつ綴ることは、遠隔地に泊りこんでの吟行会が流行している現在において、貴重かつ意義のある企画と共鳴する点が多い。かつ、単に風土を詠めとされず「川」「祭」「食」など風土に身近に関連する十項目のテーマをもうけ、一句ずつ詠んでゆく競詠企画には成程と首肯させるものがあった。

このような企画も、「対岸」がこの十数年の間に全国各地に誌友が存在するように発展し、支部活動が行われているからこそ出来る企画であろうが、さらに支部間の競争意識も芽生え、一層の「対岸」充実にも繋がることになるのであろう。

作品までご紹介するには紙数も足りず、かつ小生の好みの地方だけ抽出するのもこのような好企画をご紹介するのにそぐわないが、北から南まで日本各地の作品を堪能させていただいた事を記しておきたい。

最後に、「対岸三賞」を受賞された五氏についての主宰の推薦文から一句を抽出し、さらなるご発展を祈りつつ鑑賞記の結びとしたい。

初蝶と二の蝶純白なる出遇ひ　道具永吉（対岸賞）
同じ夢見しかに鶏飼終はりけり　藤田さち子（高音賞）
眼つむれば機関車春の宵にあり　二宮　博　〃
しもつかれ大黒柱太りけり　最東　峰　〃
早苗田の四角四面に風吹ける　平澤和子（新人賞）

（平成十一年六月号）

櫟《くぬぎ》

平成十一年一月号

主宰　阪本謙二
師系　富安風生
発行所　愛媛県松山市
通巻六四号・一三八頁

創刊五周年を記念した「櫟まつり」の特集号である。平成十年十月に開催されたこのまつりも年を重ねて第五回になるが、今回は創刊以来親戚付き合いの関係にあるという「白桃」の主宰伊藤通明と、「白桃」の幹部四人を迎えての記念行事である。「白桃」との親戚関係について成程と思ったのは、編集後記で主宰が「白桃」の購読会員の募集について紹介のペンを執っておられ、希望を募られていることである。

固い絆の親戚関係のようである。「櫟まつり」では伊藤通明「白桃」主宰の講演を頂き、この記念号にも四人の幹部同人とともに作品とエッセイの寄稿を得ている。

記念特集はこの「櫟まつり」関連記事に絞り、その他は通常の編集内容である。主宰の巻頭作品は毎月「風月集」と題されており、今回も十五句である。

高窓を閉ざす土蔵や小鳥来る　阪本謙二
朴落葉鳴らせ鐘楼持たぬ寺
齋田に垂れて細身の稲穂かな
舷にならび見おろす秋の潮
菜に冬日さし信頼は血より濃し

主宰詠に続く「才幹集」は幹事長石川辛夷、企画同人三木照恵ほか四人の作品である。

憂さ忘れよと小春日のわすれ石　石川辛夷
三毛猫の女系家族や秋の空　三木照恵

作品欄はこの他に「艸木集」と「櫟集」に区分されている。主宰はこのなかから秀作を三十六句抽出し、「才幹集」の次の頁に掲げられて「櫟」俳句の目指す作品として示しておられる。さらに「林間微風」と題される選後評を記し、その中から十二句を抽き懇切なる批評を行い、主宰の俳句観も窺える読み応えのある鑑賞記を綴られている。
「林間微風」に鑑賞された句より、紙数の許す限り抽出する。

蟻地獄あまたのぞきて喉渇く　秋山満子
本棚の一書さかさま秋暑し　平田富貴
鵙猛りけり他国者ひた拒み　飯野弘子

海を見つめて曼珠沙華五六本　垣本　良
角切らる鹿の枕のちんまりと　池田千佳子
立ちすくみけり曼珠沙華ばかりにて　藤田美和子
針箱は菓子の空箱小鳥来る　小笠原紀子

（平成十一年六月号）

かなえ

平成十一年二月号

主宰代行　三田きえ子
師　系　秋元不死男・上田五千石・本宮鼎三
発行所　静岡市
通巻一四号・六八頁

平成九年九月の上田五千石急逝のあと、「畦」の編集長をしていた本宮鼎三が昨年一月に創刊した俳誌である。しかし、その本宮鼎三がその創刊後一年も経たない昨年十二月に、師の後を追うがごとく亡くなられた。「畦」に依り五千石に学ばれ、さらに「かなえ」に落ち着かれた方々の胸中はいかばかりであろうか。

この二月号は、「氷海」「畦」そして「かなえ」と、鼎三とともに歩んできた三田きえ子が主宰代行として同志と共に衣鉢を継ぎ、一誌を纏められている。一段落したところで新体制を整備されることと思われるが、それにしても五千石急逝後の本宮鼎三の苦労が察せられる次第である。二月号の表紙裏に三田きえ子の弔辞が掲載され、その次に通夜葬儀のアルバムとして十二葉の写真が、寂しくも悲しい。

巻頭作品として、三田きえ子の「冬日向」十句も追慕の情に満ちる。

亡きひとの忘れてゆきし冬日向　三田きゑ子
死者あての封切る冬木明りかな
骨壺の骨鳴る師走七日かな
けふよりは仏と呼ばむ霜の花
門歯欠くおもひの年を送りけり

特別作品、同人作品、「かなえ集」などの作品欄や、稲森道三郎・平沢陽子・亀丸公俊・仁藤稜子・石垣健一等の文章欄も充実しており、体制さえ再整備されれば、今後は鼎三の遺志を継ぎ立派な俳誌として再スタートがきれることであろうし、期待してゆきたい。
最後に、一年前の創刊号で本宮鼎三が「青玉集」と題して発表された十八句より一句を抽く。

鼎士とし後続信じ枯野ゆく　本宮鼎三

（平成十一年七月号）

街

まち
平成十一年二・三月号

主　宰　今井　聖
師　系　加藤楸邨
発行所　横浜市
通巻一五号・四二頁

今井聖が平成八年十月創刊主宰し、隔月発行の俳誌である。俳誌も数多く、結社も多いが、俳誌も月刊にこだわらず隔月とか季刊がもっと多くてもよいと思う。主宰も充電の時間が必要だし、味の違う俳誌が出せると思うのだが如何であろうか。この「街」は隔月発行であり、やはり月刊誌とは違うゆとりとか落ち着きを感ずる。

表紙裏に「街宣言」と題して「街」俳句の指針が示されている。

主宰の巻頭作品は「見知らぬ月夜」と題して十五句である。

竿先の鈴の光れる雪嶺かな　　今井　聖
樅の鉢抱へてブーツ立ち上がる
ぼたん雪海と煙突暮れにけり

棚田より矮鶏下りてくる冬日かな
冬海の眩しさ痛きまで素顔

主宰連載文は「空中庭園の木陰で」と題し、今回は「情趣の革新」について古今の俳句や詩を引用しつつ所見を記されている。また、同じく「情趣の革新」をテーマに江森國友・池田澄子・田中裕明の各氏から寄稿を得ている。

作品欄は同人作品が「解放区」と題し二十四氏が各七句を発表しているが、仮名書きは新旧自由のようである。この同人作品については同人の一人が鑑賞記を記すほか、鷹羽狩行・新藤兼人の二人に十句選を依頼している。作風は同人各氏それぞれ奔放に詠み上げておられるが、二人の外部からの十句選は比較的解り易い作品が選ばれていた。紙数の都合もあるが、解る作品と難解と思う作品を二句ずつ抽いてみた。

晩学を励まされをり万年青の実　池田義弘
精悍なピカソの眼十二月　太田依子
ニッポニアニッポン天浪はるかなり　池本光子
広辞苑が逆さまホワイトクリスマス　折井紀衣

主宰選の作品は「未来区」と題し七句投句、主宰の選後鑑賞は充実した解説で読み応えがあった。
主宰抽出句より適宜ひく。

誰か呼ぶ飛び付きたしや烏瓜　猿渡久子

どうしても軍旗と思ふ破芭蕉　栗田丘介

自画像のどれも悲しげ秋の暮　川島　盈

（平成十一年七月号）

朱欒《ざぼん》

平成十一年二月号

主　宰　脇本星浪
師　系　水原秋櫻子
発行所　鹿児島県国分市
通巻一一六号・六四頁

十周年を目前にしている。主宰の巻頭文「朝日が出ない俳句界」や、すでに連載一一三回を数える「青春登場」などを読んで、俳壇の若返りに努力をし、大いに問題意識をもたれている俳誌と感じた。

主宰巻頭作品は「神の山」二十七句である。

白鳥は夕日を人は火を囲む　　脇本星浪
流人墓アロエの花と海慕ふ
鳥飛ばず怒濤届かず冬の虹
落葉積む一夜の嵩と人の夢

作品欄は、同人作品は自選の「南開集」と主宰選を経る「南窓集」とに区分され、さらに主宰選の「南国集」が会員欄である。また文章欄も充実しており、「動物に由来する地名」の連載は鹿児島地名研究会の平田信芳により風土色に富む内容である。山下義照の「折々の花」も今月は「きらんそう」と「ざぼん」を採り上げ、短文ながらやはり風土性豊かな解説である。文章はその他にも鈴木美之による内容の濃い「昭和回顧録」があり紙価を高めている。

「青春登場」は地元の学校などと連携し、誌面を開放しておられる企画と思われる。今月は地元工業高校生の作品二十句が紹介されて、「南開集」作家丸山眞が短評を付している。適宜抽出したい。

どんぐりに命吹き込む子供たち　上村健太郎

霜の朝登校のとき手は死んだ　坂本雄一

寒いのと君がつぶやく帰り道　森山洋幸

木枯に背中おされて登校す　大坪健一

（平成十一年七月号）

沖《おき》

平成十一年五月号

主　宰　能村登四郎
副主宰　林翔・能村研三
師　系　水原秋櫻子
発行所　千葉県市川市
通巻三四四号・一二〇頁

長い間、副主宰兼編集長であった能村研三が副主宰に専念し、編集長には北川英子が就任、新体制の第一号である。米寿の主宰能村登四郎、それに次ぐ林翔副主宰ともにいよいよ安心して、ますますご活躍されるのではなかろうか。俳誌の内容や構成が急に変わるわけでは勿論ないが、気のせいか体制が整った自信めいたものを一読して感じた。

冒頭恒例の「登四郎・翔　相互鑑賞」も今月は、

鯵刺や空に断崖あるごとし　林翔

を登四郎が鑑賞する順番である。この企画も「沖」の主宰・副主宰体制をがっちりと固める企画であった。続いて主宰・副主宰の作品が掲載されている。主宰は「春の水輪」、林副主宰は「紅梅繚乱」、研三副主宰は「火酒」と題し、それぞれ十句の力詠を示される。

限りなく拡がる春の水輪かな　能村登四郎
忘れ潮波の響に揺れてをり
春水の明かるき方に志す
繚乱の紅梅仰ぐわが八十路　林　翔
紙きれが指に血を生み冴返る
蹴る鞠の空気の音のあたたかし
喉越しの火酒を丸めて花の冷　能村研三
蜃気楼に誘はれさうな昼の酔
泊船の昼から灯す雨水かな

同人作品は「蒼茫集」と「潮鳴集」に区分されているが、すでに一誌の主宰として独立された方を含め錚々たる顔触れが揃っている。

春立つと注連ゆるび出す祠神　都筑智子
もうひとり孫に祖母ゐて春休　北川英子
扇はや手離したまひ流し雛　渡辺　昭
紅梅に男は染まつてはならじ　鈴木鷹夫
夏山の濃く重なりて不満なし　今瀬剛一

とりあへず息災でゐて干鰈　大牧　広
小豆もう煮えたか山ははだれ雪　中尾杏子
拭きながら下る階段花曇　正木ゆう子
初蝶が来て結納のととのへり　小澤克己
糸遊に真紅の毬をほどきけり　大島雄作
花の荷に反る舟梯子入彼岸　荒井千佐代

「沖」発展のひとつの背景に、結社内に閉じ籠もらず、また結社内をどんどん他誌に公開する行き方があるように思うが、この号でも同人作品の鑑賞とか「巻頭句の周辺」という寄稿などに、他誌主宰や他誌有力同人の名前が見える。出版記念会の報告を読んでも、来賓の他誌主宰各位が祝辞などを引き受けられており、内輪に籠もらぬ開放された雰囲気が伝わってくる。文章欄も充実しているが、広渡敬雄の「現代俳句月評」は総合誌から鑑賞句を抽かれていて内容の濃い文章であった。
研三選の「沖作品」と、五十歳以下の人を対象とした雄作選の「汀集」より抽き、結びとしたい。

今だから話すと春の渚ゆく　小澤利子
着ぶくれて聞えぬ振りをしてゐたり　原山幸子
万華鏡まはして春を遠ざける　桑原裕美子
沈丁や灯のふつくらと墨工房　高橋あゆみ

（平成十一年八月号）

かたばみ

平成十一年五月号

主　宰　森田公司
師　系　加藤楸邨・森澄雄
発行所　埼玉県与野市
通巻二七五号・一〇八頁

埼玉の風土にしっかりと根を張り、かつ全国に誌友の輪を拡げつつある活力を感得しつつ読ませて頂いた。

文章に「『赤い鳥』の童謡詩人――埼玉に生まれた清水たみ子」が掲載されている。筆者も入間市在住の西沢正太郎氏である。こんな文章に出会えるのも、東京に本拠を置く俳誌と一味違う楽しみである。

その埼玉の与野に在住の主宰の巻頭作品は「花筏」十句である。

榊　咲　く　鎌　倉　古　道　人　の　幅　　森田公司
山にいろ出づる山田の春まつり
船　団　を　組　む　ご　と　溜　ま　る　花　筏

鎌倉古道は「いざ鎌倉」と坂東武者の馳せた道、地味な榊の花が咲いて道の歴史を物語る。また「山田の春まつり」は秩父も奥の祭りで、このような作品にも風土色を感ずる。

同人の「かたばみ作品」は二つに区分されているが、いずれも自選作品として主宰作品に続いて掲載されている。

待春の空を見上ぐる耳輪揺れ　豊田八重子
一心の団扇太鼓や寒土用　久保田重之
風花や湯宿の軒に馬の鞍　平本ふで
はらからの一人が欠けし春の風邪　水村成子
放し飼ひの地卵をもて寒見舞　奥富シズ子

四人の方が「特別作品十五句」を競っておられる。作品についての主宰の指導ぶりが窺える企画である。また、師系の「寒雷」同人の榮水朝夫により「二月号管見」の寄稿を得ている。同じく主宰の一門に刺激を与える企画といえよう。

主宰選の「かたばみ集」は同人も投句してまさに「かたばみ道場」の感があるが、主宰の「選後に」は簡潔にして行き届いた鑑賞であり、楸邨の流れをくむ「かたばみ」の目指す俳句をそれとなく一門に示されており、含蓄に富む選後評であった。

「かたばみ集」より紙数のゆるす限り印象句を抽き、結びとしたい。

日向ぼこ仕合せさうな顔をして　関口三平
恋猫の線路を越えてゆきにけり　藤倉邦子
目をつむり母臘梅に顔を寄す　豊田芳子
日向ぼこ正座してゐる長寿眉　水村サダ
漬物の水菜色よき今朝の膳　飯島礼子
廃校ときまりし母校寒椿　小林房子

（平成十一年八月号）

山暦《さんれき》

平成十一年五月号

主宰　青柳志解樹
師系　原コウ子
発行所　東京都世田谷区
創刊二十周年記念号
通巻二四二号・三一四頁

昭和五十四年四月に青柳志解樹氏が創刊され、この四月で二十周年を迎えた。記念号はグラビアも豊富に三〇〇頁を超える大冊である。

主宰は「植物文化の会」も主宰されて植物にも造詣が深い。巻頭の「創刊二十周年を迎えて」のご挨拶も簡潔ながら、「日頃の吟行会は、もっぱら動植物の観察会であるのも『山暦』の特色の一つである。したがって自然科学に興味を持つ人、またベテランも『山暦』には多くいる」と二十年の歴史のなかで作り上げた特色を解説され、「フィールドワークの俳句、足腰のしっかりした俳句を作ろう」と思うむねを述べられている。健康的で明るい感じがする。

一六頁にわたるグラビアが他の俳誌と一味違う内容である。まず、鮮やかに馬を乗りこなす主宰の近影が掲げられている。

騎乗して五月の森に身を容るる　青柳志解樹

「五月の森」と題する巻頭作品の第一句がこれである。グラビアには「日本テレビ花の歳時記」で各地をロケした記録も掲載されているが、主宰巻頭作品の十二句中十一句が花の句である。

渓流のひびきは空へ朴の花　青柳志解樹
卯の花につかまり谿を這ひ上る
うつむきて雨滴をこぼす桐の花
稚さをはや棄てたるや破れ傘
雲動く泰山木の花の宴

この巻頭作品に続くエッセイも「碇草」「都忘れ」とやはり植物に関係している。草花にこれだけ詳しいと、山野を歩かれても個々の種類に応じた俳句が作れて楽しいことであろう。また一門に同じく詳しい人がふえて、ますます特徴をとらえる観察が鋭くなってゆく事であろう。

記念号としての企画は、有馬朗人氏ほか俳壇各界から短文を添えた作品の寄稿を得て、さらに阿部誠文氏の「青柳志解樹論」の寄稿がなかなかの力作であり、記念号の価値を高めている。

ほかに、よくある企画であるが記念座談会が開催されているほか、特に印象に残る企画はこの期間に亡くなられた方を偲ぶ文章が暖かく、良い企画として印象に残った。また、結社賞の発表・記念作品の発表・支部だよりと盛り沢山の内容に、二十年の俳誌の厚みをひしひしと感じさせてくれる。

例月の作品欄は、同人作品は「山雨集」と「榾山集」に区分されているが、その全作品から三十句を「佳品抄」として抽出されている。主宰抽出句より適宜ひく。

雪しんしん九尾の狐眠れるか　蓮實淳夫
うららかや鶏がゐて馬がゐて　山本順子
土踏まず踏むふる里の春の土　古堀　豊

また、主宰選の「山暦集」もやはり二十五句を抽出して別に掲げ、主宰はそのなかから十三句について懇切な選後評を記されている。選後評にあげられた作品より同じく三句を抽き、鑑賞を結びたい。

剪定の済みし林檎に雪が降る　玉木春夫
脱稿のうれしさ焼藷屋へ走る　桑原晴子
かまくらや灯して蒼き闇背負ふ　那波典子

（平成十一年九月号）

河《かわ》

平成十一年五月号

主　宰　角川照子
副主宰　角川春樹
師　系　角川源義
発行所　東京都杉並区
通巻四八六号・一七二頁

通巻五〇〇号がほぼ一年先に近づいてきた。ベテラン編集長の行き届いた編集ぶりに、落ち着いて読みおろせる俳誌である。

主宰の「青柿山房だより」をいつも真っ先に拝読する。お元気な近況や句集のご計画を記しておられる。その主宰の巻頭作品は、「芝火」十句である。

戯れの芝火てのひら程に止む　　角川照子
たをやかに源義のくにのチューリップ
東京生まれ染井吉野を好みけり
観音のかんばせ春をよろこべり

おおらかに身辺を詠みあげて一つの世界を作りあげておられる。

副主宰は「雛の闇」と題して三十八句の力作を発表される。いつも変わらぬ旺盛な作句力であり、

高千穂に神の遊べる小正月　角川春樹
春立つや闇を隔てて母屋の燈
週二日酒を断ちたる蜆汁
酒欲しき日暮となりぬ木の芽和
西行忌もともと道はどこにもなし
雛の間に別の闇ある大和かな
春の月地球は欠伸してをりぬ

「吉田鴻司氏へ」と前書した、

骨正月傘寿を過ぎし弟子ひとり

の句もある。その同人会長吉田鴻司は「頃日抄」十句を副主宰に続き発表される。

立春の似顔絵に皺殖やしをり　吉田鴻司
川風のふくらんでゐるさくら餅
鳩とあそぶ雪後の日だまり水たまり

鴻司氏は同人作品「半獣神」や会員の「河作品」の選を担当され大活躍である。選をされた全作品

より二十四句をさらに抽出して「河作品抄」として掲げ、懇切な作品評も記されている。選評句より、

ひがし西最後に開く北の窓　　鈴木　琴

の一句には殊に感銘した。

編集長佐川広治も吉田鴻司に続き「修司の歌集」七句を発表されている。二句を抽き鑑賞の結びと致したい。

雑貨屋へ地酒を購ひに春の雪　　佐川広治

夕ざくら修司の歌集閉ぢにけり

（平成十一年九月号）

春月《しゅんげつ》

平成十一年七月号

主宰　戸恒東人
師系　野澤節子・土生重次・有馬朗人
発行所　横浜市
通巻一〇〇号記念号
通巻一〇〇号・七八頁

いきなり主宰の編集後記を紹介するが、

七月号は、通巻一〇〇号記念号とした。結社誌創刊号を出したばかりなのにと思うかもしれないが、「東風句報」創刊以来、この号でちょうど一〇〇号となる。この間一号の欠号もなくここまで来られたことに感激している。

と経緯を記されている。創刊号が通巻九七号であった由だから、取り扱いとしては異色といえよう。主宰が平成三年四月に「東風句報」を創刊し、平成八年四月に「春月」と改題し、さらに平成十一年四月に結社誌として名乗りを上げたという経緯である。結社誌の前身として句会報のような形態が存在する事は時々耳にするが、その時代も含めて通算されるのも一つの行き方であろうし、揺籃期からの同志を大切にしたいという主宰の気持も感得される。

創刊号を発行して三ヶ月後の記念号だけに、構成の大半は通常月スタイルの編集であるが、特別寄稿を二氏から得ておられ、特徴のある文章で興味深く拝読した。

一つは本阿弥書店社長本阿弥秀雄の「四Sの声」で、若き日に編集者として四人にそれぞれ会った時の経緯、印象を淡々とした筆致で書き上げられており参考になった。もう一つは向後元彦氏の「メラムー寺のマングローブ公園」と題し、ビルマ（ミャンマー）でのマングローブ植林計画についての文章であった。筆者は昨年種子島でマングローブ湿地を見てその特色ある生態に驚いたので、大変興味をもって読ませていただいた。

通常編集では表紙裏に「造幣局桜の通り抜け俳句大会」と題し主宰の文章が掲載されているが、主宰は元大阪造幣局長であり、この俳句大会を創設されたとの事である。

次に、主宰の巻頭作品は結社誌の創刊以来「洋々集」と題して今回が四回目、十九句である。適宜抽く。

曾良本の朱点の滲み春灯　戸恒東人
深吉野の闇深ければ桜濃し
駅の名にのこる大学楠若葉
三校に朱筆を入れて春惜しむ
史書を読む潮騒の夜の夏館

会員の作品欄は、「春光集」「春風集」「春月集」に区分されているが、すべて主宰選を経ており、その全作品から主宰は推薦句を抽出して「星辰集」と題し四十三句を、主宰の「洋々集」の次に一段組みで掲載している。「星辰集」より抽く。

渓流に日矢の砕けて緑立つ　原田紫野
威勢よき昭和の唄や花見酒　板敷浩市
山吹や雨連れ歩く鎌倉路　喜多杜子
客去つて左右に開く春障子　堀　八郎
瓶中に蛇の縺れて四月尽　宮丸千恵子
一人づつ椅子軋ませて卒業す　谷口みどり
網元のまづ謡ひたる磯開き　沢渡　容
防長は大陸近し霾れり　山田美子

主宰選の作品欄はこの他に課題句があり、今月は「百合」と「氷室」で特選句は三句である。

鎖場の緊張ほぐれ山の百合　小林やす子
崩れゆく氷室の砂に素足あと　服部瑠璃
天然の無垢ぎつしりと大氷室　渡部早苗

作品欄の最後に「春月の秀句」と題し主宰の選後評が記される。「星辰集」に推薦した句からさらに二十五句を抽き懇切な鑑賞を記されているが、その節々に主宰の目指す俳句観が語られている。戦後生れの若々しい主宰が結社誌に衣更えをされた「春月」を拠点に、二十一世紀に大きく飛躍されるであろうと予感させる、読み応えのある俳誌であった。

（平成十一年十月号）

麻

あさ
平成十一年七月号

主宰　嶋田麻紀
師系　渡辺水巴・菊池麻風
発行所　茨城県つくば市
通巻三七九号・八〇頁

表紙の題字下に目次を配し、主宰の巻頭詠は表紙裏からの見開き二頁、作品下段には「民家園句座」と題する短文を記されている。編集後記も裏表紙を活用し、誌面をフルに活用され、二段組み・三段組みの構成も適切で実に見事な編集である。
主宰作品も民家園の文章にマッチした作品でつくばの郷土色豊かであり、つくばに生まれつくばに育った俳誌として、風土にしっかりと根を張った清々しさが張っている。主宰作品十七句より抽く。

いたはりて遺す桜の吹雪きけり　　嶋田麻紀
青葉寒眼の馴れてきし民家園
民家園の引戸の厠若葉光
松落葉を燻べ足してをり古竈

俳誌の充実は、作品は勿論だが文章欄の質・量にわたる充実が必要である。「麻」の文章欄は三十年を超える誌齢に相応しく内容が濃い。編集長松浦敬親が「現代俳句月評」を連載し、その他「越の国から」「洋介片言」「関東俳句散歩」「関西ぶらりある記」「どきどき九州」等の連載もバラエティに富み、作品鑑賞欄も豊富、結社人材の質の厚さを痛感する。

さらに、今回から始まった野末たく二の「俳句解体新書」は今後の展開が大いに期待される。文章の一節だけを引用するのは誤解を招くが、「この論考は俳人のみを対象にしない。結社誌に発表しながら矛盾しているが、俳人にしか通じない論法、あるいは俳壇のみにしか必要のない情報にとどまっていては、閉塞状況から脱することができない」等、「序」の一部を読んでも期待がふくらんでくる連載である。

会員作品欄は「あかね集」「あさのみ集」「あさ集」に区分されているが、「あさ集」の巻頭並びに次席より各一句を抽き、鑑賞記を結びたい。

あめつちの気息ととのふみどりの日　赤澤新子

青ざめし蕾をさはにねずみもち　市脇千香

（平成十一年十月号）

濱《はま》

平成十一年八月号

主　宰　松崎鉄之介
副主宰　宮津昭彦
師　系　臼田亜浪・大野林火
発行所　東京都中央区
通巻六四四号・一一二頁

大野林火が昭和二十一年創刊、昭和五十七年林火逝去により現主宰が継承し、通巻六五〇号も半年後に迫っている。

今回の編集は、六月に熱海で開催した鍛練会の記録が掲載されている。鍛練会は一七〇名以上が参加、みっちりと全員句会で研鑽されたようであるが、同時に大正七年生れの主宰の満齢傘寿の祝賀も兼ねて行われ、初日の句会終了後、夜は全国各地から参加した方々により有意義な懇親会が夜遅くまで開かれたようである。巻頭のグラビア写真の数々や参加者のレポートが多数掲載され、熱気が誌面から伝わってくるようである。鍛練会も一七〇名以上の参加者全員の互選で、時間が足りなくなるような活況であったようだ。

傘寿を迎え益々お元気でご活躍中の主宰の今回の巻頭作品は、「傘寿を祝がる」と題して十九句である。

野馬追の傘寿の戦友の古武士めく
小児科へ通ひて傘寿未央柳
初浴衣傘寿祝がるるちゃつきり節
傘寿祝ぐさんさ時雨や梅雨晴間
夜や夏の傘寿祝ひのさいたら節
今生の踊に傘寿祝がれけり
傘寿祝がれ諸肌脱ぎの稗搗節
松崎鉄之介

副主宰宮津昭彦が「雷鳥」十句でつづく。

岩燕空が暮るると教へけり
雷鳥を見し尾根にいま没日かな
雪渓や出でて火星は強き星
宮津昭彦

さらに、村越化石も「更衣」十句を発表。

ころがりし鈴の音もよし更衣
遠家郷慕ひて見えぬ目に螢
こどもらの句も載り濱誌涼します
村越化石

数多くの俳誌を拝読していると、文章欄の質・量には大きな差があるが、「濱」はやはり六五〇号に近い誌齢に相応しく充実している。就中、岡田透子が連載中の「名句の周辺」は、今回は「中村汀女「蟇」考」と題し五頁にわたる考察を行っているが、参考になる点が多く充分納得出来る立派な内容であった。

俳誌である以上作品欄の充実は勿論大前提であるが、特に同人作品の扱いは結社によりいろいろと特徴がある。「濱」の同人作品は自選二十句以内を提出し、「月集」の（一）と（二）欄に区分して五句宛掲載されている。各自が何句提出されたかは誌面からはわからないが、二十句以内の自選という方式は珍しい。主宰はその全作品から三十二句を「八月集珠玉抄」として抽出し、さらにその中の五句について懇切なる鑑賞記を記されている。

また、主宰選の「雑詠」は七句投句、巻頭は六句入選、第二席は五句入選である。巻末近くには一句入選の方々もいるが、小中学生は別に小中学生だけの欄がある。主宰は「雑詠を見る」と題し、選後評を二十三句について九頁にも及ぶ含蓄のある内容の濃い文章を記されており、傘寿を迎えられた主宰の精力的なご指導振りに大いに感銘した。

同人欄・雑詠欄を通し主宰鑑賞句より五句を抽き、「濱」紹介の結びとしたい。

降り出して塵のごと散る花楷樹　伊東秀二
抗癌剤の熱に五月を闇の中　三浦　勲
雪渓の蛸足垂らす五月富士　遠藤白雲子

更衣形状記憶二十代　村井久美子

袋掛けし梨一町歩樹海めく　原みさえ

（平成十一年十一月号）

築港《ちっこう》

平成十一年八月号

主宰　塩川雄三
師系　山口誓子
発行所　奈良県生駒市
通巻六五五号・八〇頁

山口誓子は平成六年三月に逝去されたが、主宰誌「天狼」については平成五年秋終刊を宣言されていた。主要同人であった塩川雄三により誓子没後直ぐに創刊されたのが「築港」であるが、早くも五年以上の歳月が流れた。

主宰は巻頭言を「羅針盤」と題し毎月発表されているが、今月は「題苑について」と、関西に本拠を置く俳句総合誌「俳句文芸」の投句欄の選者を務められている立場から、「言葉を探し、言葉を練って大いに語彙をふやすのも大切」と説かれている。

巻頭言につづき主宰作品「檣頭集」二十句が掲げられている。

母の忌に紫陽花変化繰返す　　塩川雄三
噴水が大阪の空押し上げて

黒揚羽誓子の句碑に翅休め
菖蒲園同じ八ツ橋行き来して
木の階段石の階段開山忌

「天狼」の流れをくむ俳誌として作品欄は多彩かつ充実しており、その鑑賞文も活発で結社内の活況が感じられる。同人の「港燈集」は三グループに区分されているが、個性豊かに競詠している。

荒南風の潮騒烈し誓子の海　梶島邦子
花よりも水の疲れし水中花　柴田咲子
風鈴が小樽運河の風に鳴る　福島由紀

主宰選の会員雑詠は七句投句、巻頭は四句入選、主宰は「今月の秀句から」と題し二十句を抽き、懇切にかつ作者の個性を伸ばそうとの心温まる鑑賞を記されている。主宰鑑賞句より抽く。

新入生傘より足の生えてをり　長石　彰
一斉にスイッチオンオフ蛍谷　武本文郎
作業服少し早めの更衣　豊岡美千江
スコップを片手に巡る菖蒲守　山辺多賀子

（平成十一年十一月号）

青山《せいざん》

平成十一年九月号

主　宰　山崎ひさを
師　系　岸　風三楼
発行所　横浜市
通巻二〇二号・五四頁

七月二日が岸風三楼忌である。第一句集『往来』に因み「往来忌」と呼ばれる。亡くなられたのが昭和五十七年であるから、早くも十七年の歳月が過ぎ去った。風三楼は昭和三十六年、俳人協会発足とともに事務局長としてその発展に尽力され、のちに副会長となった。「青山」主宰山崎ひさをは、風三楼が昭和二十八年に創刊した「春嶺」で育ち、俳人協会に長く勤め、現在は副会長として活躍中である。先師が志半ばで倒れた副会長の職につき、今後益々の活躍が期待されるところである。

主宰される「青山」は、風三楼が亡くなった昭和五十七年に「勉強会会報」としてスタートし、昭和五十九年に「青山」に改題している。その経緯もあり、「青山」の定例行事の一つとして毎年七月に「風三楼忌の集い」を開催している。

この九月号では、今年の風三楼忌の様子や作品が掲載されている。表紙を開くと、その裏に「青山アルバム」として三枚の写真と文章が記されているが、一枚は遺影に花束と食事が供えられている。
当日の主宰作品は、

円座一つ離し故人の席とせり　山崎ひさを

応募作品の第一席は、

梅干して先師夫人を思ひをり　嶋　玲子

そして選者を務めた方々は風三樓の「春嶺」で育ち、また活躍された方々の名前が並んでいる。

虔しみて蟻踏むまじく師の忌なる　平間真木子
不肖の弟子たり峰雲の下を行く　宮武章之
昇りくる朝日に真向き往来忌　池田秀水
思ひ出は土間の居酒屋往来忌　菊地凡人
絶壁の蟻の句を恋ひ先師恋ひ　上田和子
日はすでに高きにありて往来忌　大坂晴風
七月二日目を反らすなと先師の声　藤谷令子

流石に先師の作品や特徴などを踏まえた追慕の句が揃っている。第一席入選の「梅干して」の句から風三樓晩年の作、

後事託すごとくに梅を干せりけり　岸　風三樓

を想起したが、主宰の当日のご挨拶「この会は来年以降も是非行ってゆきたい。とはいえ先師を直接存じ上げない人が多くなっているので、そうした皆さんも参加しやすいように、往来忌に限らず、課題句の範囲を拡げることにしたい」に歳月の流れを感じる。

後事を託された一人である主宰は「青山」一門を率い、先師にならい作品は「当月集」の筆頭に毎月主宰作品を掲げられている。

焼茄子や亡き師を偲ぶ書生酒　山崎ひさを
林間学校黒板の脚ぐらぐらす
紐綴ぢにして夏休日記帖
鶏当番兎当番夏休

「当月集」に続く主宰選の「青山集」は、同人も投句し師選を競う「青山道場」である。巻頭・次席より各一句、ほか紙数の許す限り適宜抽く。

はや灼けてをりし人工渚かな　杉森与志生
一坪の借畑一列の葱坊主　木内佳都子
電気ブランに酔ふも浅草祭かな　二宮貢作

教へ子の婚にいそぐや桐の花　松尾洋司

ちご蟹の鋏がをどる夕干潟　武内エイ子

かはほりや幽霊坂といふところ　首藤会津子

（平成十一年十二月号）

耕《こう》

平成十一年九月号

主　宰　加藤耕子
発行所　名古屋市
通巻一三九号・五四頁

昭和六十一年、加藤耕子が創刊。その「発刊のことば」を毎月表紙裏に掲げている。全文を抽く。

俳句と文章の雑誌「耕」を発刊いたします。自然を作品の心とし、自己の胸を耕し、みがきあい、高らかにヒューマニズムの灯を掲げます。作品にこめられた志が「耕」の風土をより滋味あるものとするよう期して居ります。

特色は、この文章の英訳が同じ頁の下に記載され、さらに「二〇〇五年、愛知で俳句世界大会を」とゴシック書体で記されていることである。本文内でも四二頁から四六頁までは英文の頁であり、「青畝俳句」や「たかし俳句」の解説が掲載されており、エッセイ欄も今月の六編のうち二編は「英語」とか「留学生俳句にチャレンジ」というテーマで、こんなところにも国際化俳誌の面目躍如たる点がある。

その主宰の巻頭作品は「牡丹」十六句である。

珠を解くあしたゆふべの庭牡丹　加藤耕子
胎内の赤子や珠を解く牡丹
九十の刀自たまさかに名古屋場所
注連の緒の直立涼し土俵入
冷酒や枡乗り出して檄檄檄

富重かずまの「サンジョアキンへの旅」十一句がつづく。

パンパスの穂を噴きて景欧に似る　富重かずま
フロリアノポリスを望む浮寝鳥

作品欄は「樹林集Ⅰ」と「樹林集Ⅱ」に区分され、Ⅰ欄は自選のようで諸家が各五句を発表しているが、Ⅱ欄は七句投句の主宰選でⅠ欄の作家も投句し「耕子道場」となっている。主宰は「選評寸言」と題し含蓄に富む評を二十四句にわたり記され、別に「秀吟集」として四十句を推されている。
選評句より紙数の許す限り抽く。

お囃子の急なる還御山車猛る　日比野里江
山深く祭る船霊苔の花　赤嶋千秋

独立祭花火上ると電話来る　齋藤正美
暑に耐ふる北山杉の床柱　藤島咲子
角確と己を主張冷奴　寺井典子

（平成十一年十二月号）

平成十二年

雪華《ゆきはな》

平成十一年八月号

主宰　深谷雄大
師系　石原八束
発行所　北海道旭川市
創刊二〇〇号記念号
通巻二〇〇号・一五四頁

昭和五十三年一月、深谷雄大が旭川で創刊。北海道の風土にしっかりと根づいた逞しさが誌面に感じられる俳誌である。

二〇〇冊を北の大地、北海道の中心に位置する旭川で一冊一冊編み続けた成果は、記念特集「「雪華」二〇〇号を振り返って」という座談会によく反映されている。主宰を囲んだ座談会というのは多くの結社の記念特集のよくある企画であるが、読んでみると各結社の個性が表現されていて面白い。「北海道の風土が育てるもの」という見出しが座談会記事の途中にあったが、「雪華」の作品欄を拝読し、文章を通読し、いかにも北海道らしさが感じられた。

主宰が生涯の師と仰がれた石原八束は、この愛弟子の「雪華」二〇〇号を眼にすることなく亡くなられたが、この記念号の主宰作品は「文琴忌」と題する五句が掲載されている。文琴忌とは石原八束忌のことである。

籠居の暑きを言はず文琴忌　深谷雄大
涙して汗して劫暑憾まざる
ふらここの音朝涼の園にたつ

主宰作品も「雪月花Ⅰ」の作家欄の巻頭に置き、作品数も五句で他の「雪月花Ⅰ」の作家と同じである。主宰の清々しい一つの方針を感じる。その主宰の句碑が北海道護国神社境内に一年ほど前に建立された由で、主宰の句碑に寄せる句の特集が編まれている。句碑建立後一年、折に触れ句碑を訪れ詠み継がれた会員作品は、自ずから風土色にも富み感銘する特集であった。句碑の句は、

日の出づる国のまほろば雪の川　深谷雄大

である。十二月の写真では句碑が雪に半ば埋もれ、会員作品に、

神苑に句碑の影おく深雪晴　水下寿代

等もあり、盛夏七月の句碑吟行では句碑を囲んで多数の会員の記念写真が掲載されているが、主宰が写っていない。但し書に「主宰は撮影のため写っていません」とあった。結社の雰囲気がわかる写真と但し書であった。

作品欄は「雪月花Ⅰ」の他に「雪月花Ⅱ」「新雪集」「雪華集」に区分されている。主宰は何れも選をされているが、「雪華集」には「雪月花」に出句した方の名も見られ、雪華道場の感がある。その

「雪華集」より主宰は推薦二十句を抽き、表紙裏に掲げられている。
主宰が毎月の会員作品から「雪華」の目指す俳句として内外に強く訴えておられるのであろう。主宰は「余言」と題し選後鑑賞をされているが、この文章も大いに含蓄に富み参考になる点が多かった。主宰推薦句より紙数の許す範囲で共鳴の強い句を記し、「雪華」鑑賞の結びとしたい。

時は去るものにはあらず花開く　佐藤浪子
包まれてみたくて手繰る雪霞　西川良子
下校子の駆けて背に負ふ春の泥　小畑啓子
菜の花のあふれし道の神隠し　大志田勇志
老いといふいただきものや鐘朧　村上悦美

（平成十二年一月号）

藍生

あおい
平成十一年十月号

主宰　黒田杏子
師系　山口青邨
発行所　東京都千代田区
創刊九周年記念号
通巻一〇九号・一二四頁

光陰矢の如し、というが早いもので「藍生」も今回で九周年記念号となった。記念号とはいえ十周年を控え、通常の編集内容のようである。主宰の巻頭作品は「秋の屋島」と題し十五句である。

扇置く讃岐の塔のそのほとり　　黒田杏子
虹二重秋の屋島に立ちにけり
いちじくを享けて拝める徒遍路
雨の木に蟬啼きいづる魂祭
黙阿弥のゆかりの波紋秋団扇

その主宰は、表紙裏に「藍生創刊九周年を迎えて」と題し次のように簡潔に記される。

「藍生」も今月を以て、九周年となりました。来年はいよいよ十周年。大きな節目を迎えます。同人制なし、全員平等ということで進んで参りまして、今回もまた第八期紅藍集作家に次の方々を指名させて頂くことができました。指名は例年の通り、藍生集の選を創刊号以来続けて参りました黒田の決定に依るものです。新人旧人なく、現在、ただ今の力を出し切って、さらに前進される方々であると確信いたしております。四十名の競詠に皆さまの温かいご声援を期待いたしております。

そして四十名の氏名が列記されているが、北海道から九州まで各地にこの期待の作家が存在し、主宰の九年間のご指導の成果がはっきり見えてくる。同人制なし、全員平等という方針の下、毎年作品を見直して指名されているのだ。「紅藍集」は主宰作品に続いて一年間自選作品五句を掲載出来るのである。

多くの俳誌では、第一同人とか主要同人とか称して、固定メンバーが主宰作品に続いて自選作品を発表している。結社運営上の一つの手法ではあろうが、「藍生」のこのような運営がまさに作品本位のあるべき姿ではなかろうか。勿論、同人制もなく雑詠欄で全員が師選を仰ぐとか、同人制があってもやはり雑詠欄で全員が師選を競うとか、俳誌によりいろいろあるが、主要作家の自選欄を設けても、マンネリ化を避ける方法を考えるのが大切のようだ。「藍生」の、自選欄は設けるが一年で更新するというのも、一つの手法として納得できる。

主宰選の「藍生集」は、従って「紅藍集」に選ばれた作家を含む全会員が競う道場である。上位入選者より頁の尽きるまで各一句を抽き、鑑賞の締めと致したい。

真円のしんと明日立つ茅の輪かな　大場敦子
はね釣瓶くさりにとまる螢かな　藤原眞琴
子の微笑我を包める夏至の朝　三好正恵
十薬やたまには三歩下がらうか　上野すみれ
薄墨の祖母と木槿の道に遭ふ　有住洋子

（平成十二年一月号）

朝

あさ
平成十一年九月号

主　宰　岡本　眸
師　系　富安風生・岸風三楼
発行所　東京都葛飾区
通巻二五七号・一〇〇頁

多忙な主宰であるが「朝」の編集も直接指導され、誌面に「師系風生・風三楼」の香りが毎月必ず籠められていて清々しい。今回も先ず表紙裏に、

虫の音も月光もふと忘るる時　　富安風生

の句を「四季のこころ」と題して掲げ、主宰が簡明なる鑑賞を記されている。また「九月の秀句」の頁では青野博子が、

霧冷や秘書のつとめに鍵多く　　岡本　眸

とともに、

曳かるる犬うれしくてうれしくて道の秋　　富安風生

を抽き、ほのぼのとした鑑賞を記し、風生先生の温顔が浮かんでくるようである。
さらに主宰の「自句自解」欄では、

いわし雲稿持ちて師を訪ひしころ　　岡本　眸

を掲げ、岸風三樓先生の自宅に原稿を持参して指導を受けた日々を追想しておられる。その風三樓先生が創刊主宰された「春嶺」が通巻四〇〇号を迎えた折、寄稿して戴いた「燈火親し」五句のなかの一句でもあった。五句のなかには次の句もあった。

おもひでの真間三丁目片かげり　　岡本　眸

眸俳句に共鳴する一つはその身辺吟の多彩な味にあるが、今回の巻頭作品も「身辺抄」と題して十二句を発表されている。

月見草話しゐて人遠きかな　　岡本　眸
短夜の稿継ぐレモンなど絞り
わくら葉やラッシュに間ある跨線橋
枇杷買つて駅前ぐらし古りにけり
葵咲くトタン塀あり爪はじく

蝸牛に佇ちて浴後のちらし髪

主宰詠に続き「冬麗集」には「朝」を支える二作家が各五句を発表されている。

まだ頭出さぬ筍掘られけり　長沼紫紅

梅雨籠机辺片付くことのなく　水田清子

同人作品「寒露集」は四句ずつ掲載されているが、主宰は十三句を「佳句抄」として抽出されている。十三句より上位三句を記す。

七月や樹間にあれば人若く　松井淑子

拾ひたるペン夏草の匂ひせり　木内憲子

蛍火のもつれ落ちしが見当らず　長沼三津夫

「朝」の文章欄もバラエティに富む内容であるが、就中、仲村青彦の「現代俳句月評」と、小杉緑の句集評は「朝」の紙価をさらに高める連載で、前者は個別の作品から、後者は句集作品からその作者の作家評へ発展し、毎月健筆を存分に振るわれている。

主宰選の「雑詠」欄は同人も参加し、「朝」会員が師選を仰ぐ道場となっている。ご多忙のためか主宰の選後鑑賞はないが、小林希世子が「先生の朱筆」と題して添削句を抽き、添削されたポイントである朱筆の内容を紹介されている。雑詠は五句投句、巻頭だけが五句入選であった。

上位入選者より紙数の許す限り各一句を抽き、「朝」鑑賞の結びとしたい。

駅前のいまだ空地や蚊喰鳥　八木下　巌
夫が寝に立つ熟れ麦の匂ひきて　服部　幸
薔薇の階下りて更なるばらに会ふ　田中美智代
白靴を出してそのまま日が経ちぬ　青山　丈
夏シャツや人の夫みな健やかに　萩原記代

（平成十二年二月号）

花暦

はなごよみ
平成十一年十一月号

主　宰　舘岡沙緻
師　系　富安風生・岸風三楼
発行所　東京都三鷹市
通巻二二二号・三八頁

平成十年二月、舘岡沙緻が創刊。この文章が「海嶺」に掲載される頃二周年を迎える、新しい俳誌である。主宰は岸風三楼の「春嶺」で活躍、特に畠山譲二編集長時代には編集部の一員として編集長を補佐し、縦横の働き振りであった。また、俳人協会に長く勤務し多くの知己を得た。

畠山譲二が「春嶺」四〇〇号を機に、編集長を辞し「海嶺」を創刊するに際し、編集部を辞し縁あって「朝」に所属したが、周辺句仲間の勧めもあり「花暦」を創刊された。発足に当り大上段にふりかざすような信条めいた事は掲げず、多年俳人協会の事務を通し吸収した俳誌盛衰の長所短所を教訓に、「春嶺」編集で培ったノウハウを駆使、号を重ねる毎に見事な編集の才を発揮し、極めて順調な発展振りである。

三二頁からスタートし三八頁へと地道に伸びているが、内容は競詠・評論・随筆とバランスよく配し読み易く仕上げている。この十一月号では、北溟社俳句評論賞を受賞された阿部誠文の「『花暦』

をめくりて」の寄稿も得て、錦上花を添える俳誌となった。創刊以来続けている「現代秀句展望」「俳誌展望」「句集による作家評」等の他、「春嶺」の古参同人である荻野泰成の連載「回顧片々」も加わり、俳誌が読まれる、発行が待たれるようになる要点を、身をもって覚えた沙緻主宰の腕の発揮が今後とも楽しみな俳誌となりつつある。

細かい点だが「花暦の栞・俳句のことば」と題し、今月号の「秋冬集」から難解語の解説も付している。〝獺祭忌〟だって誰でも読める字ではないのである。この解説を一行付する努力が沙緻編集の「心」である。

そして、やはり主宰作品は毎回輝き個性もあり、かつ示唆に富むものであって欲しい。主宰作品は「秋冬集」の巻頭に位置し「晩蟬」十句である。適宜抽き「花暦」の鑑賞記を結びたい。

笹山に晩蟬の沁みわたりたる　舘岡沙緻
生姜市廃れ花町廃れけり
徳川家菩提所の夏落葉かな
昔々国民学校葉鶏頭
秋暁の高階の玻璃藍深き

（平成十二年二月号）

宇宙《うちゅう》

季刊第二五号

主宰　島村　正
師系　山口誓子
発行所　静岡市
通巻二五号・一二八頁

平成五年十一月、山口誓子の「天狼」終刊宣言を機に、誓子を師と仰ぐ俳誌として創刊された若い結社である。

表紙裏には主宰の「創刊のことば」が継続して掲載されている。その「ことば」の最後に、

小鮮でも魚は魚、精進、切磋琢磨することによって、やがて、水を攪する季節も到来するであろう。「宇宙」には、夢があり明日がある。

と結ばれている。希望に満ちた門出である。しかし、堅実に季刊でスタートし着々地歩を固められている。作品欄もバラエティに富み、文章欄も充実しているのである。

一二八頁の誌面には先ず誓子を偲び、誓子に学ぶ内容が随所に編集されている。「山口誓子先生の句碑」と題し、和歌山県龍神村の句碑の写真を掲げた頁には三氏各十句の競詠が、師の句碑の写真に

捧げるが如く掲載されている。田島明志氏は「否定表現の構造」と題して「誓子の難解句鑑賞」の連載を担当しているが、今回は九頁に及ぶ力作であり、「天狼俳句にはそもそも否定表現が多いと言える」との指摘には首肯される点が多かった。

主宰島村正も「形影相伴う師弟」と題し、師山口誓子と弟子橋本多佳子の師弟愛の絆を、作品を通して解説をされている。また、比良八荒も「山口誓子著作解題」の一文を寄せている。やはりそれぞれの文章の内容の濃さは季刊としてのゆとりでもあろうか、よく調査が行き届いて読みごたえのある文章である。

また、今回は主宰の第四句集『天地』の特集号でもある。鑑賞文が豊富に掲載されているなかで、私は「『天地』の本意」と題された鳥井保和の文章が大変参考になった。「天狼」という結社のなかでの島村正を必ずしもよく知らない立場だっただけに参考になり、個々の作品鑑賞にも役立つ点が多かった。

天地の境に富士の道をしへ　島村　正

句集名に因む句とのことであったが、「宇宙」創刊五周年記念として平成十年に刊行されたと知ると、「創刊のことば」として表紙裏に記されたなかに「誌名『宇宙』の「宇」は空間（森羅万象）、「宙」は時間（過去・現在・未来）、少しく広義に天地ほどの謂」と記されている点が想起された。誓子を追慕しつつ「宇宙」を編み続ける主宰の心意気が感じられる句集名である。

その主宰の今回の作品は、「西方の雲の峯」十句である。

噴水の水の真中に女神立つ　島村　正
砥の如き水の面に水馬
神鏡のごと天心の月涼し

そして「上田五千石三回忌・二句」と前書して、

西方の浄土に高き雲の峯
玄にして玄西方の雲の峯

主宰はさらに、他の三氏とともに特別作品を競詠されている。「友の遺影」と題された二十句よりさらに抽く。

青梅雨に木々の命が育まる　島村　正
隧道は黄泉の入口かく涼し
かたくなに擬死を装ふ黄金虫
新盆の友の遺影に掌を合はす
流燈の火の帯よぎる魚影かな

主宰は「伴星集」と「新星集」の「選後独言」で、興味深く含蓄に富む寸評をされている。鑑賞句より抽き「宇宙」紹介の結びとしたい。

片意地を捨てて仰げば天高し　竹内まさよ

青富士が青き日本の要なる　秋本惠美子

灯台は観世音なり枯岬　岡本守史

（平成十二年三月号）

ランブル

平成十一年十一月号

主　宰　上田日差子
師　系　上田五千石
発行所　東京都世田谷区
通巻二一号・八六頁

この平成俳誌展望で、平成六年「畦」の二五〇号記念号の紹介をさせて戴いた。主宰上田五千石はその三年後の九月二日、六十三歳の若さで急逝された。直前まで新聞・雑誌・テレビ等で活躍をされていただけに衝撃的なニュースであったが、「畦」一門にとっては「畦」存亡の危機でもあった。「畦」は結局その年末に終刊。父五千石の膝下にて研鑽中であった娘の日差子は、急遽父の衣鉢を継ぎ「ランブル」を創刊された。そのご苦労は、子育て最中の若い日差子にとり大変なものであったことと思われるが、通巻二一号の誌面からは若き主宰、上田日差子の毅然たる指導振りが窺え頼もしい限りである。

「琥珀の雫」と題する主宰文章で、特に毎月の選をしながら感じたことについて触れておられる。同人作品の言葉の甘さについて指摘し、同人作品向上への努力を要請されているが、主宰の健闘に声援を送る気持で拝読した。その主宰巻頭作品は「真珠集」十二句である。

待宵や季寄せに父の手擦れ濃く
雨音にかくるる月の兎かな
月白に月の使者の灯ありありと
母と子の帽子を重ぬ望の夜　　上田日差子

主宰は「父・五千石」の連載も担当し「五千石俳句」について解説されているが、「畦」で続けていた巻頭文「あぜ・しるべ」について特に触れられている。この「ランブル」も表紙裏に「あぜ・しるべ」を再録し師系を鮮明にしている。その他「上田五千石俳句読本」も再録し、今回は「作句羅針盤」が掲載されている。すでに「ランブル」も二一号、五千石を知らない会員も着々と増えている様子であるから、このような再録も大切であろう。

主宰は同人作品を鑑し、会員作品「琥珀集」を選し、「琥珀燦燦」と題する選後評は名鑑賞で味わい深いものがあった。鑑賞句より四句を抽く。

子の幸の中にわれ居る夜涼かな　　田中よし
稲の花駅より長き貨車が着き　　井上てつこ
水といふ水澄むけふの田園忌　　篝ゆう子
星飛んで行先空の番外地　　蒲　長子

（平成十二年三月号）

貂《てん》

平成十一年十二月号

代表　川崎展宏
副代表　星野恒彦
師系　加藤楸邨
発行所　東京都国分寺市
通巻八五号・五〇頁

昭和五十五年十二月、川崎展宏が創刊し、本年十二月で二十周年を迎えるが、現在は隔月刊である。副代表として、国際俳句交流協会副会長の星野恒彦が代表を補佐しており、同人欄には知名の士も見られる。
同人欄は「雪座」「月座」「花座」「木座」の四座に区分され、表紙裏を利用して前号の「花座」から代表が選んだ一句が一人ずつ掲載されている。就中、印象濃い句を抽く。

水かげらふ葉裏にゆるく蓮の池　小野香久子
大夏野膝の間に子を立たせ　柏戸知子
雲の峰測量棒を垂直に　塚本よね子
しづかさの砂をはじけり蟻地獄　中村幸子

蜜豆の一と匙ごとに眼を合せ　泉　早苗

今月号の「花座」と比較して気がついたが、掲載順は順送りにして前号の巻頭が最後にくる方式らしい、自選八句の扱いに肌理こまかい配慮と思った。同人作品はすべて五十音循環なのである。

主宰の「巻頭エッセイ」は創刊以来続けられているようで今回が連載八十五回、「読みごたえのある作」の三回目で、子規と風生の各一句を評して短文ながら奥が深い。

同人作品「雪座」に代表・副代表が巻頭と次席の座を得て、各同人と同じ八句を発表されている。三席以降の「雪座」同人はやはり循環方式なのであろう、代表・副代表の句より抽く。

川崎展宏

ハナハトマメ花と散れよと教へられ
吶喊《とつかん》も鬼哭も秋の声なのか
十二月八日の空へ朝雀
枯芭蕉あるいは銃剣錆びて立つ

星野恒彦

一九九九年逝く
海に陸《くが》に還らぬ骨や除夜の鐘
図書館の開く頃ほひや白芙蓉
つゆ草と石を枕や露天風呂
山頭火の一草庵
ここにも道をしへ庵しまつてゐる

隔月刊とか季刊の俳誌は文章欄が多彩で内容も充実している例が多いが、「貂」は実に読み応えがある。編集もその多彩な内容を要領よく編みこんでいる。四つの同人作品欄の間の頁に「句集紹介」や「ショートエッセイ」が掲載されているが、一つ一つの文章の内容に隙がなく、かつ山があるので面白い。多賀谷歌子の「初めての句会」は特に感心した。

同人作品と誌友作品の間に評論が三篇掲載されているが、それぞれに味わい深い。執筆者が充分に練り上げ、調べるべきは調べてペンを執っていることがわかる。紙数の都合もあるので題名だけ紹介したい。「わたしの星野立子」「ある入門書との出合い・言葉が俳句になるとき」「戦争の俳句「記憶の風化」に抗する」である。題名だけ読んでも、テーマのバラエティに富むことが理解されるのではなかろうか。

巻末近くには前号の同人作品・誌友作品の鑑賞欄や他誌俳句の紹介欄であるが、連載として「川崎展宏の百句」が代表の句をよく解説し、展宏俳句の理解に役立つ内容であった。その代表選の「誌友作品」は、投句用紙は八句であるが入選作品は二句または一句、五十音順に掲載されている。「選者の一言」は個々の作品評には触れず、次の書出しに始まる。

今回の出句には、当然ながら秋の句が多かった。ところが、〝何とかの秋〟〝秋の何とか〟と「秋」が、とって付けたような句が多く、往生した。他の秋の季語の場合も、その季語がとって付けたように置かれているのだった。例を挙げるとキリがないし、入選句にも、そういう句がかなり入っている。一句における最高の季語の在りようは、他の語の部分と、一見かかわりないよ

うでありながら、驚くべき必然性を備えるように置かれているということである――以下略
厳しいというより至言である。代表指導の「貂」の句会は「季語の道場」ではなかろうか。「貂」十二月号は読みごたえのある俳誌であった。

（平成十二年四月号）

海原

うなばら

平成十一年十二月号

主宰　木内彰志
副主宰　木内怜子
師系　秋元不死男・鷹羽狩行
発行所　神奈川県厚木市
通巻五七号・五二頁

平成七年四月、木内彰志が創刊主宰、本年五周年を迎える若々しい俳誌である。記念号を控え、この号は作品中心の編集である。

主宰の巻頭作品は「函谷」と題し十五句である。

古備前の壺に野花を十三夜　木内彰志
年積むは知恵を積むこと榠樝の実
函谷のふかさを渡る秋の蝶
暮れきりし箱根八里の虫しぐれ
湯ぼてりの膝をくづせと紅葉酒

副主宰木内怜子が「紅葉」八句でつづく。

丈を揃へて風迎ふ枯蓮　木内怜子
心にもありし狭間や木の実落つ

副主宰の後、主要同人であろうか五氏が各八句を発表し、その後に「海光集」「海苑集」の同人作品が掲載されている。この二つの同人作品から主宰は十五句を抽出し、表紙裏に推薦している。主宰推薦句から適宜抽く。

一羽だけ残りし雀蛤に　田中好子
コスモスの花の海へと身投げせる　龍野よし絵
庭下駄に露の重さのありにけり　石崎一夫
ちぎり絵の色さながらに紅葉山　楠　治子
冬ざれや椅子に釘浮く無人駅　長谷山　博

主宰選の「海原集」は選後に主宰の含蓄に富む鑑賞が印象的である。主宰の鑑賞句より三句を抽く。

赤とんぼ墓苑に区あり番地あり　鈴木フジ子
扉を開けて秘仏出でませ望の夜　木村悦子
一徹は死ぬまでといふ稲架作り　中沢北斗

（平成十二年四月号）

春郊《しゅんこう》

平成十二年三月号

主宰　轡田幸子
師系　富安風生・中村春逸・轡田進
発行所　東京都大田区
通巻四九二号・七六頁

昨年十二月八日に七十六歳にて亡くなられた、前主宰轡田進先生のご葬儀の特集が掲載されている。奥様であり主宰を継承された轡田幸子さんの謝辞のなかに、昨年五月の「春郊」例会での出句、

日々記すホ句がわが遺書若葉風　　轡田　進

が引用されている。入退院を繰り返しておられた進主宰も、やはり死を覚悟されてのお別れのご挨拶句であったのであろう。

轡田進先生には、郵政関連の方々が多い「ははき木会」で毎月ご指導をいただいた。骨格のしっかりとした句を毎月お示しになり、格調の高いご講評にいつも得るところ多い句会であった。父橙青もしばらく一緒に指導に当たっていた。高齢かつ病気がちになり欠席投句がふえても、進先生の選に入るかどうかを大いに参考にしていた。選に高い信頼感を抱いていたようで、関西のほうの指導をして

いた句会を指名して引き継いだりもしていた。その「ははき木会」に今度は進先生が病気のため欠席がちになり、とうとう再起がかなわなかった。残念の極みである。

芝のメルパルク東京に一門のご支援で、

貯金しに来てゐる母子チューリップ　　　鱒田　進

の句碑が建立され、昨年九月には四十周年の記念大会を開催、十一月号はその記念号として編まれ、風生先生に序文まで戴きながら刊行の遅れていた第一句集『知命』も昨年上梓された。さらに、次の句集の計画もあたためておられたのに。

長年ともに俳句の道を歩まれた奥様が主宰を継がれた。俳号も、この機会に神山幸子から鱒田幸子に改められた由であり、二月号から選者名は鱒田幸子と変わっている。主宰のご病気のため、すでに神山幸子として一月号まで選をしておられたので、一門の動揺は皆無であろう。

三月号にはまだ進主宰の「病床吟」十四句が巻頭に掲載されている。病床の日々を淡々と詠み継がれており、まさに「日々記すホ句がわが遺書」の感が深い。五句を抽く。

待宵の病廊を来る配膳車　　　鱒田　進
退院の用意をさをさ月今宵
退院許可告げに来て月賞でて去る
透析の道さだまりし今日の月

病室にひとり飯くふ無月かな

新主宰の「二重虹」は看護日記ともいうべき句で占められ、切々たるものがある。

病む夫に稿の督促梅雨の雷　　　轡田幸子
若竹の余る力を病夫に欲し
一歩さへままならぬ病夫油照
車椅子押す炎天や前こごみ
病む夫の無心に眠る朝の蟬

通巻五〇〇号を年内には迎える歴史のある俳誌である。新主宰のもと新たなる飛躍を祈り、この稿を結びたい。

（平成十二年五月号）

みちのく

平成十二年二月号

主　宰　原田青児
師　系　遠藤梧逸
発行所　相模原市
通巻五九〇号・一一六頁

創刊主宰の遠藤梧逸が、高齢のため現主宰に継承したのが昭和六十一年であり、今年創刊五十周年を迎える結社である。私の知人の出版社社長の話では、平成元年に亡くなられた遠藤梧逸翁の遺墨集のご計画もあるようだ。

現主宰は伊豆の薔薇園の園主としても知られるが、創刊五十周年を迎える今年の表紙は深紅の薔薇二輪である。十一月に開催した年次大会の特集を編み、巻頭のグラビアは十一枚に及び、盛況を伝えている。

主宰の巻頭作品は先師を偲ぶ「梧逸忌」八句である。

多かりし訃報に耐へし日記果つ　　原田青児
霏々と降る雪の梧逸忌とはなれり

雪もまた師を恋ふよすが霏々と降る
門下らもみな老いにけり干菜汁

朔多恭が「凍てし蛾」七句で主宰詠に続く。

蛾は凍ててあり次の間に帯解く音
凍てし蛾と鳴らぬぼんぼん時計かな　朔多　恭

歴史のある俳誌は文章欄が充実している例が多いが、朔多恭は作品とともに「室生犀星の俳句」を寄せている。一頁の短文ながら内容は流石に濃いものがある。

その他、文章欄は松浦敬親の「新説・おくのほそ道」をはじめ、阿部誠文の「朝鮮俳壇・人と作品」、伊達宗弘の「みちのくの文学風土」、さらに原田浩の「笑いま章」等、タイトルを書き抜くだけでも多彩な内容であることが理解されることであろう。その上「招待席」には詩人久宗睦子の作品の寄稿も得て紙価を高めている。

主宰選は「はつかり集」と「雑詠」で、その他に小山祐司選の同人作品「笹鳴集」がある。主宰選「はつかり集」より適宜抽出する。

逃げやすきものに綿虫山の日も　田口三千代子
莫蓙一枚畳んで終るきのこ売り　渡辺幸恵
大銀杏散る交番の終夜灯　佐治英子

観音の水の匂へる冬桜　小山祐司
山車廻し軋みし音も放映す　小島左京
銀河濃くともしび暗き山家かな　赤沼山舟生

主宰選の「雑詠」についで、主宰は「薔薇園にて」と題して作品鑑賞を味わい深い筆致で記されている。雑詠より紙数の許す限り抽く。

白くなる病者の爪よ秋惜しむ　阿部鶯子
棒稲架のいつかやさしくなつて来し　田村絹子
赤い羽根再就職の胸飾る　佐藤せいじ
南瓜煮てあなたを許すことにする　ささき雅

（平成十二年五月号）

「海嶺」終刊号に寄せて

「海嶺」の四月号が届いた。巻頭グラビアをはじめとして新年祝賀会のレポートが纏められ、「海嶺創刊七周年記念新年祝賀会特集」となっている。しかし、『「海嶺」誌の終刊について』という編集部のメモが同封されていた。主宰の病気療養のため「海嶺」は六月号を最終号にするとのことである。

編集部は「平成俳誌展望」を六月号にも引き続き掲載したいそうである。採りあげる候補として数冊の俳誌も送付されてきた。しかし私は「海嶺」を書くことにした。何年前かの新年会の挨拶のなかで、書いてみたい俳誌のひとつとして「海嶺」を挙げた。冗談と思われた方々が大部分であっただろうが本気であった。主宰にも、誰かにバトンタッチする時には「海嶺」を最後に書かせていただくとお話していた。そんな話をしていた頃の「海嶺」は順調で、書きたい俳誌のひとつであった。

さて「海嶺」の創刊号から通巻八八号のこの四月号を並べ、さらに「海嶺」の前身である「畠山教室句会報」の二七冊を取り出してみた。合計一一五冊である。

「海嶺」の「平成俳誌展望」について

「平成俳誌展望」という題名は畠山主宰が考えて私に依頼された。

平成四年八月二十九日の土曜日、「春嶺」九月号の出張校正を行った。九月号は四〇〇号記念特集号で大冊であった。畠山主宰は当時「春嶺」の編集長であったがこの四〇〇号で編集長を辞任し、「海嶺」を創刊される決意を固めておられた。出張校正が終わり、その後で畠山主宰から、「海嶺」は、俳句作品は勿論だが文章の豊富な俳誌にしたいので、目玉のひとつである俳誌の批評欄を担当して欲しいと頼まれた。遅刊などなくきちんと出してゆきたいので、文章も連載の担当者は人選が重要なのだとのことでもあった。

また、少なくとも三年出来れば五年は連続して書いて欲しい。その間に「海嶺」育ちの書き手を育てるからとの事であった。それにこのような連載は一年毎に交代制が良いという人もいるが、数年間連続して書く事で本当の書き手が育つのだともいわれ、遠慮なく好きなように書いて欲しいとのことであった。私は三年ぐらいのつもりで引き受けた。

俳誌は主宰のところに送られてくるなかから毎月四～五冊送るから、そのなかから二～三冊を選んで欲しいとのことでもあった。

「海嶺」創刊号の「平成俳誌展望」

「平成俳誌展望」の最初にとりあげた俳誌は「河」である。そのなかの角川春樹副主宰選の「河作品」のなかに、

遠雷や夢の中まで恋をして　黛まどか

という句があり私はその句を抽出した。当時黛まどかはまだそんなに知られた存在ではなかった。まどかさんからはすぐに次のような礼状が来た。

寒中お見舞い申し上げます。先日は「海嶺」創刊号に於きまして私の拙い作品をお取り上げ下さり本当にありがとうございました。思いがけないことでしたので感激もひとしおでした。これを励みにこれからも精進してゆきたいと存じます。どうか今後ともよろしくご指導くださいませ。父もお世話になっているようでありがとう存じます。

彼女の父黛執さんは私と生年月日が同じご縁があり、超党派句会の仲間でもある。その後の黛まどかの発展はまことにめざましいが、「海嶺」の方は終刊を迎えようとしている。わずか七年の間でも盛衰は激しい。

私は「平成俳誌展望」で若い人を積極的に紹介した。創刊号の黛まどかの作品紹介はその第一号で

あり、その後も「遠嶺」主宰小澤克己さんも期待の主宰としてしばしば紹介した。

「春嶺」と「海嶺」その子雑誌のこと

平成四年八月三十日の日曜日、「春嶺」主宰の宮下翠舟先生に畠山編集長は「春嶺」の校正が終了した報告を行うとともに、四〇〇号を機に編集長を辞任したいこと、「海嶺」を「春嶺」の子雑誌として創刊したいことを申し上げご了解を得た。

翠舟先生が創刊号に寄せられた「海嶺」讃という祝吟五句のなかに、

屠蘇祝がむこれよりは好き敵手とし　宮下翠舟

がある。創刊号の畠山主宰の「創刊のことば」は、

このたび「畠山教室句会報」を発展的解消と致し、玆に「春嶺」の子雑誌として「海嶺」という小さな門標を掲げた。これからは富安風生、岸風三樓先生の唱導された、右に偏せず左にこだわらぬ「中道俳句」の道を守り、これから行をともにする人達に継承させたい所存である。

と書き出している。

今、振り返り二つの疑問がある。ひとつは「畠山教室句会報」との違いである。十五の句会報が纏

められている上に文章その他の欄もあり、俳誌に準ずる内容の句会報であったから、それ自体が「春嶺」の子雑誌ともいえるものであった。能村登四郎の「沖」が次々と有力同人による子雑誌を創刊させながら、折に触れ「今でも沖の仲間だよ」と「沖」の傘下に結集する状況を各子雑誌の紹介を通じ多く採りあげたのも、「春嶺」と「海嶺」の子雑誌の在り方への問題提起を意識したものであった。

「海嶺」の逸材

もうひとつの疑問は「中道俳句」の道をどのように継承させるつもりだったのだろうか。「海嶺」には「海嶺」育ちの良い作家が或は作家候補が次々と現れた。畠山主宰の不思議な人徳のように思えた。しかしまた次々と去って行った。「海嶺」で力をつけた人がやがて離反してゆくことになったひとつの原因は、育てた弟子や有力な弟子をさらに指導者として育成し理念を継承させてゆく展望が、明確に見えてこなかったことにあるように思う。これは「海嶺」に限らない。「平成俳誌展望」を書くために候補誌を多く拝読したが、年齢が或る程度過ぎて独立された主宰の場合、「弟子をどう育て」るのか不透明なところが多いように思った。

「海嶺」にはなお「海嶺」育ちの有為の人材がかなり残っている。「親はなくとも子は育つ」ともいうが、この人たちの今後の研鑽に期待して「平成俳誌展望」の筆をおく。

（平成十二年六月号）

◇掲載俳誌索引

あとがき

平成五年一月に創刊し、平成十二年六月に主宰の病気により終刊した「海嶺」という俳誌があった。そこに寄稿した作品は、句集にまとめることもなく放ったらかしにしていたのだが、ふとしたことから「文學の森」の寺田敬子さんに知られて、昨年、句集『海にも嶺のあるごとく』としてまとめていただいた。

その「海嶺」に、毎月の俳句作品とは別に「平成俳誌展望」と題していろいろな俳誌の批評を書いていた。取り上げる俳誌は、畠山譲二主宰から送られてくる数誌の中から主として二誌を選んだ。句集をまとめる過程でこのことをお知りになった寺田さんからのお勧めもあり、「海嶺」に書いたものと同じタイトルで一冊にまとめたのが本書である。

編集と校正を担当された齋藤春美さんがものすごく熱心で、書いたまま手元に残していた俳誌を引き取りにこられ、「海嶺」の記述との照合点検もして、何かとアドバイスもいただいた。その熱意がなければこの本は出来上がらなかったであろう。

取り上げた俳誌は、「海嶺」発行所に寄贈された中から主宰が選ばれたものなので、タイトルに比してやや偏りもあるかと思う。「海嶺」の終刊に伴い、当時親雑誌「春嶺」の編集長であった岩崎健一先生から、同じ調子で次は「春嶺」に書いてほしい、とご要請があり、今度は「俳誌山脈縦走」と題して、取り上げる俳誌も「春嶺」発行所に関係なく、気兼ねせず自由に選んだ。こちらは十五年以上続けたが、連載は打ち切ったもののまだまとめてはいない。この本が出来上がってから考える予定である。

大久保白村

平成三十年四月一日　エイプリルフールの夜

著者略歴

大久保白村（おおくぼ・はくそん）　本名　大久保泰治

昭和五年（一九三〇）三月二十七日生まれ

学歴・職歴

立教大学経済学部卒業（昭和二十七年）。富士銀行入行。昭和四十八年、上福岡支店長以後、上六、千住など支店長経験約十年勤務後、銀行の斡旋で日本橋興業（現ヒューリック）取締役経理部長に転じ、六十五歳で退職。

俳句歴

父が俳句をしていたので、門前の小僧として学生時代より作句。銀行就職後、富安風生指導の職場句会で本格的な指導を受け、主に富安風生主宰の「若葉」を始め若葉系の「春嶺」「岬」「朝」で学び、以後中断することなく「ホトトギス」「玉藻」「藍」などでも研鑽、現在にいたる。現在の所属結社は主に「ホトトギス」（同人）。

協会等

公益財団法人海上保安協会評議員
公益社団法人日本伝統俳句協会副会長
公益財団法人虚子記念文学館理事
一般社団法人東京都俳句連盟顧問（前会長）
国際俳句交流協会常務理事
俳句ユネスコ無形文化遺産登録推進協議会常務理事
公益社団法人日本文藝家協会会員

著　書

句集『おないどし』『翠嶺』『山桜』『梅二月』『桐の花』『茶の花』『月の兎』『精霊蜻蛉』『中道俳句』『一都一府六県』『「朝」の四季』『門前の小僧』『続・中道俳句』『海にも嶺のあるごとく』『花の暦は日々新た　忌日俳句篇』／エッセイ集『俳句のある日々』

連絡先

〒一〇七-〇〇六二　東京都港区南青山五-一-一〇-九〇六　こゑの会事務局

平《へい》成《せい》俳《はい》誌《し》展《てん》望《ぼう》

発　行　平成三十年七月二十四日
著　者　大久保白村
発行者　姜　琪　東
発行所　株式会社　文學の森
〒一六九－〇〇七五
東京都新宿区高田馬場二－一－二　田島ビル八階
tel 03-5292-9188　fax 03-5292-9199
e-mail　mori@bungak.com
ホームページ　http://www.bungak.com
印刷・製本　潮　貞男

ISBN978-4-86438-723-1　C0095